Os palácios distantes

Abilio Estévez

OS PALÁCIOS DISTANTES

tradução:
Bárbara Guimarães

EDITORA GLOBO

Título original:
Los palacios distantes

Revisão: André de Oliveira Lima, Valquíria della Pozza
e Maria Sylvia Corrêa
Capa: Daniel Trench
Foto de capa: José Gabriel Lindoso

Dados Internacionais de Catalogação na Publicação (CIP)
(Câmara Brasileira do Livro, SP, Brasil)

Estévez, Abilio
Os palácios distantes / Abilio Estévez ; tradução Bárbara Guimarães. – São Paulo : Globo, 2004.

Título Original: Los palacios distantes
ISBN 85-250-3909-8
ISBN 84-8310-214-5 (ed. original)

1. Romance cubano I. Título

04-5345 CDD-cb863.4

Índice para catálogo sistemático:
1. Romances : Literatura cubana cb 863.4

Direitos de edição em língua portuguesa para o Brasil
adquiridos por Editora Globo S. A.
Av. Jaguaré, 1485 – 05346-902 – São Paulo – SP
www.globolivros.com.br

SUMÁRIO

Em memória de meu avô Ramón
e de meu primo Carlos

Nunca tentei fazer palhaçadas,
mas já que o senhor se empenha, provarei.

VIRGILIO PIÑERA, *El gran Baro*

Registro aqui minha dívida de gratidão com o mestre Cosme Proenza por *Os palácios distantes*; com Carlos Varela, pelas canções; com minha família de Mallorca, pela serenidade do palácio de Sant Jordi; com Maydel Montesino, Marta Pazó, Gilda Bello, Ana María Bouza, Jacqueline Arenal, Mijail Mulkai, Gladys Cuervo, Bernardo Alonso, Aleida Enríquez, Luis Alberto García, Senel Paz, Rebeca Chávez, Eduardo de Quesada, Fernando Merelo, Cristóbal Malleuve, Rocío López e Lourdes de Marcos, que tornaram as adversidades mais suportáveis; com Beatriz de Moura e Antonio López Lamadrid, pelo rigor, a paciência e a bondade; com minha mãe, Alfredo Alonso e Elsa Nadal, por tudo.

Primeira parte

1

O ANTIGO HOTEL ROYAL PALM na rua Galiano e o velho palácio de uma família ilustre cujo sobrenome ninguém mais recorda são construções unidas pela utilização conjunta das escoras. Entre um edifício e outro foi instalada uma emaranhada trama de vigas e esteios, que tenta se manter ali enquanto pareça existir alguma esperança de solidez. Enegrecidas pela passagem de tantos dias e noites, pela dureza do sol e pelas tempestades, pela ubiqüidade da maresia, as tábuas pretendem impedir um desmoronamento que parece iminente. As paredes mostram a cor terrosa, cinza e negra dos muros velhos de qualquer cidade devastada em um mundo onde abundam guerras, terremotos e outras catástrofes menos evidentes. As pedras estão aparentes em muitos lugares, com tons surpreendentes e arroxeados e com gretas nos muros que permitem o crescimento de samambaias opulentas, verdes, inesperadas em meio à ruína; altos arbustos de oliveira-do-paraíso, moitas taludas de abóbora, com flores em forma de sino, grandes e amarelas. Uma vez que perdeu o teto e muitas das paredes, uma vez que carece de portas e janelas, o hotel Royal Palm se encontra desabitado, ou pelo menos essa é a impressão que causa: há ocasiões, nas noites escuras, intermináveis, por demais escuras e sufocantes, em que se poderia afirmar que surge ali uma claridade intensa, como se acendessem fogueiras, e se poderia assegurar, ademais, que se escutam vozes e até cantos de louvor, cantos em outras línguas, ainda que nunca se consiga saber ao certo se são cantos daquilo a que chamam realidade-verdadeira, nem muito menos que desejem louvar, nem em que língua o fazem. O outro edifício, o palácio da estirpe antiga de que ninguém mais se lembra, ainda está ocupado. Dois séculos atrás, uma única e grande família vivia nele: o casal, dois ou três filhos, talvez quatro, jovens bacharéis, mocinhas bordadeiras, tecelãs, pianistas, casadouras, e também escravos, sem dúvida mais escravos que família, vinte escravos mandingas, iorubás, lucúmis. Agora, é claro, não existem senhores nem escravos, nem o palácio é habitado por um único, tranqüilo e espaçoso clã, mas sim por vinte, trinta, quarenta famílias amontoadas, resultado da luxúria de senhores e escravos em uma terra propícia a misturas, desafogos e luxúrias. A mansão foi dividida em quartos exíguos e, portanto, já não se deve chamá-la de palácio e sim de solar, cortiço, falanstério, pocilga, casa de cômodos, caloji. Deter-se em frente a ambos os edifícios, unidos pelo madeiramento enegrecido, e chamá-los de "palácio" e "hotel" seria cínico e até perverso.

Já faz muito tempo que Victorio vive em um dos incontáveis quartos do outrora luxuoso casarão, nem ele mesmo poderia comprovar desde quando. Não se pode dizer que é feliz, ainda que se possa sim dizer que o seja, pois a felicidade parece ser subjetiva e confusa, assim como a infelicidade, e às vezes depende de poucas coisas, ou de nenhuma. No final das contas um teto é um teto, exclama ele com certo sarcasmo, rindo-se da frase. Tampouco se trata de que Victorio seja tolo e não se dê conta de quando fala besteiras. Ele gostaria de ter sido o jovem aluno do seminário de San Carlos e San Ambrosio que ali vivera, segundo ele imagina, rodeado de mimos e de luxos, cento e cinqüenta anos antes, ou mais. Entretanto se conforma com as quatro paredes, o teto e as janelas que, apesar do calor, sempre mantém fechadas. O calor é mais suportável que o brilho úmido do sol e que a umidade brilhante da lua, esclarece ele. Talvez por essa razão o quarto de Victorio possua uma transbordante penumbra e o cheiro dos museus fechados para reforma. Ainda é noite, o amanhecer parece distante, e Victorio abre os olhos e acende uma lâmpada de desenhista que lhe permite ler nas numerosas noites de insônia. Muito cedo, nos amanheceres, a penumbra do quarto não cheira a museu fechado, e sim a café, a gás, a vela acesa, a sono ainda presente. Victorio se levanta do mesmo modo que costuma se levantar a cada dia, com dificuldade, como se não pudesse com o próprio corpo, alheio, pesado, ou como se o ato de se levantar comportasse uma responsabilidade maior que a de estar desperto e continuar vivo. Se não lhe é fácil passar da vigília ao sono, por vezes é ainda mais difícil passar do sono à vigília. Calça os pés com alpargatas de lona, amaciadas pelo uso, e veste um longo roupão de seda que deve ter sido elegante em outras épocas e outras cidades que não esta; em Havana um roupão masculino para ficar em casa, de seda ou não, sempre foi um traje afetado, de novo-rico. Talvez ele não tenha dormido bem, o sono não é uma das graças que Deus quis lhe conceder. E quais são as graças que Deus me concedeu?, pensa enquanto se dirige ao urinol para descarregar a bexiga repleta. Como só existe um banheiro para todas as habitações do edifício, ao se levantar ele costuma se aliviar no urinol de porcelana que pertenceu à sua avó, apesar de que, é claro, para necessidades maiores seja obrigado a recorrer ao sanitário comum. No fundo do urinol há uma rosa toscamente desenhada. Não urina de imediato, isso lhe toma um tempo, pois na verdade Victorio ainda não é tão velho a ponto de despertar com a humilhação da flacidez. Quando o membro adormece, ele urina com abundância, escuta o som venturoso do jorro na porcelana, desfruta da espuma que o líquido produz e seus olhos se avermelham de prazer. Olha-se no espelho e, como sempre, se crê mais jovem do que é na realidade. Sorri, faz um trejeito, dá uma piscadela, pega o balde vazio de metal e sai do quarto. Os corredores do edifício ainda estão desertos, sem o alvoroço e a confusão que terão dentro em pouco. Os vizinhos dormem ou quiçá começam a despertar, e Victorio tem de se apressar, subir a escada em caracol, feita de madeiras caras, trabalhadas com primor nos tempos em que se contava com a paciência para trabalhar. Chega ao terraço e logo que sai pela portinha estropiada, que é um cata-vento à disposição de todos os ventos, pode ver o espetáculo do alvorecer, acontecimento que não guarda menores surpresas por ser visto diariamente. Telhados de Havana: com as primeiras cintilações. Os terraços, agora inofensivos, ainda não agridem com brilhos intensos, e permitem que os olhos passeiem tranqüilos por eles. Não se assemelham em nada a como serão os terraços ao meio-dia, no momento em que o sol se encarniça sobre louças, telhas, latões e pedras e impede que os olhemos de frente. A chama perpétua da refinaria de petróleo. Edifício Bacardí. Cúpula do Capitólio. Campanário da igreja do Espírito Santo. Um pouco mais à esquerda e ao longe, a outra cúpula da Câmara de Comércio, sem o Mercúrio, jogado ao chão e despojado de sua missão de mensageiro pela ira indiferente dos ciclones. O mar não pode ser visto, ainda que o pressintamos. Por isso, o barco que adentra a baía nesse mesmo minuto atravessa edifícios e monumentos, e parece a maquinaria de uma zarzuela pobre. Rumo a esse mar invisível e presente, voa nesse momento um bando de pombas, garças ou gaivotas, e não se sabe se são brancas, cinzas ou negras. Ouve-se uma sirene: pode igualmente ser de um trem ou de um barco. E, como Havana sempre foi uma cidade assombrosa, alguns galos cantam. A cidade provoca em Victorio duas impressões ao mesmo tempo, a de ter sido bombardeada, de uma cidade que espera a mais leve chuva, a mais ligeira ventania para se desfazer em um monte de pedras; e a de uma cidade suntuosa e eterna, recém-construída, elevada como concessão a futuras imortalidades. Havana nunca é igual e sempre é igual. O amanhecer em Havana possui infinitas formas de se mostrar sempre idêntico, diverso e exato, com a cor confusa do céu, tonalidades duvidosas que andam por detrás das nuvens brancas, baixas, precisas, velozes; e a brisa dos amanheceres, sempre escassa, mas que mesmo assim se abre como um imenso pássaro benfeitor sobre a cidade.

A brisa parece escapar de uma velha mala de couro aberta por um garoto no terraço do que em outros tempos foi a Flogar, uma das célebres lojas do extinto *glamour* havanês. Victorio vê aquela imagem insólita como se andasse ainda pelos meandros do sonho. É um menino, ou um adolescente, de cabelo vermelho e roupa colorida. Abriu uma mala, se olha em um espelho de mão e se maquila. E o menino ou adolescente se levanta e abre um guarda-chuva, dá voltas com ele no ar, olha-o bem, executa alguns passos de dança e em seguida, com a mala e o guarda-chuva, um em cada mão, salta para um terraço e logo para outro, até desaparecer.

Victorio vai a um dos grandes tanques de cimento-amianto onde é armazenada a água enviada em caminhões desde o aqueduto, enche o balde e desce, equilibrando-se pela escada construída com paciência e madeiras nobres.

* * *

A luz da lâmpada de desenhista transforma o quarto num lugar enganoso. A cama tem lençóis revoltos que não parecem brancos, apesar de deverem tê-lo sido em tempos não muito remotos. A cama não é uma cama, e sim um colchão colocado sobre o chão e debilitado por anos e usos. A penumbra não consegue dissimular a pequenez do quarto, as paredes manchadas pela umidade, os móveis carcomidos, nem oculta as fotos empoeiradas dos ídolos que, graças à arte da fotografia, ficaram imobilizados em uma beleza eterna: Rodolfo Valentino, Johnny Weissmuller, Freddie Mercury. Tampouco se esfuma das paredes o brilho de uma única reprodução, bastante exata, de um quadro famoso, *O embarque para Citerea*, de Antoine Watteau. Acima de tudo, se vê a fotografia do Mouro que diz adeus do aviãozinho, junto à grande chave de ferro adornada com a qual, segundo o Mouro, poderia abrir as portas do palácio.

Em que manhã Victorio não pensa no Mouro? Deve-lhe muitas coisas. Graças a ele teve e tem a certeza de que em algum lugar existe um palácio magnífico que o espera. O Mouro lhe falou do palácio naquele meio-dia impiedoso que Victorio nunca esqueceria. Os dois estavam sozinhos, descansando à parca sombra de uma plantação de *guanábana**, carregada de *guanábanas* pequeninas e verdes, perto do aviãozinho no qual o Mouro havia terminado o trabalho da manhã, fumigar bananais por ali, pelos campos de Güira de Melena. Pela camisa entreaberta se podia ver o seu peito glabro, agitado e suado. Ao seu redor, o sol transformava a solidez da terra em um mar luminoso. Rodeava-os a luz aquosa típica daquela hora do

*Planta frutífera da família das anonáceas (*Anona muricata*). (N. da T.)

dia e do país onde o destino os havia obrigado a sobreviver. O Mouro estreitava o menino com uma rudeza delicada. O menino sentia o cheiro do seu suor, mais intenso que o cheiro da terra. Me conte, o que se vê de lá do céu? Antes de sorrir, o homem cuspiu na terra e limpou a boca com as costas da mão. Não existe outro lugar como o céu, garoto, disse ele, como se pensasse em voz alta. Depois permaneceu silencioso, pensativo, por vários segundos, e em seguida acrescentou Deus criou a Terra para que a víssemos do céu, subir ao céu no avião é como entrar no espelho e olhar-se desde o outro lado. Você foi muito longe no aviãozinho? Fez um gesto com a mão, queria dizer que estivera em muitos, muitíssimos lugares, e depois sorriu com malícia e comentou Eu dei a volta ao mundo nesse aparelho. A volta ao mundo? Ele confirmou enfaticamente com a cabeça antes de exclamar Foi o que eu disse. E você viu Paris, Bogotá e Sevilha? E Nairóbi, Roma e Bangcoc, e quero lhe dizer uma coisa, garoto, quando você está no céu se dá conta de que todos os lugares são um só lugar. Mesmo não tendo olhado para o menino, deve ter adivinhado o seu transtorno. Sim, ouça, compreenda, cada lugar é como todos os lugares, não tenha dúvida disso, você está no céu e sobrevoa Veneza, que é uma cidade onde não existem ruas, apenas rios de água suja, e onde as pessoas não andam, só se movimentam em barquinhos pelos rios de água suja, percebe que é igual, igualzinho, as pessoas têm os mesmos desejos, sonhos iguais, as mesmas esperanças, necessidades idênticas que em Bombaim, mudam as formas, as modas, as riquezas, o resto, o que não se vê, é idêntico, garoto, fomes, aflições, solidões, decepções, as batalhas são as mesmas, não se esqueça disso. Com os olhos semicerrados, aparentemente admirava a onda de luz que parecia inundar a paisagem das cercanias de Havana. O que importa, Victorio, é encontrar o palácio. O menino separou-se do abraço, se ergueu e abaixou a mão, tão pequena, sentiu a força da coxa vigorosa do aviador. Que palácio, Mouro? O homem sorriu, inclinou-se para o menino como se fosse lhe revelar o mais extraordinário dos segredos. Ai, garoto, isso sim é importante! você não sabe que todos temos um palácio em algum lugar? Apertou o nariz sem deixar de sorrir. Sim, não me olhe com essa cara de eu-não-entendo-nadinha-do-que-você-diz, cada pessoa nasce com um palácio destinado para si, para que viva nele e para que nele se realizem seus caprichos, gostos, aspirações... Todos-todos? O homem passou a mão pela testa suada, voltou a cuspir, voltou a limpar a boca. Sorria, via-se que se divertia. Agora tenho de continuar a fumigar as bananas de Güira de Melena, disse num tom que tentava dar a conversação por encerrada. Onde estão os palácios da minha mãe, do meu pai?, insistiu o menino. Existem os palácios, o que não quer dizer que eles os tenham encontrado, os palácios devem ser procurados, e procurados com cuidado, talvez muitos não os encontrem. Você viu o seu? Quando o aviãozinho voa até os campos, dou antes uma voltinha pelo meu palácio para ver se continua ali, para ver como está. E como ele é? Não pergunte tanto, Victorio, garoto. E onde encontro o meu, Mouro? Escute, você não pára de perguntar e perguntar, não pergunte tanto, droga, quem disse que para encontrar alguma coisa você tem de fazer averiguações, procure e encontre. Mais do que nunca, a tarde havia se convertido em uma luz que destruía a aparência das coisas, e as árvores, a paisagem, pareciam fundidas em água. Todo dia dou uma voltinha pelo meu palácio, não é grande, uma casinha sobre uma colina, rodeada de mangas, nêsperas, *mameyes*,* limoeiros, laranjas, mamãozinhos, e uma vaca e um cavalo, ah, e um poço, um tanque com peixes coloridos, e perto a lagoa onde bebem as reses e os patos silvestres, a grama e as árvores são verdes-verdes-

*Fruta da América Central, da família do sapoti. (N. da T.)

verdes, e as flores vermelhas-vermelhas, também há amarelas, rosadas, malvas, rosas, muitas rosas, girassóis, bicos-de-papagaio, orquídeas, miosótis, amores-perfeitos, meu palácio é de madeira, madeiras vermelhas, como as flores, e brancas como as nuvens, as nuvens que são brancas, digo, não as outras, as que anunciam tormenta; há dias em que chove, é claro, em meu palácio chove, só que a chuva não é violenta, é chuva que torna mais verde o verde das árvores e plantas, para chegar à casinha, ao palácio, você tem de percorrer uma longa estrada cheia de palmeiras reais, e não há problema, pois para isso existe a carroça com o burro Nerón.

Para não ter de ficar subindo e descendo do terraço, Victorio providenciou um tanque de metal que tratou de enobrecer, em seu lado visível, com uma afirmação de Bergson: "Mas a sociedade não quer apenas viver. Deseja viver bem". Lava-se em uma bacia. Sem secar o rosto, com a boca refrescada pela pasta de dentes, empreende o ritual da janela. Não é um ritual muito complicado, consiste em fechar os olhos, fechá-los bem, sem trapacear, abrir uma das folhas da janela e contemplar algum desenho formado pela umidade nas paredes do Royal Palm. De acordo com o desenho descoberto nesse momento, flor, criança, elefante, bailarina, carro, diabo, palmeira, nuvem, mariposa, ele faz conjecturas de como será a vida nas horas seguintes. Não consegue deixar de ser supersticioso, de ser cheio de manias, e por isso se obriga a pensar e repetir a frase Que entre a graça de Deus, como lhe ensinara muitos anos antes a Tita, Hortensia, sua mãe. Abre a janela e, ainda com os olhos fechados, reconhece a pureza da brisa da manhã, cheirando a maresia, a sargaços, a refugos, a cidade adormecida, a cidade que sonha e padece diante do mar. Repete o salmo, Que entre a graça de Deus, e quando abre os olhos olha para a armação de estacas escurecidas que sustêm o antigo hotel Royal Palm e o irmanam ao edifício da antiga família de estirpe, o edifício em que vive, do lado da rua Águila.

Hoje vê uma coisa que nunca viu. Não se trata do desenho na parede. Ali, no alto, quase no nível dos terraços, um adolescente se equilibra sobre as madeiras. Percebe que é o mesmo que vira sobre o teto da Flogar se olhando em um espelho de mão. E desta vez se dá conta imediatamente de que não é um adolescente, de que se houvesse observado bem, como agora, teria sido capaz de notar que não é um menino, mas sim um ancião pequeno, quase anão, e maquilado: um ancião que parece um menino se equilibra sobre as madeiras. Seu cabelo tem um tom inconcebível de vermelho, usa uma cartola em padrão escocês e se veste como um pianista de feira ou, para sermos precisos, como o pianista ideal de feiras ideais, com um fraque colorido, constelado de estrelas azuis, camisa malva, laço verde e calças de listras pretas e vermelhas descaindo sobre sapatilhas brancas. Ao seu lado, dança uma marionete que o reproduz com uma fidelidade prodigiosa. Uma magnífica marionete de madeira, movida por fios invisíveis, a cópia exata do palhaço. A destreza com que o palhaço dança e faz a marionete dançar é surpreendente; surpreende mais ainda o equilíbrio que consegue ter sobre as vigas negras e vergadas, por onde vai se bamboleando ao som de uma música que não existe e que se escuta mesmo assim. Ninguém sabe de onde sai o silêncio deste amanhecer havanês, silêncio absoluto convertido em música pelos movimentos de um palhaço e sua marionete. Toda Havana parece haver se calado para que o palhaço e seu boneco dancem. Eleva ora uma perna, ora a outra, e a marionete repete cada movimento, o equilíbrio de ambos é perfeito, e nas bocas vermelhas, grandes e vermelhas, não desaparecem nunca os sorrisos abertos que não dão apenas vontade de rir, mas também de beijar e abraçar e cantar e dançar sobre outras vigas ao som de outros silêncios ou, o que dá no mesmo, de outras músicas. O ancião palhaço avança do terraço do velho hotel desabitado para a casa dos antigos ricos, ainda habitada. Victorio rompe o encanto por um segundo, deixando de olhar o velho palhaço com o boneco, e volta os olhos agradecidos para baixo, para a rua e as calçadas. Uma pequena multidão se agrupa lá embaixo, detida pelo assombro. Não se move, não aplaude, não ri. O ancião e seu boneco chegam ao terraço do antigo palacete e desaparecem pelos caminhos dos tetos, caminhos de sujos depósitos de água, de trastes, de moradias improvisadas, de antenas de televisão e de mistérios.

O silêncio continua a sua luta tenaz, e até o momento vitoriosa, contra o despertar trepidante da cidade. O que se pode ver de Havana são algumas vigas negras, uma andaimaria que de repente carece de utilidade, como o madeiramento de um veleiro encalhado, uma rua inerte e uma multidão enfeitiçada que se nega a deixar-se desencantar.

Fecha a janela. Volta a gostar da penumbra de seu quarto. Deita-se na cama. Não importa que fique tarde para ir ao trabalho. Seu olhar se detém outra vez na fotografia do Mouro que sorri do aviãozinho, e também se detém na chave do palácio que não existe. Na fotografia, o Mouro sobe alegre para o aviãozinho, com o peito descoberto: diz adeus. Ainda pode escutá-lo Vamos, garoto, vamos voar, e pode ver a si mesmo, menino medroso e fascinado, que queria subir ao avião, abraçar o piloto, menino que sonha com aquela altura à qual o Mouro sabe elevar-se como ninguém. Não sabe se é lógico, mas quem se atreveria a enunciar as leis de semelhante lógica. Levanta-se, vai até o toca-discos Crown, que na década de sessenta foi invejado por todo o bairro de Santa Felisa, e coloca um vinil gasto, Sindo Garay interpretado por Ela Calvo. A música provoca o efeito contrário ao que esperava: inunda-o com uma insólita sensação de peso.

Ya yo no soy tan sensible
Como lo era en otro tiempo,
La costumbre de las penas
*Me ha robado el sentimiento...**

A canção serve de fundo sonoro enquanto prepara o café. Como o café que vendem no armazém vem misturado com milhares de outras coisas, e costuma entupir o filtro da cafeteira, faz muito tempo que ele decidiu regressar à tradição, ao coador de pano, de onde sai um café mais claro e com gosto de roupa suja, que de qualquer maneira salva Victorio do mau humor e do perigo de um acidente. Pega um pedaço de pão do dia anterior e senta-se à mesa, que também serve de escritório, que também serve de criado-mudo, que também serve para colocar o fogareiro elétrico e cozinhar; a mesa cujo principal adorno é um projétil de canhão, ele não sabe se de ferro ou de bronze, pouco maior que uma laranja, roubada por ele de uma das escavações dos castelos que se erguem nas zonas mais antigas de Havana. Alguém lhe assegurou que se trata de uma bala inofensiva, sem pólvora, e Victorio resolveu que como a vida é uma

*"Já não sou tão sensível/ Como era em outros tempos/ A constância dos sofrimentos/ Roubou-me o sentimento..."

guerra cotidiana, ela deve ficar no centro de sua casa, quer dizer, no centro da mesa, como um peso para papéis, que melhor adorno, que melhor lembrança, repete e repete, que um símbolo do combate permanente entre os homens. Molha o pão velho no café aguado e com gosto de trapo. O paladar registra a triste mistura. Fecha os olhos e chega à conclusão de sempre: não pode haver no mundo ninguém mais infeliz. Nem sequer a princesa de Mônaco, nem o Dalai Lama, a despeito do sorriso bondoso com que sempre se apresenta, nem a madre Tereza de Calcutá, já morta, a muito caridosa, nem sequer o Papa, nem a calamitosa rainha da Inglaterra, com sua expressão de severidade. Sim, é verdade, é bem verdade: o café tem gosto de pão velho, gosto de caixão. Pensa mais uma vez que nenhuma satisfação jamais surgirá desse quarto, nem da rua, nem sequer de Havana. Transporta-se a uma casa de Maiorca, às margens do Mediterrâneo. Por certo que Victorio nunca esteve em Maiorca. Nunca saiu de terras cubanas. De forma que não pode explicar a razão que o leva a se ver em uma casa maiorquina com um portão discreto e um muro enorme que dá acesso ao jardim, caminhozinho de pedras que leva à porta principal. É um casarão; palácio, amplo, espaçoso, cheio de luz, decorado com tanto gosto que não se repara no elevado valor dos móveis, como se se houvesse decidido seguir ao pé da letra aquela máxima correta de Jean Cocteau segundo a qual a invisibilidade é a condição suprema para a elegância; ao final do salão principal, uma grande porta envidraçada abre passagem para um terraço onde o aguarda uma mesa posta, um café-da-manhã excepcional: sucos de frutas, geléia de mirtilos, *croissants* recém-assados, presunto de Jabugo, café da Colômbia, forte, bem forte, com pouco açúcar. Com a consciência do soberbo café-da-manhã, prolonga sabiamente o momento de prazer; olha o mar; a manhã brilha sobre o Mediterrâneo. Ao longe, alguns iates são palácios flutuantes. Três senhores passeiam pela praia. São filósofos, exclama, e se corrige de imediato Não, não são filósofos, são três formas de Deus, do único Deus verdadeiro. E quando se dispõe a converter-se em outro Deus à beira da praia maiorquina, uma batida na porta o devolve a Sindo Garay, a Ela Calvo, à mesa-serve-para-tudo, ao café e ao pão com gosto de roupa velha, às janelas de seu quarto no edifício que um dia foi suntuoso.

Ali está, é claro, Mema Turné, quem mais poderia ser?, ela, a onisciente, onipresente, imagem havanesa de Deus, surge na porta, a cabeça calva, o bigode ralo e os olhos como ventosas, mesmo que Victorio, para evitar olhos, cabeça e bigode, apenas entreabra a porta. Mas de que importa, no final das contas, uma porta mais ou menos carcomida contra a energia de poderes superiores? Chegou-se a se dizer de Mema Turné que, entre a infinidade de coisas que roubou, duas das mais importantes e das que mais faz uso são a sabedoria e o poder de um incauto *babalawo* chamado Nolo. Outros o negam, como Ya-ya-a-paralítica, vizinha da direita, que declara que a pobre velha careca não passa de uma megalômana infeliz que não tem o bom senso de perceber que já está morta. Mema Turné não fala bom-dia. Nunca cumprimenta. Segundo confessa, desejar bom dia é a mais flagrante mostra de hipocrisia burguesa. Ouvi música e achei estranho, fala com sua desagradável voz de barítono Martín, enquanto exibe a língua enegrecida, cheia de manchas brancas. Muitos atribuem a língua enegrecida e as manchas brancas na língua de Mema, assim como o seu mau hálito imperioso, à sua maldade. Outros, menos benevolentes, afirmam que são enfermidades malignas. De qualquer forma, ela parece orgulhosa de sua língua. Conhece o valor das pausas, para que o silêncio lhe permita inspecionar a obscuridade do quarto, enquanto a língua enferma vai e vem sem parar. A essa hora você deveria estar no trabalho, acrescenta, segura de si mesma como sempre. E que cacete você tem a ver com isso, sua velha lésbica (também dizem que por detrás de Mema há um homem disfarçado de mulher), velha descarada, velha filha-da-puta, Victorio tem vontade de lhe dizer, vermelho de indignação; em seguida se lembra de que essa mulher, bruxa famosa, além de tudo é a responsável do Comitê de Defesa da Revolução pela vigilância, e tem a alma como a língua, envenenada, de forma que se limita a sussurrar Estou doente. Mema Turné move os olhos que parecem ventosas e os fixa, experiente, no rosto de Victorio, enquanto a voz de barítono Martín se eleva para atacar uma ária de bravura Não devemos deixar que a debilidade nos leve a deixar de cumprir com o dever que a sociedade em que vivemos nos exige, e mexe ambos os braços e faz soar as pulseiras. A frase foi dita sem pausas. Mema às vezes é prodigiosa, poder-se-ia dizer que, como os bustos dos patriotas, não precisa respirar. Victorio procura em vão por uma resposta, suspira como se quisesse deixar bem clara a veracidade de seu mal, e lhe ocorre que aquela poderia ser a ocasião ideal para buscar um machado e partir-lhe a cabeça em duas. Em muitas noites, Victorio acaricia a fantasia de que, como um Raskolnikov redivivo, aniquila essa harpia a machadadas para salvar a si próprio e a humanidade de uma língua tão viperina, de um exemplar tão funesto. Está certo de que a humanidade, ou seja, as vinte ou mais famílias do edifício, o aplaudiriam. Certas pessoas não parecem ter direito à vida. Ademais, como o quarto de Mema é contíguo ao seu, Victorio estaria em condições (legais) de abrir uma porta e desfrutar de duas habitações para ele sozinho. Ela o olha como se adivinhasse seus pensamentos: os seres malvados têm esse dom. Apesar dos colares de Xangô e Obatalá, está vestida de preto como uma beata na Sexta-feira Santa. Ele acha que os olhos irritados de Mema estão assim de tanto vigiar. E os lábios, apenas um leve traço abaixo do bigode ralo, espumantes de saliva rançosa, demasiado rançosa, sorriem e revelam, com perceptível maldade Ai, meu filho, a notícia que trago, escute bem e se prepare: na próxima semana chega a brigada de demolição. E vira as costas, se afasta sem se despedir, pois as despedidas, companheiro, são coisas da pérfida hipocrisia burguesa.

Por fim chegará a brigada de demolição. Como esteve esperando-a por mais de um mês, esqueceu-se de que o edifício vai ser demolido a qualquer momento. Mecanismos defensivos da mente. Agora a destruição tem hora certa. Não se dá conta de que Ela Calvo já parou de cantar há tempos. Não se lembra de que sobre a mesa-para-tudo estão esperando o resto de pão, a xícara de café pela metade e a bala de canhão antiga. Senta-se em um canto do quarto, as costas encostadas na parede, e contempla o chão de mosaicos manchados, formando uma depressão para o centro, numa concavidade ameaçadora. A concavidade, pensa, é uma forma triste e insegura quando associada ao chão: é importante para o homem saber que pisa em terreno firme.

Pode ser que tenha dormido outra vez. Dormir em momentos difíceis é mais fácil do que parece. Talvez desperte horas depois. Quiçá abandone o palácio imemorial daquela família cujo sobrenome ilustre ninguém mais tem interesse em recordar; talvez saia para o barulho do parque Fe del Valle (onde em tempos remotos funcionou O Encanto, a loja mais *chic* da cidade) e encontre um sol de meio de tarde que anuncie a desaparição definitiva de Havana dos mapas do mundo.

2

ÀS CINCO DA TARDE, com uma exatidão absoluta, quer dizer, na hora de abandonar o seu burocrático posto de trabalho no aqueduto de Albear, em Palatino, Victorio sente o repentino desejo de contemplar as enormes alvercas. Atitude surpreendente: as alvercas foram construídas na década de oitenta do século XIX, cerca de cento e vinte anos atrás; Victorio trabalha no aqueduto há muito tempo, ou seja, as vê dia após dia, ano após ano, e de tanto tê-las diante de si já não deve nem vê-las. Daí a estranheza daquele impulso. O mais insólito acontece em seguida: logo depois de fechar as janelas, volta a abri-las, se fixa outra vez nas represas, nas rãs de pedra escura que espiam em cada canto delas; fica olhando a porta suntuosa desenvolvida pelo gênio de um ilustre havanês, o engenheiro don Francisco de Albear y Lara, cuja obra perfeita, ainda em uso, funciona sem precisar de outra energia além da extraída pela força da gravidade, fato que a levou a ser premiada na Exposição de Paris de 1889.

* * *

Abandona o escritório sem fechar as janelas. A porta sim, fecha-a bem, com chave, se assegura de que esteja bem fechada. Num segundo impulso, não menos caprichoso, joga a chave dentro de uma boca-de-lobo.

Não sobe pelo Palatino, como deveria, para tomar a Calzada del Cerro e seguir pela rua Monte até se encontrar, depois de algumas voltas, na Galiano, a rua de seu quarto; em vez disso, se descobre no parque de Fomento, um dos mais bonitos e arborizados da cidade, por sorte ainda não descoberto pelos devastadores exércitos turísticos. Encontra-se ao lado da Cidade Desportiva. Não sabe o que faz ali; tampouco lhe importa. Um grupo de atletas descansa sob as acácias, bebe água-de-coco, entre risos e grosserias que, ditas por eles, não parecem grosserias. Pensa que um grupo de atletas bebendo água-de-coco sob a sombra das acácias equivale a um afresco da Capela Sistina, talvez até mais sublime, pois os corpos que ele tem agora diante de si estão vivos, vivos, vivos, respiram, transpiram, cheiram, se tensionam, riem, falam, gritam, e a água-de-coco transborda pelas comissuras dos lábios, e segue, corre pescoço abaixo até os peitos desnudos, e molha os shorts de treino. Haverá algo mais bonito que um corpo humano quando é bonito? Por outro lado, um corpo vivo sempre provoca a nostalgia do efêmero, fala Victorio consigo mesmo, e a glória da beleza humana não reside justo em sua fugacidade? No centro do campo desportivo há dez ou doze balões aerostáticos, imensos, airosos, com barquinhas de vime e uma infinidade de cores, cores brilhantes, e bandeiras. É a primeira vez que Victorio vê balões aerostáticos. E lhe assalta a nostalgia daqueles anos em que se deleitava com as leituras de Júlio Verne. Pensa que deve ser fascinante entrar em uma dessas barquinhas e subir, subir, ar acima, até os confins, chegar a ver a elegância do amarelo de Schönbrunn, o exótico palácio de Dolmabache, a Casa do Esclusero no Lago do Amor das Bruxas, o Grande Palácio Dourado de Bangcoc. Um senhor que vende jornais na esquina da rua Primelles, de terno, gravata e com o cabelo tingido de um preto intenso, reluzente de brilhantina, explica-lhe, sem que Victorio houvesse lhe perguntado, que se trata de uma competição desportiva que terá lugar na última noite do ano 2000. Mas que competição difícil!, afirma, o senhor sabia que os ventos da Ilha são como a Ilha, variáveis, caprichosos, nada propícios aos esportes aéreos? É uma loucura, como sempre, uma verdadeira loucura. A senhora que varre a rua, vestida com um macacão verde-sujo, parou para escutar a conversação, olha com desmesurada violência para o vendedor bem trajado e o desmente, categórica, Não fale do que não sabe, companheiro, por isso este país está como está, pelo diz-que-me-diz-que, vão rodar um filme, um filme sobre o primeiro cubano desaparecido entre as estrelas, o senhor Matías Pérez.

A noite vai caindo com a tristeza dos acontecimentos inúteis e fatais. Inutilidade e fatalidade, pensa, agravadas pela ausência de iluminação pública. Já percorreu El Vedado e a rua Cien até a biblioteca de Marianao, em cujos salões envidraçados, repletos de ninhos de gorriões, estudava e conversava com sua amiga Marta, a jovem cega do departamento de Arte, aquela que morreu com vinte e oito anos e muitas expectativas vãs. Perto da biblioteca, nos anos quarenta deste pérfido século que se acaba, ergueram um castelo românico. Havana pode engendrar essas loucuras. Delírios de templos gregos, anfiteatros romanos, palácios florentinos, igrejas góticas, pavilhões rococó. Foram feitos para ostentar, assim como o

Museu Napoleônico que existe na capital da Ilha, onde são exibidos objetos de Josefina Beauharnais e do imperador dos franceses; até um molar que, segundo dizem, foi extraído de Napoleão na campanha do Egito, está exposto em uma redoma de vidro sobre um pano de veludo carmim. Victorio percorre os palácios gloriosamente reconstruídos como se andasse por outro tempo, o de Julián de Casal, o grande decadente. Sabe bem, ninguém tem de lhe dizer, que a época do poeta não se destacou exatamente por ser fascinante; pelo contrário, foram tempos de horror, de pobreza material e moral, mas cede com gosto a esse capricho da imaginação que, com muita aleivosia e frivolidade, costuma considerar que "qualquer tempo passado foi melhor". Aproxima-se de jardins, aspira o aroma de tanta vegetação descuidada, ouve a água cair nas fontes, agora secas, e vislumbra muros de portões remotos. Crê ouvir música de bailes antigos, assim como imagina interiores suntuosos. A noite enobrece Havana. O bálsamo das sombras oculta o tosco, corrige imperfeições, dissimula o carcomido e o sórdido. A Havana da tarde e da noite (e isso porque a noite de Havana é de um radicalismo absoluto) tem pouco ou nada a ver com a das manhãs severas, dos meio-dias insuportáveis, úmidos e violentos. Surgem, aqui e ali, as janelas e as luzes. As janelas anônimas do dia nada têm a ver com as janelas da noite, carregadas de presságios. Que sorte encontrar a certeza de alguma luz em meio à noite irrevogável de Havana. Durante as noites não há casas nem ruínas nem palácios, apenas a luz. A luz e tudo o que ela significa: luzes que engrandecem balcões e portas, janelões altos, luzes temporãs, amarelas, alegres, tristonhas, carregadas de insinuações, astuciosas, que escapam por cortinas, vidros, luzinhas coloridas, arcos de meio ponto... Não se trata de nada além disso, de luzes, e, entretanto, deve-se admitir que uma luz remete a outras realidades.

Uma luz sempre suscita outra coisa, esconde diferentes mensagens, múltiplas sugestões, infinitos significados, e quem já enfrentou a intempérie de qualquer noite sabe quantos avisos podem ser descobertos nas fulgurações de uma luz.

Passou por Jaimanitas, pela praia de Mayanima, pela Marina Hemingway. Esse lugar exerce uma atração especial sobre ele, as casas (*bungalows*, dizem os donos) ao pé do canal, contemplando a entrada de iates do mundo inteiro, diante de uma brisa com cheiro forte de sal, de algas, de peixes mortos, madeiras apodrecidas e naufrágios. Anda pelas valetas, o passo lento, a atenção voltada para as madeiras das casas, sua qualidade, suas cores, admira os telhados de duas águas, de telhas enegrecidas pelo mar e pelas chuvas. Imagina o que poderia ser um bom cantinho em alguma daquelas varandas com vistas afortunadas, a linha do horizonte em frente, a brisa, a poltrona fresca com seu banquinho e seu abajur de pé. Chega a um restaurante chamado El Laurel, cujo nome se deve à árvore enorme que cresce à entrada, adornada com luzes coloridas, como se estivessem no Natal. Não tem um único dólar no bolso. Cumprimenta o porteiro e entra. As mesas se encontram dispostas no pátio arborizado que dá para o mar. Seria um lugar paradisíaco se não fosse pela presença tirânica da música, essa péssima mania dos cubanos de colocar música dançante a todo volume, como se tivessem a obrigação de se mostrar sempre alegres, a alegria como decreto, ucasse, dever tirânico de alegrar os outros, como se a alegria só pudesse ser expressa por risos, algazarras e *guarachas** ensurdecedoras. Um belo jovem (belo, meu Deus, belíssimo!) de bermuda, o torso nu, pergunta O senhor deseja

*Dança semelhante ao sapateado. (N. da T.)

comer?, temos ofertas excelentes. Apesar de falar como um europeu que acaba de aprender castelhano, o jovem não pode ocultar, por mais que tente, o sotaque cubano, e não se sabe como nem por que deseja falar como europeu, e só com isso consegue ser ainda mais cubano. Em seus olhos também brilha algo que o delata como o mais cubano de todos os cubanos. Talvez o fulgor de tantos desejos insatisfeitos, tantas carícias frustradas, tantas insinuações vãs. Com altivez, Victorio avança rumo à orla do mar; rapidamente, e não sem malícia, ele se deu conta de que as mesas próximas à orla estão ocupadas. Há algum lugar perto do mar?, pergunta em tom caprichoso. O deus cubano e belo esboça um gracioso e falso gesto de contrariedade, replica Neste momento não, se quiser esperar alguns minutos. Agora já não parece um europeu, mas sim um asiático que a duras penas aprendera os rudimentos do castelhano, ainda que o brilho dos olhos esteja ali, delatando-o. Dá-se um breve e fantástico silêncio. O disco de *guarachas* parece ter chegado ao fim, o caso é que Victorio aproveita esses segundos de silêncio para sentir o mar, seu rumor, para ver como os outros comem, bebem, conversam, sorriem, aparentemente despreocupados, aparentemente felizes, sob as árvores, na beira da água, diante do estreito da Flórida. Belo e cubano, o jovem deus torna à carga: não está disposto a perder o cliente. Deseja que lhe prepare uma mesa aqui mesmo? Victorio se dá conta de que não tem alternativas, deve pensar rápido em uma solução vertiginosa, reflete por um segundo e se recorda de que os restaurantes particulares foram proibidos de servir lagosta. Quero lagosta, diz. Outra careta de desgosto no rosto do cubano. Lamento, senhor. Victorio suspira, finge decepção, vira as costas, se afasta, regressa à rua. Oculta de si mesmo a humilhação de saber que não tem um dólar, um único dólar, e que o garçom-mancebo-sagaz-cubano-deus talvez o tenha descoberto. E o mais grave: o passeio por entre as mesas do restaurante lhe abriu o apetite. Não precisamente a fome, mas algo muito mais refinado. Fome de sabores, de delícias. Desejo, necessidade de satisfazer o paladar.

Furtivo, vacilante, entra em seu quarto. Está quase a ponto de acreditar que abriu a porta errada. Seu olhar é o do intruso. Examina duas, três vezes cada móvel, cada quadro, como se tivesse a necessidade de se certificar de que não terá acesso a intimidades alheias. Ali estão as paredes manchadas de umidade, as fotografias coladas nas paredes, a carcomida mesa-para-tudo, o colchão sobre o chão, o urinol de porcelana, o balde, o toca-discos Crown, a reprodução de *O embarque para Citerea* de Antoine Watteau. Cauteloso, o olhar se detém ali. Esse quadro, em qualquer de suas versões, sempre exerceu sobre ele uma fascinação especial. Sente-se atraído pela *joie de vivre* que se desprende dos quadros de Watteau, assim como dos de Fragonard. Ambos conseguiram pintar a felicidade do *dolce far niente*, assim como Mozart conseguiu converter a ventura em sons. Não há dúvida, exclama em voz alta, falando com os viajantes do quadro, a arte tem encantos que a realidade desconhece. Abre a janela. Pega o balde de metal, coloca álcool dentro dele e toca fogo. Arranca meticulosamente as fotografias das paredes e as rasga uma a uma antes de deixá-las cair no fogo. A única fotografia que se salva é a do Mouro no aviãozinho. Depois é a vez dos livros. Por sorte não são muitos. Um leve acesso de sentimentalismo o impede de olhá-los, e dá na mesma se os olha ou não, pois Victorio os conhece bem e até pelo tato pode saber de que livro se trata, de que autor, de que época, de que parte do mundo, pois os livros são como as pessoas, com características próprias, respeitabilidades, elegâncias, tolices e caprichos. Cada livro tem corpo e alma. Às vezes, em inumeráveis ocasiões, têm até mais alma que os próprios autores que lhes deram vida. E Victorio pensa que seria capaz de citar múltiplos exemplos. Apenas um velho e acariciado tomo das *Memórias* de Saint-Simon (*A princesa dos Ursinos*) se salva das chamas. Por que esse tomo e não outro? Também quebra os discos. Rapidamente, para não saber o que destrói, o que sem dúvida não evita a consciência de quantos Mozart, Bach, Tartini, Matamoros, Garay, Vivaldi, Marta Valdés se espalham no chão, convertidos em pedacinhos. Depois coloca fogo no colchão. O colchão arde debilmente, sem vontade, em chaminhas infrutíferas que se elevam esgotadas de antemão, e esgotadas se auto-asfixiam, como cabe a um colchão velho demais, que deu de si muito mais do que haveria dado outro colchão similar em todo o planeta. Reúne em uma velha sacola preta a escova de dentes, o sabonete, algumas roupas e o exemplar de Saint-Simon. Conserva a fotografia do Mouro. Amarra a chave do palácio a um cordão e a pendura no pescoço. Ainda que não saiba bem para que, guarda também uma bonita toalha de praia, de cores vivíssimas.

Deita-se no chão. Teria gostado de dormir um sono longo, um sono feliz, onde lhe apareceriam praias, palmeiras e piqueniques. Vê-se criança nas areias da praia Havana, em Baracoa, sob as uvas do mato, à beira de uma água esverdeada e suja, salpicada de sargaços. Perto, a família, o ir-e-vir da família barulhenta. Preparam a mandioca, o molho para a mandioca, com muito óleo e alho. O leitão foi assado no dia anterior, que é como se deve comer o leitão para que tenha o gosto que Deus manda. A avó serve o arroz *congri**

*Comida típica de Cuba, arroz cozido junto com o feijão e bastante condimentado. (N. da T.)

com a escumadeira que brilha por causa da gordura de porco. Improvisam jogos de bola, mesas de dominó. Conversam aos gritos, parece que discutem, e bebem cerveja, ouvem música (boleros nas vozes de Ñico Membiela, Orlando Contreras, Rolando Lasarie, Olga Guillot). Cantam. Victorio, menino, na beira do mar sujo da praia Havana, em Baracoa. Regressou a esse território da infância, da irresponsabilidade feliz, onde não existem destruições, enfermidades, torturas, envelhecimento, nem morte. Conclui que nessa comarca afortunada não há lugar para a maldade. Victorio-menino pode ver-se na beira do mar. Tem entre seis e sete anos. Não mais. Aparta-se da algazarra familiar. Acontece que já almoçaram, beberam, e a letargia inevitável cai sobre a família. Os banhos, jogos e músicas são suspensos por algum tempo. Alguns tios, alguns primos deitaram para dormir debaixo das uvas do mato. Os casais se abraçam. Os corpos dormidos simulam estátuas de areia. A tarde se converteu em uma abóbada imensa e transparente. As nuvens escassas ressaltam o azul lavado do céu. O sol se reflete nas árvores, na areia, na água, na brisa, nos olhos desse menino que está na beira do mar e que se chama Victorio. Anda pela orla. O mar, as ondas quebrando sossegadas, um som que atrai e que completa a bem-aventurança da tarde. Victorio-menino entra na água, alguns passos apenas, já o advertiram Não entre no mar com a barriga cheia, garoto, pode dar uma embolia... E a mãe contou histórias de meninos mortos por embolias, pois a Tita, Hortensia, a mãe, sempre tem exemplos sinistros na hora de dar exemplos. Victorio-menino dá alguns passos, apenas alguns passos, para que o mar lhe cubra ao menos os pés, os tornozelos. Sente que a brisa o atravessa, quer dizer, que seu corpo não é seu corpo, e sim algo que se incorpora à brisa, que se torna brisa. Descobrir a relação que se estabelece entre o céu, o mar, a brisa e ele. Ou, o que tem o mesmo significado, a certeza de que ninguém mais neste mundo, ou em outro, pode ocupar o lugar maravilhoso que ele ocupa. Eu, ser único e irreproduzível, diz Victorio-menino pela boca do adulto, eu sou a luz, o mar, a tarde, a paisagem, e sou também o deus que não apenas cria, mas também desfruta de tudo o que cria. Victorio-adulto se recorda do Victorio-menino que passeia na beira do mar. O adulto, que já não vive a experiência, pode em contrapartida explicá-la, ao passo que o menino, dono da mesma certeza, não pode, entretanto, convertê-la em palavras, em algo claro, que se possa elucidar. E por isso mais tarde, naquela noite, em casa, depois de um banho quente que tira o sal do corpo e deixa um deleitoso cansaço em cada músculo, ele, o menino chamado Victorio, tenta explicar para a mãe Hoje me dei conta, mas o sono o derrota, e nunca, que ele se lembre, consegue terminar a frase.

Será mesmo que o sol entra pelas frestas das janelas e forma alegres desenhos nas lajotas velhas e gastas? Escutar-se-ão verdadeiramente o mexerico da vizinhança, o vozerio do parque, as vizinhas que cantam e acompanham algum salseiro da moda

La chica del son
Es una gata insaciable,
*La chica del son...**

Victorio quer se olhar no espelho. Na casa não há espelhos. Insiste, precisa se olhar em algum espelho, quiçá para ter a certeza de que está ali, os espelhos foram inventados para isso, para que o homem acredite que despertou dos sonhos, para que imagine lograr a convicção, invertida e distorcida, não importa, de que ele é ele, uma certeza entre as certezas do mundo. Não há nada na casa, nem sequer parece sua casa ou a casa de alguém. Trata-se

*"A garota da música/ é uma gata insaciável,/ a garota da música..."

mais de um quarto lúgubre, vazio, escuro, onde os passos ressoam e as canções que chegam do parque, da rua, perdem a leveza, adquirem tonalidades de cantos de veneração. Apenas a reprodução de *O embarque para Citerea* permanece. Observa as figuras do quadro, serenas, tranqüilas, galantes, elegantes, nobres tranqüilamente preparados para a felicidade, gentilmente bem-aventurados; distingue as árvores, o jardim com a excelência e a cor dos jardins idílicos, as velas rosadas do barco, os querubins brincalhões, a Vênus de mármore que os preside, santifica e aprova, e Victorio experimenta a repentina e feroz sensação de ter sido enganado. Não sabe de que canto de seu ressentimento aparece essa ira que invade o seu corpo como uma onda de sangue corrompido. Pega a velha sacola onde guardou os seus pertences e deixa o edifício que será demolido. Como um Eugênio de Rastignac, sai para a cidade amada e abominada. A diferença é fundamental: não está numa noite daquela Paris do século XIX, mas sim na Havana de um suburbano dia do fim do século XX, o que não lhe impede de gritar um exaltado Logo nos enfrentaremos, que a cidade, como era de esperar, não replica. O acaso replica na voz de uma mulata maquilada, perfumada e escultural que, ao tropeçar com ele, replica Ei, menino, o que que foi?

3

Contam que em outras épocas, mais alegres, ela chegou a ser bastante generosa com os que não tinham teto. Os amplos portais e as cômodas calçadas cobertas da Cidade das Colunas já serviram de refúgio para centenas e centenas de vagabundos. Em dias de temporal e de sol violento, em noites de umidade e de frio que nunca tiveram nada a ver com a suposta verdade dos termômetros, muitos indigentes encontraram refúgio na nobreza maternal de inúmeras galerias havanesas. Contam que lá abundavam não apenas refúgios e colunas; havia, além disso, água potável e doce nas fontes, árvores nos jardins, e frutas nas árvores dos jardins, e pães e sopas que eram repartidos nas sacristias das igrejas, e peixes, muitos peixes no mar. Diz-se que havia sombra nas calçadas e uma brisa permanente sob as galerias. Apesar de ser tão generosa, Havana pouco a pouco deixou de tolerar os mendigos: lhes negou a caridade dos portais, as bênçãos das brisas e o resguardo contra seus bárbaros relentos. Chegou-se a afirmar (quão fantasiosa pode ser a imaginação popular) que a mudança começou a ser notada no dia em que Havana permitiu que encerrassem em um asilo o mais famoso de seus vagabundos, o Cavalheiro de Paris. Naquele dia infausto anoiteceu em Havana às quatro da tarde, e o crepúsculo antecipado assombrou os havaneses. Como não sabem das estações, como ignoram a esperança das estações, os céticos havaneses nunca acreditaram em sóis fora de hora nem em luas antecipadas. Foi, dizem, uma verdadeira catástrofe. Confusa, atormentada, a cidade se transtornou, sentiu-se outra, de latitude diferente, como se Havana (pode-se dizer assim) houvesse acreditado ser Bruxelas, e eles, havaneses, pobres habitantes da cidade confusa, ficaram sem lugar nesse mundo de tamanhas metamorfoses. Verdade ou mentira (mais verdade que mentira), é um fato comprovado: Havana voltou as costas aos necessitados.

Desorientado, sem saber o que fazer, Victorio pensa na demolição do palácio antigo onde se encontra (ou se encontrava) seu quarto e tem a ocasião de sentir na própria pele a aversão de Havana pelos que não têm moradia. Agora pode entender o que significa a miséria das ruas escuras, desoladas, as calçadas vazias, as fontes secas, os jardins sem árvores, as árvores sem frutos, ruas onde se acumula uma sujeira que parece vir do fundo dos séculos. Diverte-se classificando os arbustos pálidos e as frágeis samambaias que elegem as ruínas para crescer. Supõe conseguir identificar a cor única das paredes imundas, o passo firme dos policiais, o não menos firme dos delinqüentes, o som receoso e aflito dos saltos das putas, a navalha inesperada e aberta que alguém lança de um balcão, o suspiro de alívio ou de prazer dos seres que se entregam a um abraço no qual gostariam de conhecer a própria realidade, talvez para saber que não se converteram em fantasmas. Victorio desfruta da brisa que sobe com seu miasma desde o porto, e do terral que baixa de outras podridões. Decifra também a linguagem das estátuas descabeçadas, perscruta a escassa luz dos faróis, vê as águas do esgoto correrem pelas calçadas estropiadas, distingue o grito dos pesadelos, aprende que nada explica tão bem a cidade como o pranto ou a canção desesperada que rompem o silêncio da noite, e tem a certeza de que Havana pode ignorar o ritmo habitual do planeta.

Afasta-se, indo até a antiga igreja de Paula, essa zona de trilhos, ferrovias, além da plataforma de Tallapiedra, onde um dia houve inúmeras mortes na explosão de um barco francês. Por que se encaminha para essa zona horrível da cidade é algo que não poderia explicar. Durante dias o céu das noites se avermelhou obstinadamente, e a brisa, salitrosa e não menos contumaz, agita as nuvens vermelhas, ou de uma cor entre o vermelho e o cinza. Não pensou na chuva como uma ameaça, e assim viu as nuvens correrem sem se assustar, e comprovou que a brisa desaparece. Também notou o negrume intenso dos muros negros. Quando os muros de Havana se enegrecem mais do que o normal é sinal de tempestade eminente. Victorio observou que as pombas, *totíes** e gorriões desapareceram, e viu uma fileira desesperada de formigas se formar, assim como ratos fugindo em debandada. Não se deixou amedrontar. Será que a chuva o apanhará desprevenido, apesar de esta ser a forma mais cruel de desamparo para aqueles que não têm teto? Ou será que o medo da polícia e dos homens, bem como a sensação de solidão, é mais poderoso que a ameaça de temporal? Nas noites de intempérie, Victorio sempre se dá conta de sua solidão. Onde estão os amigos? Morreram, se foram ou deixaram de ser amigos. Na realidade, o fato é que as três coisas têm o mesmo

*Pássaro cubano de plumagem preta. (N. da T.)

significado. Uma cidade onde não se tem mais amigos é uma cidade que nos exclui, nos esquece e não nos diz respeito, pensa Victorio, uma cidade não é formada apenas por edifícios, bancos, casas, parques, monumentos, estátuas, galerias, baías. Sem casa, sem amigos, a cidade se torna distante, alheia, incompreensível e hostil. Assim diz Victorio às paredes enegrecidas que anunciam o temporal. E, uma vez que essa cidade é como é, nem sempre são os muros que escutam. Uma senhora sessentona, cuja presença Victorio não havia percebido, varre a calçada de sua casa e exclama, com uma voz aguardentada Ouça, rapaz, não se preocupe tanto, não vale a pena.

Os deuses não enviam suas mensagens em vão. Acabam de dar as nove da noite e a tempestade cai. Victorio escuta o tiro de canhão da fortaleza de la Cabaña. Primeiro confunde o tiro de canhão com um trovão; logo vê que não era, e começa a chover. A tempestade está caindo imperceptível, sem importância. Victorio anda pelos caminhos da estrada de ferro, equilibrando-se sobre os trilhos. De quando em quando, a chuva provoca um belo efeito ao cruzar os espaços iluminados pelas luzes mortiças dos postes de iluminação, e revela duas colunas que sustentam uma espécie de arco semidestruído. Victorio vê a figura imprecisa de uma mulher. Você vai ficar doente, assegura ela, sorrindo. Ele se aproxima e ela esboça um gesto rápido com a mão, para indicar o arco, e afirma, categórica. Aqui ficaremos bem. A moça é alta. Ou parece ser. Está vestida de vermelho, roupa de noite, modelo antigo, toscamente reformado, que deixa quase à mostra dois seios pouco desenvolvidos. Seu cabelo, encharcado, é longo, e preto, com as pontas iluminadas por tons amarelos, quase brancos. A chuva borrou a maquilagem excessiva de seus olhos. Suas bochechas branquíssimas estão manchadas. Em uma das mãos exibe um sapato de salto alto, bico fino e laço dianteiro, bastante fora de moda. Mostra a Victorio que o salto do sapato se despregou com a chuva. A pessoa acredita que vai arrumar a vida e, pum!, a vida. Enfatiza a pausa com um movimento de cabeça. Sim, três passos adiante e cinco ou seis para trás, e lá vamos nós começar outra vez, afirma Victorio. Ela sorri e afirma Como diz a minha mãe, quem nasce para carvão, a lenha lhe cai do céu. Victorio a olha com curiosidade e conclui O mito de Sísifo! Ela faz uma careta que significa que não entende e que não se importa muito com aquilo. Hoje fiz um dinheirinho e pensei que teria uma folga por uns dias, e olhe, veja só, o sapatinho da Cinderela estragou, e agora o que a Cinderela faz se não existem fadas madrinhas, nem príncipes, nem porra nenhuma, vamos, me diga. E olha para Victorio um tanto irritada, como se ele tivesse a resposta e se negasse a dá-la. Ele encolhe os ombros. Ela o imita. Deixe pra lá, dá para ver que você também está bem ferrado. Ficam em silêncio. Parece que querem escutar a intensidade da chuva. Ela fecha os olhos e suspira. Ele a vê cansada. Ela volta a abrir os olhos, e seu olhar está em outra parte. Eu queria passar duas ou três noites sem ter de sair, e veja isto, e levanta o sapato na chuva como se fosse um troféu, uma taça de champanhe, e o atira longe, convertida de repente, e com toda inocência, na imagem deteriorada de Violeta Valéry. Faz o mesmo com o outro sapato, que não estava quebrado. Não conheço nenhuma coxa para presentear, explica. Depois abandona uma mão lânguida no ombro de Victorio. Você gosta quando chove? E aproxima seu rosto do dele, sorridente, suave. Ele percebe um ligeiro hálito de álcool. Não tenho um centavo, alerta. A mão dela aperta-lhe o ombro, como se precisasse de um apoio para suas gargalhadas. Ri com real entusiasmo. Você acha que sou boba? Não tem um centavo nem gosta de mulheres.

Os dois riem de boa vontade, os dois, protegidos da chuva sob as ruínas da antiga muralha. Você vai gostar do meu namorado, que homão!, um mulatão de Sancti Spíritus que já foi cobiçado pelos modelos do La Maison, e acaricia a testa de Victorio, arruma algumas mechas empapadas. Cobra barato, acrescenta malignamente. Victorio tem a impressão de ver, ao longe, através da cortina de chuva, o castelo de Atarés; não tem certeza, pois agora a tempestade é intensa, e sabe-se que as tempestades costumam falsear a realidade, colocá-la em dúvida, convertê-la em miragem. Um cachorro passa pelo meio da rua, o rabo e a cabeça abaixados. Esse está pior que nós, observa ele. Não tenha tanta certeza, enfatiza ela, enquanto abraça Victorio e apoia a testa em seu peito; busca calor como uma menina que necessita de afeto. Depois de pensar no assunto (manifestar ternura a outra mulher que não sua mãe sempre o assustou), Victorio aperta a cabeça da jovem contra seu peito. Está muito frio, não está? Victorio não responde. É como se fosse neve em vez de chuva, insiste ela. Victorio não quer desmenti-la, lembrar-lhe que estão em Havana e que em Havana a única estação é o verão, um verão eterno, interrompido apenas pelos temporais que se encarregam de aumentar, com grande eficácia, os vapores do solo. Se ela tem frio, deve ser isso mesmo. Sim, moça, olhe como cai a neve. E como você se chama? A voz dela vibra em seu peito. Victorio. Victorio? Afasta-se para fitá-lo com olhos nos quais há deboche e surpresa. Victorio?, e os seus pais te odiavam? Não, não me odiavam, esclarece ele, amavam a revolução, nasci em 1953, o ano em que Fidel e seus homens tomaram o quartel Moncada. Repetida ao longo de tantos anos, essa frase não tem mais sentido para ele. Ela deixa escapar, com uma dramaticidade irônica, um Ah, ah!, e volta a recostar a testa no peito do homem, e se apresenta Eu me chamo Salma. A chuva começa a ceder. O cachorro se deteve na esquina como se não soubesse para onde ir.

A voz dela se converte em um sussurro Bem, na realidade não me chamo Salma, mas sim Isabel, Isabelita, mas Salma é mais bonito, você não acha? Além disso, é o nome de uma atriz, observa ele, sorridente. Sim, eu sei, Salma, Salma Hayek. Dessa vez Victorio não retruca nada. Acha que não teria muito sentido lhe explicar que Isabel também é um nome bonito, e de qualquer forma é mais autêntico, pois ela se chama Isabel, e não Salma. Sabe?, declara ela de repente, e se aproximando dele ainda mais, eu adoraria ser cantora de rock, ou atriz, atriz de Hollywood, é claro. Para quê?, pergunta ele quase mecanicamente, sem deixar de acariciar a cabeça da jovem. Ela tem o olhar fixo em distâncias alheias a essa realidade em que ambos se encontram. É evidente, os olhos dela se evadiram. Depois pisca várias vezes, como se quisesse apagar o que viu. Não sei, acho que para cantar, para estar no palco de um teatro lotado, e usar vestidos de algum estilista famoso, Miyake, por exemplo, e luzes coloridas caem sobre mim, e minha própria banda toca *laicavirjin*, e eu canto, canto sem parar, com muito *glamour*, você sabe, e a voz maravilhosa, eu muito *sexy*, andando de um lado para o outro do palco, canto *laicavirjin*, e o público grita maravilhado, o público aplaude, que sucesso!, você não está ouvindo os aplausos? Não, é a chuva. Ela não faz caso. Trabalhar no cinema! Ficar gravada para sempre em um filme, interpretar a malvada Abigail contra Daniel Day-Lewis, que, além de grande ator, é lindo, você não acha que eu seria uma excelente Abigail?, e assistir à entrega do Oscar da Academia, subir ao palco, sim, porque eu ganhei um, e não conseguir falar por causa da emoção, chorar, abrir os braços com a estatueta erguida, dizer a esse público que me adora, me ovaciona *tenquiuverimosh, ailoviu*, dedico este prêmio a minha mãe e a Chichi, meu irmão. Instaura-se um silêncio. Victorio pensa que parou de chover. Não diz nada. Não quer interrompê-la. Ela explica que o concerto, a cerimônia do Oscar, a deixaram extenuada, extenuada demais!, morta, mortíssima, como estou cansada, Victorio!, a sorte é que Andy, Andy Garcia, meu namorado, me espera lá fora, espero que você conheça meu namorado Andy Garcia, Victorio, um grande ator, nasceu em Bejucal, acho, e agora é um super-superastro em Beverly Hills. Sim, concorda ele, quem não conhece Andy Garcia, e ele te espera com um guarda-costas, e também tiveram de colocar cordões de policiais para que você passe, e a limusine, o Porshe, ou a Mercedes-Benz, mais guardada que a de um chefe de Estado, pois os artistas sempre são mais simpáticos que os chefes de Estado, não são?, e você sai, corre feliz, ri, a estatueta erguida, diz adeus ao seu público, e grita *ailoviu*, e sobe no Porshe ou na Mercedes-Benz, e beija o ator e ele te beija, apaixonados, se adoram, e você beija ele, beija e diz. Sorridente, feliz, ela afasta o rosto do peito de Victorio e termina a frase com voz e gestos de uma elegância exagerada Ai, meu amor, *aiemveritaired*, poderíamos ir logo para nossa mansão à beira-mar? Riem. Estiou, sim, não está chovendo mais. Já faz um tempo que parou de chover, esclarece ele. Muito séria por um breve instante, ela diz Sonhar não custa nada, sabe, é a única coisa que não custa nada e ninguém fica sabendo, é o melhor que podemos conseguir, você não acha? E, depois de uma pausa, Escute, Triunfo, você não quer um pouco de sopa? Victorio não se dá ao trabalho de esclarecer que não se chama Triunfo. A perspectiva de uma sopa torna insignificante qualquer retificação e qualquer outro plano. Sopa? Naquele momento uma sopa vale muito mais que um Oscar, com ou sem Andy Garcia. E onde está a sopa? Em minha casa, vivo perto daqui, bem perto, na rua Apodaca, ao lado do terminal de Trens, minha mãe sabe como trabalho duro, e sempre que chego, às cinco ou seis da manhã, tem uma sopinha quente pronta para mim, de qualquer coisa, do que ela encontrar, porque até uma sopa de pedra, se você coloca um pouco de sal, de alho, cebola e molho de soja, fica gostosa, esse trabalho é duro, sabe, duro, duríssimo.

Salma vive com sua mãe no que já foi, antigamente, um estúdio fotográfico chamado Van Dyck. Ainda se pode ver o cartaz antigo, descolorido pela falta de uso, pelo sol e pelos temporais, e um letreiro no vidro da porta EMPURRE/PUSH. ENGLISH SPOKEN. Trata-se de um espaço único e pequeno onde se confundem três camas por fazer, armários sem portas, caixas de papelão empilhadas umas sobre as outras e uma velha máquina de costura Synger, e Victorio pensa que se a fábrica Synger pudesse ver semelhante peça de museu ia se sentir orgulhosa, orgulhosíssima, e daria um prêmio a quem conseguisse fazê-la funcionar. Victorio descobre também um fogareiro de querosene e um abajur cuja base é um buda de porcelana, gordo e festivo, satisfeito, que ri e toca o próprio ventre, e que ao refletir a luz em sua testa e em sua barriga projeta-a para o resto do quarto, e agiganta sombras e esfuma o contorno das coisas. Nas paredes, empapeladas por fotografias iluminadas, há retratos de pessoas enfeitadas com cachecóis insólitos, desatinados casacos de peles, capuzes, lenços, chapéus com flores e sem flores, ou com fitas pretas, no caso dos homens; pessoas com maquilagem, olhar e sorriso estilo anos quarenta, anos cinqüenta, e a falsa segurança com que olham e sorriem para o intervalo efêmero dissimulado na ilusão do "para sempre". Também há galhos de oliveira-do-paraíso nas paredes. Para espantar as moscas, esclarece Salma. Um cheiro de cebola, urina, galhos de oliveira-do-paraíso, querosene e jasmins invade o antigo estúdio fotográfico convertido em quarto-moradia. O cheiro dos jasmins vem de uma cantoneira que faz as vezes de altar dedicado a Obatalá, a branca, imaculada, Nossa Senhora da Misericórdia. A mãe de Salma parece ser sua avó. Veste um velho roupão de uma cor estranha e indefinível, com adornos também imprecisos, e está sentada na beira de uma das camas, os olhos remelentos, as mãos unidas sobre as coxas. Dir-se-ia ser uma mulher que, cansada de caminhar, decidiu deixar-se cair na beira do caminho. Na testa, em forma de cruz, tem folhas de sálvia, remédio antiquíssimo contra a insônia e a dor de cabeça. Está ficando cega, Catarata, esclarece Salma para Victorio, em voz baixa. Estou acompanhada, mamãe. Já sei. Salma sorri e pisca um olho. E Chichi, não chegou? O seu irmão está com uns amigos, foi para Viñales. Que boa vida meu irmão leva...! O seu irmão batalha, filha. Eu também batalho, mamãe, o que você acha?, batalho, e batalho, e ninguém me convida para Varadero nem para Soroa nem para Viñales, nem para a casa do caralho... Nem todo mundo nasce com a mesma sorte. É justo o que eu queria dizer, mamãe. O seu irmão é lindo, Isabel. Eu não sou tão feia, convenhamos. O seu irmão é mais que lindo, Isabel. Salma se volta para Victorio com cara de incompreensão Você não acha que a beleza é uma das maiores injustiças? Não acha?, e como alguém pode pedir igualdade para os homens, para os governos, para o imperialismo norte-americano, para as Nações Unidas, para a Comunidade Européia, se o primeiro injusto foi Deus?, nada menos que ele, o todo-poderoso, injusto, sim, e depois os homens sonharam em construir o comunismo, sim!, comunismo!, todos iguais!, disparates, Triunfo, mentiras, Marx e Engels eram tão feios que inventaram o comunismo, e o que você me diz desse russo careca chamado Vladimir Ilitch?, gente feia e rancorosa, gente com raiva de ver a beleza dos outros, você sabe por que o muro de Berlim caiu?, muito simples, porque havia e há alemães lindos e alemães feios, e é sempre assim, com todas as diferenças que você quiser!, o primeiro injusto foi Deus. Se é que ele existe, agrega Victorio, divertido. Meu Jesus Cristo!, grita aterrada a mãe de Salma, e levanta as mãos, enérgicas; mantém o olhar igualmente fixo e severo Nesta casa não se dizem heresias, senhor, seja o senhor quem seja, acreditamos em Deus e O respeitamos, O reverenciamos como Ele merece, senhor, saiba, com Deus, tudo, sem Deus, nada. E Pátria ou Morte, Venceremos, finaliza Salma animada, e imediatamente agrega É um amigo, mamãe, se chama Triunfo, e apesar das coisas que diz é muito devoto, tão devoto, mamãe, que estudou para padre, e é um dos meus melhores amigos, o que estou dizendo?, o meu melhor amigo, uma das pessoas que mais quero neste mundo, depois de você, mãezinha, e de meu irmão Chichi. Victorio acha graça e ao mesmo tempo o comove a sua maneira tão descarada de mentir. Pois então já sabe, senhor Triunfo, mais ainda se pensava em ser padre, e se é o melhor amigo de minha filha, nesta casa Deus vigia todos os lugares e é o nosso consolo e esperança. Não se preocupe, senhora, eu também creio em Deus e sei que Ele me perdoa as brincadeiras à sua custa. Victorio sabe que Deus não admite brincadeiras, como se houvesse algum deus com senso de humor! A senhora suspira. Se não fosse por Deus. Une as mãos e, unidas, as levanta. Se não fosse por Deus, o senhor acredita que poderíamos suportar esse horror? Victorio não precisa olhar as camas por fazer, os armários sem porta e as fotografias iluminadas nas paredes. Compreendo, exclama. E por que não terminou os seus estudos de sacerdote? O seminário desmoronou, disse Victorio sem titubear, um seminário muito antigo, desmoronou. A senhora baixa a cabeça sem separar as mãos, sem se render, e suspira Deus, Senhor do Universo... Nesse meio tempo Salma se desnudou como se isso fosse a coisa mais normal do mundo, e canta com uma voz doce e afinada

Rezando a Dios, se lanzaban al mar.
*Dejándonos, hacia ningún lugar...**

Não usa sutiã, e Victorio pode ver os seios pequenos e chatos, a calcinha, vermelha como o vestido, tão pequena que parece de menina, demasiado miúda para as cadeiras bem desenhadas. Victorio percebe que a jovem tem menos idade e mais encanto do que havia imaginado. Repara em seus belos olhos, grandes, escuros, dotados de um olhar inteligente, curioso, disposto a não se deixar assustar. Como são inteligentes, também se aprecia neles uma pitada de sarcasmo. Salma beija a própria mão e a leva a seu sexo, cujo monte de Vênus foi cuidadosamente raspado. Isso é de ouro, diz. Depois acaricia o seu ventre, as coxas, passa um dedo pelos lábios Tudo isso é ouro, vê, ouro puro, com rubis, diamantes e corais. E ele percebe a zombaria e a autocompaixão que as palavras escondem. Salma canta outra vez

Rezando a Dios, se lanzaban al mar...

De quem é essa música?, pergunta ele. Ela olha-o como se a pergunta a tivesse indignado. De quem poderia ser, heim?, de Carlitos Varela, o melhor compositor que existe neste lugarzinho chamado Cuba. Eu gosto também de Pablo Milanés. Ela não parece escutá-lo. Estou cansada, Triunfo, muito cansada, *aiemveritaired*, querido Andy... Vá dormir, minha filha, aconselha Victorio. Ela vai até ele, tira-lhe a camisa ensopada. Não há malícia em seus gestos, e sim algo maternal que o impede de se afastar. Seca-o com uma toalha velha e mal cheirosa e lhe dá uma camisa de Chichi,

*"Rezando a Deus, se lançavam ao mar./ Deixando-nos, para nenhum lugar..."

que não lhe cai de todo mal. Triunfo, você tem uns quarenta anos, não tem? Quarenta e seis, lembre-se da tomada do quartel Moncada, esclarece ele. Eu não sei nada desse quartel, não tenho memória, nenhuma-nenhuma, mas você não está tão mal, não, verdade, ainda dá para o gasto, pena que... Olha para a mãe, divertida, e leva um dedo aos lábios. Você sabe o que as mulheres falam quando vêem um veado que elas acham interessante? Menina, que desperdício. Boceja. Sim, preciso dormir, é verdade, primeiro vamos tomar a sopa e depois dormimos, se você quiser pode dormir na cama de Chichi, ele está em Viñales, o grande filho-da-mãe. Começa a servir a sopa nas duas xícaras. Ai, meu Deus, que maravilha, sopa de cenoura com acelga!, você caprichou, mamãe, é como se tivesse pressentido a chegada de Triunfo, do grande Triunfo. A mãe sorri, satisfeita, As cenouras e a acelga quem me trouxe foi Dulce, a minha amiga, a que limpa a capela da Dolorosa, na rua Corrales, ao lado do quartel dos bombeiros, você sabe quem é Dulce? A sopa de fato tem um gosto bom, de cozinha de convento antigo, pensa Victorio. Sentados nas camas, naquele cálido estúdio fotográfico convertido em moradia, a essa hora da noite, quando a roupa molhada já deixou a sua marca na pele ardente, a sopa passa a ser o mais saboroso de todos os manjares, com gosto de glória. Você viu os balões?, pergunta Salma de repente. Colocou a xícara entre as coxas, junto ao púbis depilado. Victorio não sabe a que ela se refere. Não me diga que você não viu os balões?, ai, são lindos, sabe, com milhares de cores e bandeiras e cestas de vime, e vários 2001 pintados, assim, fosforescentes, são lindos demais, sabe, lindos demais esses balões de andar pelo céu, te juro. Que balões são esses?, pergunta a mãe. Estão naquele terreno onde as pessoas vão correr, ao lado da Cidade Desportiva... Ah, você está falando dos balões aerostáticos!, exclama Victorio, sim, são dez, exatamente dez, dez balões aerostáticos como os de Júlio Verne. Balões grandes, para viajar, explica Salma, dizem que vão soltá-los no ar do céu no dia trinta e um de dezembro, à meia-noite, para comemorar a chegada de dois mil e um. Que idéia linda, aplaude a mãe, balões para subir ao alto e se aproximar de Deus, linda idéia, sim, linda, linda. Salma ficou com a colher vazia suspensa no ar e fez um gesto com a outra mão, como se tivesse tomado um tempo para reflexão. Seria bom roubar os balões para se lançar no céu em busca de Andy Garcia, o que você acha, Triunfo, chegar a Hollywood em um balão? Em Nova York!, propõe a mãe, entusiasmada. Victorio olha surpreso para a mãe. A sopa está tão boa e é uma realidade tão palpável que Nova York lhe parece uma quimera. Você sabe, Triunfo, porque já te contei, que Nova York é a cidade dos sonhos de minha mãe. Victorio quase lhe recorda que acabaram de se conhecer, sob um arco da antiga muralha; olha para a mãe com seu roupão enigmático e seu sorriso inescrutável e só é capaz de afirmar Já sei, Nova York, a obsessão da senhora sua mãe, a Quinta Avenida, o Central Park, o Lincoln Center... sim, mas é que Nova York está muito longe. A mãe ergue subitamente a cabeça e desfaz o sorriso, como quem ouve um aviso perigoso. Salma lança para Victorio um olhar de desespero, de reprovação, de incredulidade, de ódio?... O que você está dizendo, idiota, imbecil, Fracasso?, como você pode dizer que Nova York está longe? Ele tem a impressão de que Salma está a ponto de lhe atirar a xícara na cabeça. Depois de Matanzas, a cidade mais perto de Havana é Nova York, meu filho, e, caso você não saiba, fique sabendo, são duas ou três horas de viagem em um desses balões, não mais! O silêncio se apodera do antigo estúdio fotográfico. Um silêncio tenso e cortante. Tenaz como um muro de pedra. A mãe voltou a juntar as mãos. Dessa vez as têm apertadas entre os joelhos. Depois fala em surdina, com uma voz suave, murcha, mansa, cansada, com uma voz que parece se erguer de um poço de desilusões Como o senhor deve saber, senhor Triunfo, o meu marido, Bernardo, o pai de Isabelita e de Robertico, vive em Nova York, em um bairro muito bom, parece, pelo menos ele sempre disse isso, e me perdoe se não digo o nome do bairro, a minha memória está perdida, não tenho memória, meu marido é músico, como o senhor sabe, flautista, desde mocinho toca em orquestras, imagine, começou com Tito Gómez e a orquestra Riverside, faz muitos anos, logo que nasceu Robertico, foi em turnê para a Bulgária e lá desertou, arranjou um carro e não parou até... até onde, Isabelita? Até Viena, mamãe. Isso, até Viena, e depois, de Nova York, mandaram buscá-lo os seus amigos Vicentico Valdés, Tito Puente e La Lupe, a cantora, uma cantora maravilhosa, uma mulher maravilhosa, sabe?, que nós chamávamos de Yi-yi-yi, porque conhecemos ela em Santiago de Cuba, fazia curso normal para ser professora, cantava e queria se parecer com Olga Guillot e com a Império Argentina, e como eu dizia, senhor Triunfo, meu marido ficou lá, e eu não sabia nada dos seus planos na Bulgária, não me surpreendeu, é verdade, ele odiava essa pobreza, depois escreveu para nós, prometeu nos levar, mas a viagem é cara, muito cara, isso o senhor sabe, não é longe, mas é caro, também não manda cartas, diz que esqueceu como se escreve em nossa língua, e para que vai escrever em inglês?, para que, se o único inglês que nós sabemos é *gudmornin*... Victorio acaba a sopa e faz menção de se despedir. Salma esboça um sinal conciliador. O que eu sei é que há dez balões dos mais lindos na Cidade Desportiva, diz, e, se levantando, deixa a xícara vazia em cima da máquina de costura. Victorio nota que as nádegas de Salma são mais bonitas que o resto de seu corpo, com uma pele serena que pede aos gritos uma carícia. Mamãe, exclama Salma no tom alvoroçado de alguém que foi assaltado por uma lembrança maravilhosa, Mamãe, hoje eu vi o palhaço mais palhaço que já vi na vida. Que palhaço é esse, Isabelita?, pergunta a mãe, entusiasmada como uma criança. Eu estava andando pelo parque Central e vejo um grupo de pessoas olhando para cima, eu não gosto de olhar para onde os outros estão olhando, porque às vezes as pessoas fazem isso de sacanagem, levantei os olhos, assim, sem levantar muito, e vi, nossa, que maravilha!, primeiro pensei que era um menino, depois um velho, e agora não sei dizer se era menino ou velho, vestido de sultão, vermelho, vermelho, vermelho incandescente, uma labareda vermelha, com sua túnica e seu turbante, e a roupa com listras douradas, ai, que ridículo, e o mais ridículo, sabe, é que ele andava, andava nada, dançava, dançava, dançava sobre as balaustradas do hotel Inglaterra, se ele cai dali morre, sabe, se cai dali morre mesmo, se arrebenta, e ele nem aí, mamãe, Triunfo, sem medo, sem nenhum medo, continuava dançando no telhado do hotel e, o melhor, tirando pombas do turbante, cada vez que levantava o turbante saiam de lá dez, doze pombas, e voavam contentíssimas, para uma pomba fechada dentro de um turbante deve ser fa-bu-lo-so escapar, voar para o céu, que é infinito, não é?, sim, infinito, sem fim, e eu te digo, não existe nada como a liberdade, para as pombas ou para quem quer que seja, a liberdade, voar e voar e voar, e fiquei atônita, todos ao meu redor estavam igualmente atônitos, em silêncio, não parecia Havana, nem um pouco, um silêncio de uma intensidade de Viena ou Genebra, civilizado, quer dizer, todos imóveis, caladinhos, olhavam fascinados aquele que não se sabia se era um menino ou um velho, vestido de sultão de *As mil e uma noites*, dançando e soltando pombas. A mãe não pára de sorrir, de fazer que sim com a cabeça, como se o enxergasse na realidade de sua cegueira. Victorio se lembra do palhaço que viu dançando sobre os andaimes que sustentam (ou sustentavam) o edifício onde viveu até muito pouco tempo antes. Salma começa a se mover em meio ao peso silencioso do antigo estúdio fotográfico Van Dyck. Dança com movimentos lentos, lentíssimos, voluptuosos, até com certa elegância, refinamento, e como se descobrisse seu corpo enquanto dança. De repente se detém, os olhos fechados, os lábios embelezados por uma estranha felicidade. Aproxima-se de Victorio, beija-o na boca. Despida como está, acompanha-o até a porta do antigo estúdio fotográfico e sai com ele para a calçada, onde a noite tão noite, tão escura, parece definitiva. Nunca amanhecerá. Por sorte não há uma alma na rua e, uma vez que não há ninguém e ninguém julga, a nudez de Salma carece de lascívia. Não vai amanhecer, diz Victorio, e ajusta sua bolsa grosseira sobre o ombro. Ela volta a beijar-lhe os lábios. Não seja pessimista, e se resolver roubar um dos balões me avise, eu gostaria de chegar a Beverly Hills num balão, seria a melhor forma de chamar a atenção de Andy Garcia e até de Brad Pitt ou Robert de Niro, você não acha? Se chegarmos de balão a Beverly Hills, retruca ele, vão nos propor o *remake* de *A volta ao mundo em oitenta dias*, e eu seria o Phileas Fogg, ou seja, David Niven, e você seria Cantinflas. Com certeza nos contratariam, exclama ela, e aplaude. Um dia desses volto aqui, promete ele, tenta tirar o afeto de sua voz. Te espero, diz ela, ainda sonhando com o contrato em Hollywood.

O céu está tão limpo e cheio de estrelas que nem parece ter chovido, parece que o temporal foi uma fantasia. Para desmenti-lo, entretanto, ali estão as ruas e as calçadas cheias de poças. Victorio olha o seu relógio e constata que perdeu o vidro, que o ponteiro das horas desapareceu, que o dos minutos está torto. Se não existe relógio, diz consigo mesmo, não existe tempo, cheguei à eternidade. E liberta o pulso do artefato inútil. Acabou-se o tempo, sou imortal. E, ainda que o céu esteja limpo, ali estão as ruas encharcadas

cadas, vencidas pelo tempo, pela miséria e pelo descuido. As pequenas lagoas das ruas de Havana reproduzem as fachadas dos edifícios com maior nitidez do que os ilumina a penosa luz dos postes. Victorio se detém na frente de uma delas e acredita ver a silhueta de um balão aerostático refletida no cristal da água. O balão se desfez de suas cores, e agora tem a mesma cor de terra das nuvens e das fachadas dos edifícios. Desliza por entre as nuvens no espelho de um charco. Victorio olha para cima em busca do balão verdadeiro. Mas só consegue ver o céu paciente, limpo, piedoso, avivado por um sem-número de estrelas.

4

À INTEMPÉRIE DA SOLIDÃO, Victorio agrega o frio do medo. Se a solidão é como a falta de casa, o medo se assemelha ao frio úmido de Cuba. Quando um vento Norte sopra na Ilha, é inútil fechar portas e janelas, encher-se de roupas, se esconder. Uma viajante obstinada, Eleonora Duse, costumava dizer que no Norte o frio se vê e não se sente, ao passo que no Sul se sente e não se vê. Em Cuba, sempre faz calor, e se faz frio é um frio-obstinado-frio-onipresente que atrapalha a vida. Aqui sempre foi um país de extremos diabólicos, explica Victorio, quiçá falando com a noite, nem o calor nem o frio conhecem limites, quando faz calor você boceja, não consegue respirar, quando faz frio você se cala, congela, o frio aqui é como o calor, úmido, muito úmido, demasiado úmido, pois o mar estende involuntariamente um cerco ao redor da ilha. Assim como o frio, o medo não dá trégua. Como um lanterninha, acompanha você em todas as partes. Não adianta nada querer escolher um lugarzinho para entrar e desaparecer, não, não adianta: o feixe de luz, o frio, busca e ilumina.

* * *

De que tenho medo? Victorio dá de ombros. Não sabe. Medo, tenho medo, existe medo, e isso deveria bastar. Se no final das contas o sofrimento é o mesmo, há alguma vantagem em saber se o que provoca esse medo é autêntico ou não? Victorio se sente vigiado. Não admite estar sendo vigiado, mas o sente — o que pode ser pior. Acredita perceber que supervisionam seus passos, gravam seus gestos, registram suas palavras. Nunca viu ninguém o perseguindo. Mas deve-se reconhecer que, no final das contas, o inimigo mais pérfido é o invisível, o sempre-oculto, o que não mostra as armas nem dá as caras. O que você prefere, pergunta-se, O Belo Anjo da Escuridão ou o Arrepiante Monstro da Luz? A imaterialidade, tenta explicar para si mesmo, confere poder ao inimigo, um poder inusitado, e o inimigo sabe disso e então não se deixa ver, e poder-se-ia dizer que não existe. O medo sabe das desconfianças e, uma vez que é tão velho quanto o homem, conhece ardis antigos, sutis, cada vez mais refinados. Os olhos que observam Victorio sem que ele saiba quando, para que, nem de onde, são sempre os mais vis, os mais perigosos. Victorio deixa de agir com naturalidade e seus próprios olhos se encarregam de controlá-lo. Eis aqui, pensa, o grande êxito do Belo Anjo da Escuridão: esse momento em que o anjo já não precisa vigiá-lo, o momento em que o vigiado se converte em seu próprio adversário, o autocensor, o próprio inquisidor. E então Victorio é o melhor antagonista de Victorio, o melhor delator. E assim ele chega a muitas conclusões. Uma delas é que a autovigilância é e será a vitória completa do Demônio da Vigilância.

* * *

Não perambula por Havana, não passeia, escapa para as zonas ruins, para os bairros do sul, do oeste, do sudeste, onde as pessoas vivem ainda pior. Pensa que os habitantes desses subúrbios terão menos tempo para bisbilhotar, uma vez que se encontram demasiado ocupados em achar uma forma de sobreviver. Vê-se em bairros pelos quais nunca teria se aventurado antes, Jesús María, Pogolotti, La Lisa, Zamorra, El Fanguito, La Jata. Há dias e noites em que sonha com a graça bendita da invisibilidade, graça da qual o perigoso inimigo se gaba. Daria o que não tem por um filtro que o fizesse translúcido e lhe permitisse andar pela cidade sem medo. Uma vez que os filtros mágicos não existem, ou se perderam na falta de poesia desta época feroz, Victorio trata de passar despercebido, que é o mais próximo da invisibilidade que pode alcançar. Descobre um meio eficaz de consegui-lo, que consiste em dois passos; primeiro: falar somente quando lhe perguntam algo, e se possível por monossílabos; segundo: nunca olhar nos olhos do próximo. Boca fechada e olhar baixo. Também toma cuidado para não parecer o que já começa a ser, um vagabundo. Está certo, passa dias sem tomar banho e sabe que o seu aspecto deve ter se deteriorado. Entretanto, para suar apenas o inevitável, anda pouco durante o dia, tenta expor-se o mínimo possível ao sol. Busca a sombra de uma árvore, de alguma ruína, de algum portal, e trata de permanecer sentado ali o maior tempo possível. O livro de Saint-Simon também é muito útil. Victorio sabe que um homem sentado sob uma árvore goza de uma aparência de mansidão, e sabe, ainda, que um homem sentado sob uma árvore nunca será o mesmo que um homem lendo um livro sentado sob uma árvore. É fácil dar-se conta de que o livro confere ao homem um aspecto mais inofensivo, um toque definitivo de inocência. Ignora de onde vem essa idéia preconcebida, ridícula e despropositada. Victorio conhece perfeitamente o perigo dos livros e sabe que um homem com um livro é muito, muito mais perigoso que um homem sem livros. A polícia não tem a capacidade ou a sutileza necessária para compreender uma questão tão delicada. A polícia não entende de livros. De modo que se sentar sob uma árvore com um livro aberto sobre as pernas, cândido, abençoado, é algo que para um policial não é considerado uma ameaça. O medo pode ser dominado com fortes doses de paciência e de concentração. Valery já ensinou aos homens que uma espera infinita pode fazer nascer qualquer coisa. Calma, humildade, resistência: excelentes armas contra o Inimigo Oculto. O temor parece se dispersar graças ao *A princesa dos Ursinos*, aos versos e às canções que ele memoriza e repete como preces obstinadas, e graças a um meio sorriso, um tanto idiota, que tenta manter fixo nos lábios. Outro bom ardil é o ritmo falso — um ritmo que se opõe ao ritmo de que necessita na realidade — que precisa buscar em seu corpo: suma lentidão, lentidão calculada em cada um de seus gestos, já que uma pessoa com medo nunca será uma pessoa com calma. Aprende também a fugir dos policiais. Nesse caso, a chave não está em fugir deles, mas sim em encará-los. Victorio descobriu que a têmpera limitada de um policial só está preparada para perseguir quem foge, nunca quem se mostra e o encara. Assim, cada vez que vê uma dupla de policiais (e na Havana do ano 2000 isso acontece a cada minuto, a cada segundo, a cada fração de segundo) vai direto ao seu encontro, pergunta as horas, um endereço complicado, ou cumprimenta, simples, tranqüilo, amável, sem sorrisos excessivos, porque os excessos são sempre suspeitos. Converte-se, pois, no homem-que-não-tem-nada-a-temer.

Havana não é só a cidade das colunas ou a cidade dos palácios, mas também a cidade dos desmoronamentos. Oferece múltiplos e variados modelos de desmoronamento, e não necessariamente à maneira de Roma. Não são como o Coliseu, desmoronamentos que informam sobre a passagem do homem pela História, mas sim o extremo oposto, desmoronamentos que informam da passagem da História sobre o homem. Victorio acredita que existe uma diferença básica entre as ruínas das termas de Caracalla e as ruínas do teatro Campoamor, ou do hotel Trotcha, ou da casa de banhos de vapor que existiu na junção das ruas Águila e Neptuno, em distantes e gloriosas épocas havanesas.

Se algo abunda na cidade são os desmoronamentos.

Na rua Salud, atrás da igreja da Caridad del Cobre, existe um extraordinário. Anos atrás, dizem, foi a sede de uma sociedade chinesa. Nem as pessoas que passam pelas calçadas nem os veículos que seguem pela rua podem notá-lo, posto que as autoridades municipais conseguiram ocultá-lo convenientemente com enormes faixas que o rodeiam e que, em letras grandes e trabalhadas, vermelhas e pretas, declaram que o partido (comunista e, por isso mesmo, único) é imortal. Entretanto, quando se anda pelo lado da rua Campanario, pode-se achar uma portinha estreita por onde é preciso entrar engatinhando. Durante o dia, a ruína está cheia de gente em busca de peças de chumbo, vasos sanitários, pias, portas, janelas, móveis velhos, ferragens, louças de Sevilha e ladrilhos em condições de uso. Nas paredes que ainda se mantêm de pé, é possível ver letras chinesas e melancólicos desenhos de lagos sobrevoados por gaivotas, assim como imagens da Muralha da China, de Buda, Confúcio e impossíveis Lao-Tse e Chuan-Tzu. Victorio gosta de ver os raios de luz, lindamente preenchidos pelo pó, que baixam desde os enormes buracos do teto em todas as direções, como em uma dessas montagens teatrais afetadas, pretensiosas e "poéticas" que ainda podem ser vistas em algum teatrinho de Havana. Apesar do tempo transcorrido desde que a ruína foi uma sociedade de antigos cules, ainda se podem encontrar livros (em chinês, é claro), lanternas de papel vermelho e fotografias estragadas da Augusta Imperatriz e da Cidade Sagrada. Já não há onde se instalar. O único espaço que, por milagre, conservou o teto intacto é propriedade do chinês Fung. Victorio supõe que Fung já é centenário, todos os chineses mais velhos parecem centenários. De noite, poucas pessoas se aventuram entre os destroços, e é muito fácil dar com o chinês, uma vez que ele se vale de um lampião e essa é a única luz naquelas trevas. Fung costuma ler jornais antiquíssimos, desaparecidos há muito tempo, de um amarelo imemorial, e depois os comenta com quem se atreva a ir até o seu refúgio. Creio que Thiers é o homem de que a França necessita, indica com o seu péssimo castelhano, com um sotaque cômico, cheio de "eles", num tom ao mesmo tempo humilde e auto-suficiente, um tom raro neste ano 2000 de nossa era, em que se comemoram cento e vinte e três anos da morte de Thiers. Depois sorri, talvez se desculpando, e exclama Ana Pavlova virá a Havana no próximo mês. Há ocasiões em que pondera sobre as virtudes do canhão Berta; em outras, lamenta essas mesmas virtudes. Queixa-se do esquecimento em que a Augusta Imperatriz os mantém, manifesta sua dor pela morte de Madero, o bom mexicano, diz, e pela morte dessa pobre mulher, María Guerrero, excelente atriz, sim senhor, excelente atriz, ainda que eu nunca a tenha visto atuar. Alegra-se com a aparição da Virgem de Fátima e salienta Se a Virgem aparece, é por algum motivo. Levanta o dedo, professoral, e salienta Por um lado, um grupo de hereges, os grandes demônios chamados bolcheviques, toma o poder em um país bárbaro; por outro, e para contrabalançar a ação enérgica do demônio, em uma pequena cidade de Portugal, um país bárbaro como todos da Europa, e ao mesmo tempo um dos países mais belos e mais tristes do mundo, surge Ela, toda-bondade-e-amor. Aparentemente o chinês Fung já não é confucionista nem taoísta, converteu-se em católico. A única coisa que se pode ver no quarto de Fung são jornais antigos. O velho dorme sobre eles, sobre eles cozinha, se desespera ou se acalma e sobre eles urina e caga. Jornais de um amarelo débil que podem se desfazer com um simples olhar. E irão se despedaçar, mas o estranho cheiro de papel velho, de tristeza, de sopa rançosa, de desânimo, de urina e de merda não se dissipa nem se dissipará jamais, ainda que o edifício acabe por cair ao chão com o primeiro ciclone, como sem dúvida logo acontecerá. A única porta que dá acesso ao resto da ruína também está forrada com jornais. Não existem janelas. Nunca existiram: os chineses que vieram, equivocados, para Cuba, sempre tiveram frio. Victorio olha para cada canto e se pergunta como se consegue respirar naquele antro. Como se pudesse ler seu pensamento, o chinês Fung explica Sou tão velho que um mínimo de oxigênio basta para que eu não morra de todo, sou tão velho que as glândulas que geram o suor secaram em mim, e já não sei distinguir entre frio e calor, e depois, filho, é preciso levar em conta que chamam a velhice de inverno da vida, e se o senhor é tão idiota a ponto de viver cem anos, se o senhor é capaz de semelhante inutilidade, entenderá o que digo, achará que está na Sibéria, ou em algum lugar como esse, no mau tempo, sob nevascas, a velhice é o único inverno que não tem a esperança da primavera. E, talvez para dar legitimidade a suas palavras, se agasalha com mantas, enterra o chapéu de palha na cabeça, esfrega as mãos e as leva até as bochechas tão velhas, tão amarelas como os jornais e muito mais limpas. Há algo no chinês Fung que atrai Victorio, e talvez por isso o assuste. O chinês lhe parece tanto louco como sábio. Victorio não pode negar, nada o assusta mais do que a sabedoria nascida do haver vivido em excesso, talvez porque seja uma sabedoria indiscutível. A voz do chinês se eleva tristemente na noite das ruínas para profetizar Haverá guerra, filho, não resta dúvida, haverá guerra, e mostra a fotografia do arquiduque Francisco Fernando e sua esposa, que saem, entre protocolos rigorosos, da prefeitura de Sarajevo.

Dizem que há poucos dias veio abaixo um asilo de deficientes mentais na antiga rua General Lee, hoje rua 114, próximo ao Hospital Militar, em Marianao. Victorio corre para lá como se fosse impelido por uma ordem. Por sorte, não foi preciso lamentar vítimas. As autoridades sanitárias, alertadas do péssimo estado do imóvel, tiveram a chance de retirar todos os enfermos. No momento em que Victorio chega, ainda se elevam colunas de pó. Um dos traços mais relevantes dos desmoronamentos (qualquer um que tenha a oportunidade pode e deve comprová-lo) é o longo tempo que as colunas de pó permanecem elevadas. O desmoronamento das pedras dura segundos; a subida do pó demora semanas, meses, anos. O pó que turva a visão, que esfuma edifícios e objetos e que transforma a realidade, com um encanto decadente, é sobremaneira bem-vindo em uma cidade onde o sol é uma divindade impertinente. Victorio acredita ter por fim encontrado a ruína onde se abrigar. Adianta-se aos demais, tem o privilégio de esquadrinhá-la antes dos outros vagabundos, e obtém a vantagem de ver as vigas mestras que conseguiram resistir, as paredes rachadas, manchadas, pintadas de duas cores, dois tons de cinza, como convém a um asilo para doentes mentais. Encontra escarradeiras, lençóis cor de terra, instrumentos de primeiros socorros, pijamas gastos, panelas, fotografias emolduradas de heróis carrancudos (como todos os heróis), dentaduras postiças, moedas, almofadas, ferros, correntes, martelos, machados e bandeiras cubanas. Um dos banheiros se salvou da catástrofe. Perto dele, descobre um quarto, também intacto, com os restos de uma cama de ferro. Victorio chega a acreditar que aquele é o seu quarto, que a divindade (qualquer que seja ela) por fim lhe concedeu um lugar. Ao menos não terá de dormir ao relento. Prefere não usar a cama de ferro, uma vez que o colchão manchado de urina lhe causa asco, com o cheiro demoníaco de tantas coisas se desprendendo do enchimento de algodão à vista. Por isso ele estende no chão a toalha de praia em cores vivíssimas, aquela toalha que a intuição o fez pegar no dia em que ateou fogo aos seus pertences. Aperta a chave que traz pendurada no pescoço. É feliz, extremamente feliz. Pode jurá-lo.

Durante alguns dias com suas noites, ele é o rei da monarquia de escombros. A felicidade o desperta e o faz sair sempre antes do amanhecer.

Não quer que ninguém saiba que está morando na ruína. Passeia longe do Hospital Militar porque odeia os hospitais, odeia médicos e enfermeiras, assim como os algodões e o cheiro de clorofórmio. Odeia tudo o que lembre enfermidade e morte. Vai até a Academia de San Alejandro. Demora-se nos bancos do obelisco em homenagem a Finlay. Quando criança, brincava ali. Perto desse lugar, a nonagenária dona Juana provocou um incêndio devastador em 31 de dezembro de 1958. Ali mesmo, dias depois, Papai Robespierre o levou para ver os Rebeldes que estavam entrando no quartel de Columbia. Para que você veja o início da História, exclamava Papai Robespierre, e o levantava nos braços, transbordando de felicidade. Você, meu filho, está convocado para ser o protagonista desse novo capítulo imortal da pátria. Victorio não viu os rebeldes. Não viu nada, nem ninguém. Lembra-se breve, muito brevemente, do depósito do aqueduto do Quartel-General convertido em labareda pela luz do sol. A rua era um fervedouro. A multidão corria, gritava, e a luz, tanta luz, parecia escapar do enorme tanque de água, e formava ondas luminosas que esvaeciam a realidade. Refletido nos metais da cisterna, o sol o ofuscou. Fechou os olhos, de maneira que quando se fala com Victorio dos dois ou três primeiros dias de janeiro, quando o comandante Camilo Cienfuegos entrou no quartel de Columbia, ele só se lembra desse caleidoscópio de luz, desse estalido de fogos de artifício que se cria nos olhos quando o sol nos obriga a fechar rapidamente as pálpebras.

Vai ver os garotos jogarem bola nos campos desportivos do instituto de Marianao, e, mais tarde, na hora do almoço, passa pelo pátio de uma senhora gorda e negra, sempre sorridente, sempre divertida, a quem chama Aleli, e com quem jamais troca uma palavra. Aleli costuma lhe deixar um prato de comida sobre um muro e depois desaparece, enquanto canta discretamente

Dicen que no es vida
ésta que yo vivo...

com uma voz excelente, masculina, extremamente delicada, como uma Freddy escapada de algum passado remoto, de algum cemitério distante ou das páginas de uma novela fantástica. Sobre o prato, que a voracidade de Victorio deixa limpo, ele larga um papel com a palavra "obrigado".

Passeia pelas casas do bairro residencial de Buen Retiro, de antigos novos-ricos, onde ainda se podem ver castelos góticos e palacetes venezianos numa escala ridiculamente pequena. Entretanto, verdade seja dita, Victorio gosta muito de percorrer essas ruas, de passar em frente aos jardins dos horrores arquitetônicos. O bairro se encontra sacralizado pelas lembranças de infância. Quando era menino, a casa de Máxima, a Doutora, uma péssima réplica do palácio de Sans Souci, que Federico II da Prússia havia mandado construir em Postdam, constituía o ápice da elegância para Victorio. A inocência não lhe permitia perceber a má qualidade das porcelanas, a escassa virtude daquelas peças de imitação. Não se dava conta dos horrores contidos nas telas pretensiosas que enchiam as paredes e deslumbravam-no os móveis que tentavam imitar estilos palacianos e abarrotavam os exíguos salões de mármores fictícios. Busca justificar-se perante si mesmo dizendo que tudo na vida é relativo, que, para aqueles que não têm a sorte de passar em frente a um legítimo castelo gótico, o grotesco sucedâneo pode bastar. Segurando a mão de sua irmã Victoria, e ela, por sua vez, segurando a de Tita, Hortensia, a mãe, atravessavam o bairro de Buen Retiro, a caminho da casa de Máxima, a Doutora, para que ela lhes auscultasse os pulmões inflamados em função do pó, da umidade e das brisas perversas de Havana. Aquele Victorio-menino, ingênuo, acreditava ter então acesso à elegância. Atravessava zonas distintas que lhe estavam proibidas, que apenas lhe eram permitido entrever, por pouco tempo, em manhãs de asma, de alergias, de febres e enfermidades. Os cômicos palácios de Marianao possuem um lado nobre para Victorio. As colunas frágeis, os leões desengonçados das portas, os tristes arcos ogivais, as portas enganosamente cravejadas, as cocheiras nas quais se duvida que possa caber uma carruagem, tudo isso, por mais mentiroso que tenha sido, o remete a prazeres desconhecidos, a uma forma, uma qualidade de vida que o deixam mergulhado em melancolia por vários dias.

* * *

Odeia os hospitais, mas descobriu que o Hospital Militar é outro bom lugar para comer. A Sala de Urgências foi erguida perto das construções novas, voltadas para o bairro residencial de Zamora. Ali também fica o refeitório do pessoal de limpeza, um galpão cinza, tanto pela cor com que está pintado como por ser sórdido, sujo e cheirar muito mal. Tem grandes mesas de granito cinza, bancos contínuos de granito cinza e, na porta, o aro enferrujado de uma roda de caminhão que é usado como campainha para avisar que o almoço está pronto. Em torno do meio-dia soam as batidas no aro ou as campanadas e se forma a fila dos varredores do hospital. Victorio conseguiu confundir-se com eles, e a porteira, uma loira com laços na cabeça e que pesa duzentos quilos, exasperadamente maquilada, se abana e sua, sua e se abana, fala sem parar sobre si mesma, e nunca percebe (ou prefere não perceber) que ele não tem o tíquete de almoço. Não que a comida seja boa, aliás, é um horror: arroz com pedrinhas pretas, cozido de legumes sem tempero e que não ficou no fogo o tempo certo, banana cozida e fria, e, nos dias de festa, ovos mexidos esverdeados. Está bem, diz Victorio consigo, melhor isso do que nada, os tempos não estão para melindres, trata-se de sobreviver, de se manter de pé o maior tempo possível. Até as onze da manhã, Victorio anda pelo grande parque desse hospital pétreo, inclemente, mussoliniano, construído por Fulgencio Batista (uma das encarnações do Eterno Tirano) em sua época de chefe do Exército, depois do golpe de 4 de setembro de 1933. As construções dos tiranos pretendem ser tão eternas e sólidas como a idéia que eles fazem de si mesmos. Victorio passa por entre arbustos militarmente recortados e logo vê um homem de roupa colorida que monta uma bicicleta de uma só roda, uma espécie de *célérifère* feito de um alumínio tosco. Victorio se lembra imediatamente dele. É o palhaço grotesco que ele viu dançando sobre as escoras que sustinham e irmanavam o antigo hotel Royal Palm e o edifício em que vivia, na rua Galiano. Ali está o palhaço outra vez, equilibrando-se sobre a bicicleta de uma só roda, enquanto canta com voz de tenor ligeiro.

A tranqüilidade do quarto improvisado no antigo asilo de doentes mentais acaba sendo efêmera, como sempre ocorre com a felicidade. Para Victorio, o problema não está nos dias, mas sim nas noites, e o que decididamente as marca, dentre todos os pecados capitais, é a luxúria. Assim que o mais débil raio de sol empreende a sua retirada pelas fendas por onde conseguiu filtrar-se, as ruínas começam a se encher com o ir e vir de sombras ansiosas. Os escombros se povoam com nebulosas figuras humanas, pervertidas, desesperadas, figuras que buscam umas às outras como se o corpo fosse a única razão de tanta perturbação. Não importam as vozes nem os olhares, muito menos o que há por trás deles: só os corpos importam. As noites de pesadelo nos escombros da antiga rua General Lee revelam-lhe quão versáteis podem ser os gostos e as necessidades humanas. Vê jovens frágeis serem possuídos por grotescos caminhoneiros, assim como grotescos caminhoneiros possuídos por jovens frágeis; mulatos marginais com policiais brancos; esportistas negros acoplados a executivos com aspecto de *vikings*; bailarinos etéreos enlaçados com rudes açougueiros; campeões de salto com vara unidos a dramaturgos em vias de fracasso. Homens de todas as condições acorrem às ruínas: viúvos, casados, solteiros, estéreis, com descendência, trabalhadores modelo, doentes de varicocele, eletricistas, simples vagabundos, advogados, dementes, cantores de ópera, cantores de música popular, enxadristas, embaixadores, travestis, pedreiros, paralíticos, escultores, jornalistas, músicos, cortadores de cana-de-açúcar, garçons, salva-vidas, compositores, infectados pela aids, jardineiros, aviadores. Pouco a pouco, eles se fazem presentes nos escombros, homens de todos os tamanhos, idades, raças, gostos, famílias, costumes, religiões, culturas, extrações sociais, tendências políticas e filosóficas (alguns, a maioria, no fim das contas, pessoas normais, são tão felizes que não têm tendências políticas ou filosóficas). Victorio começa a inferir disso que o sexo é a única forma de democracia verdadeira que pode existir no mundo. Ou pensa que talvez fosse melhor deduzir que qualquer revolução que se considere democrática deve começar pelo sexo.

Uma madrugada Victorio é abordado por um portento loiro que ultrapassa um metro e noventa de altura. Parece um *marine* ianque, no melhor sentido das palavras *marine* e ianque, que é estético; qualquer um diria que todo um ministério foi criado para escolher esses exemplares bonitos e rudes, tão mais bonitos quanto mais rudes. Os olhos do portento são acinzentados, o cabelo é de um amarelo inverossímil, o corpo um milagre, pois é musculoso e ao mesmo tempo delicado e elástico, sem a artificialidade estúpida das academias de ginástica. A expressão dura, de bandido ou policial (duas faces de uma mesma moeda, cada uma capaz de se converter na outra), o torna ainda mais interessante para pessoas de gosto refinado. Sua única imperfeição visível destaca, como sempre acontece em casos semelhantes, o resto de suas perfeições: a ausência de um dos dentes incisivos confere ao seu sorriso algo ingênuo e ao mesmo tempo ameaçador; a inocência unida à impiedade constitui o mais nostálgico e eficaz dos afrodisíacos. Pára perto de Victorio e abre a braguilha. O que se projeta dela para a semi-obscuridade das ruínas não é um membro qualquer, mas sim a representação carnal do júbilo humano. Não urina nem olha feio para lugar algum. Tampouco é necessário. Por sorte, ninguém chegou ainda aos escombros. Encorajado por um ataque de misticismo que teria muito a ver com a filosofia de Spinoza, Victorio se aproxima dele, decidido, como quem vai para o ansiado encontro com a divindade. Só que quando ele vai tomar aquela profusão nas mãos, o machão prudentemente guarda o pau, mostra o sorriso capenga, que não é capenga, mas sim admirável, e diz Me acompanhe. Onde?, pergunta Victorio, ansioso. Não responde, puxa a carteira e mostra uma carteirinha (fictícia ou verdadeira) da Polícia Nacional. Para bom entendedor..., enfatiza o machão com um silvo que escapa pela falha do incisivo. Não sou bom entendedor e não tenho de ir com você a lugar nenhum, responde Victorio, assustado. Não faça merda, seu veado, você vai aonde eu levar. Pega Victorio pelo braço e o obriga a caminhar diante de si. Onde já se viu um veado com vontade própria?, você vai agora mesmo para o posto policial. Como Victorio oferece resistência, torce-lhe o braço. Uma dor forte sobe por todo o braço de Victorio, indo até o ombro e o meio das costas. O que foi, mãezinha, não quer ir? Victorio não consegue impedir que a dor faça brotar lágrimas em seus olhos. Condescendente, o filho-da-mãe volta a sorrir Está bem, se não quer, não vamos, o que você me dá em troca? Nada que valha a pena, jura Victorio, e jura de verdade, não se lembra de possuir nada que possa ter o menor atrativo para aquele *asere*. Você não tem nada?, de verdade?, e o que me diz desse anel? Victorio esconde a mão instintivamente. O filho-da-puta se refere ao anel de compromisso da Tita, Hortensia, a mãe, uma aliança de ouro maciço salpicada de diamantes legítimos e diminutos que ela lhe dera pouco antes de morrer, rogando-lhe que não o perdesse. O anel está tão unido a Victorio que ele o esqueceu, como nos esquecemos dos nossos órgãos ou da respiração. Não posso te dar, diz, ou roga, suplicante, é uma lembrança de minha mãe que já morreu. Não me diga!, caralho, vou chorar!, retoma o tom duro, empurra-o. Vamos, malandro de merda, vou te ensinar o que são as lembranças da mamãezinha morta. Tira Victorio dos escombros aos empurrões. Os veados começam a chegar, mas, ao verem o machão que empurra a pobre louca para a rua, desaparecem como sombras entre as sombras das ruínas, se transformam em estátuas, em paredes semidesmoronadas, em colunas rachadas e portas estragadas. Ah, pensa Victorio, a falta de solidariedade de todos os veados em todas as ruínas! Victorio resiste até que se vê perigosamente perto do posto policial. Então arranca o anel e o entrega ao glorioso delinqüente. O lindo sorriso, mais lindo pela ausência do incisivo, é o pagamento que obtém por entregar o anel da mãe. Victorio decide então recolher o livro de Saint-Simon, a velha bolsa preta e o que sobra de sua vida para se afastar das ruínas da rua 114, antiga rua do General Lee.

5

CAI SOBRE HAVANA ESSE VÉU SUJO, poeirento, difuso, de indolência, fastio, desânimo, que é o anoitecer. A noite escura (do corpo e da alma). Sempre que anoitece, Havana começa o seu rápido processo de desaparição. Cortam a eletricidade. A vida parece suspender-se, ou se suspende realmente, o tempo se detém. Só resta a espera. Escutam-se vozes Quando a luz vai voltar?, e os ânimos se esvaem como flores murchas em um vaso seco. As ilusões fogem, as poucas que restam. Cortam a luz e por alguns segundos Victorio tem a sensação de ter ficado cego, até que as pupilas se adaptam. A obscuridade o mortifica e o faz feliz. São as horas em que goza de maior liberdade. Assim como cada um dos havaneses que sofre com o apagão, Victorio perde a particularidade, deixa de ser quem é para se transformar em uma sombra achinesada.

Não obstante, diz que as horas de apagão são as melhores para mijar e cagar. No meio da cerração sombria, surgem o jornal velho, o imutável matagal, o edifício abandonado onde se consomem algumas das mais urgentes e elementares necessidades do corpo. Em numerosas ocasiões, ele vai urinar nos matos ou nos edifícios desmoronados e experimenta a breve felicidade de uma brisa úmida e repentina que acaricia o seu pau adormecido e o faz despertar. O assédio da fantasia começa de imediato. Começa então o desfile de torsos, coxas, mãos, pés, bocas, pescoços, o desfile de imagens que não precisam ser eróticas, uma vez que pode ser um passo de dança dos bons tempos de Barishnikov, o *close-up* de um jogador de futebol catalão, o sorriso de um cantor mexicano, o corpo no ar de um saltador famoso, ou talvez tão-somente (e é muito, quiçá demasiado) o peito entrevisto atrás de alguma daquelas janelas que tanto abundam na cidade, impotentemente abertas para uma brisa que não circula. A mão sacode as últimas gotas de urina; e continua, sacode mais que o devido, passa à busca de um ritmo de vai-vem-vai-vem, lento, lentíssimo, porque esse, como qualquer prazer, tem a sua parte torturante, e porque a lentidão dá mais oportunidade à fantasia. A mão mexe na bunda, devagar. A outra mão vai, também devagar, das tetinhas ao pescoço, da boca aos testículos. Um dos dedos, o do meio, entra no cu e faz círculos, círculos, e empurra para dentro, abre o esfíncter, continuam os círculos, círculos, mais círculos. Em sua imaginação, surgem cenas de grande ternura, em que seu corpo é possuído e, a um só tempo, amado. Victorio não sabe por que nunca se sentiu querido. Desde que despertou para a sexualidade, descobriu que seu corpo servia para desafogar necessidades, satisfazer instintos, e em nenhuma ocasião para despertar paixões. Os espelhos jamais puderam lhe explicar o porquê de um fato tão definitivo; olhou-se neles longamente, e os malditos espelhos nunca lhe devolveram mensagem alguma. Victorio não se caracteriza por sua beleza, mas tampouco é o que se diz um homem feio, o que faz com que nesse aspecto tão importante da vida ele se assemelhe à maioria, quer dizer, se mantém nesse limite medíocre em que nada se destaca. Acredita, inclusive, que há partes de seu corpo evidentemente bonitas, como a boca, carnuda, feminina, rosada, parecida com a da Tita, Hortensia, a mãe; ou as mãos, que sempre se assemelharam às de um adolescente. Sabe que suas costas são delicadas e bem torneadas. É claro que também tem coisas feias. Os olhos, por exemplo, pequenos, escuros e assustados, ou as coxas e as pernas, que são muito finas. E quantas pessoas comuns, vulgares, que não tomaram parte nem na feiura nem na beleza, conquistaram o amor de outros e experimentaram o bem supremo de uma carícia carregada de intenções? Victorio nunca teve a sorte de ir para a cama com alguém. Nenhum homem se preocupou em lhe dizer que o quer, ou em lhe dar o beijo com o qual diz que necessita dele, o deseja e o quer. Ninguém se interessou em passar as costas da mão pelas bochechas de Victorio. Ninguém se deu ao trabalho de lhe dedicar um sorriso de carinho desejoso. Ninguém lhe presenteou a flor, a bússola, o raminho de murta. Nas noites nebulosas dos arredores de Havana, ele segue o destino do solitário. Acaricia-se, imagina paixões. Diz para si mesmo quanto se ama e busca o prazer pela própria mão, em jardins desconhecidos e lugares dissimulados. Não sabe em quantos muros e árvores já deixou as esbranquiçadas marcas de oferendas inúteis.

Não sabe, nem teria podido explicar, se há mais janelas em Havana que em outras cidades; mas está tentado a assegurar que em nenhum outro lugar as janelas ficam abertas com tanta audácia. Aí está uma característica desta cidade, deduz, que ninguém deveria deixar passar: a onipotência das janelas, o descaramento das janelas. Sem persianas, sem gelosias, sem cortinas, sem formalidades, as janelas estão abertas para a rua, para a canícula, para a pouca brisa, para nenhuma brisa, para a esperança de brisa, para a fé em um possível temporal que abrande por algum tempo o insistente bochorno. Janelas abertas para a impertinência dos olhares: não apenas os desavergonhados lançados pelos passantes, mas também os não menos desavergonhados daqueles que, desde os interiores escuros, espreitam os passantes. As janelas são o melhor modo que os havaneses encontraram de ser ubíquos, de viver em vários lugares ao mesmo tempo. A casa constitui o refúgio, as paredes amparam, o teto abriga, portas e janelas estabelecem a separação necessária, distância e independência. A casa busca a intimidade, o retiro necessário, mas quem disse que os havaneses desejam se encerrar? Eles não gostam do isolamento e detestam a intimidade. O mar já provoca suficiente exclusão, suficiente retraimento, dizem alguns — com razão ou sem ela. Ancorada no golfo do México, explicam e se cansam de explicar, a ilha simboliza ela mesma um grande confinamento, o mar como reclusão e enfermidade. E ainda que seja bem verdade que as pessoas se cansam, morrem de cansaço de tanto falar de mares, confinamentos e insularidades, alguma razão devem ter aqueles que afirmam que os havaneses não vivem no mundo, que para os havaneses o mundo não existe. Os havaneses vivem em Havana. Nem sequer em Havana, vivem nas quatro ruas que constituem o seu pequeno bairro, e a humanidade é composta pelos cinqüenta ou sessenta vizinhos, e pelos cinqüenta ou sessenta transeuntes que passam de vez em quando pelas ruas deterioradas, carcomidas pelo mar, o sol e os ciclones, pelas degradações do tempo. Essas ruas incandescentes provocam pontadas nos olhos. E não seria melhor abandonar tantas explicações infrutíferas? O fato é que os havaneses estão ansiosos por olhares e intempérie, e, se se refugiam sob tetos e dentro de quatro paredes, é porque o sol agride Havana de uma forma como não acontece em nenhuma outra cidade. A casa escapa para a rua, ou a rua se apossa da casa. As janelas foram um dos modos que os havaneses encontraram para saber que possuem um lugar no mapa que os cartógrafos confeccionam. Victorio também tem certeza de que em nenhuma outra cidade se podem ver tantos corpos através das janelas. Homens e mulheres passeiam desnudos, voluptuosos, perante janelas abertas de par em par. Caminha-se inocentemente pelas calçadas e os olhos se desviam para os interiores. Observam-se os segredos das casas e tudo o que ocorre nelas. Não apenas o desfile de corpos desnudos e em geral belos, belíssimos, mas também discussões, conversações íntimas, adorações, dores, prantos, refeições, necessidades, festas, brigas, limpezas com água perfumada, flores brancas, cascarilhas e ramos de oliveira-do-paraíso. E escutar. O prazer de escutar. Victorio vai pela rua ouvindo a música que escapa das janelas abertas. A todo volume, se mistura com as vozes de conversações, brigas, rezas e brincadeiras. Risadas, gargalhadas escandalosas. Qualquer puerilidade constitui motivo para riso. E não apenas ver e ouvir: também cheirar. Escapam pelas janelas essências de flores, muitas flores, para contentar santos e espíritos (do bem e do mal), perfumes baratos das limpezas, colônias gritantes (Siete Potencias, Agua de Florida), recipientes cheios de água com gelo. E o aroma das cozinhas. Só falta o tato. Acariciar a superfície única de costas reluzentes de suor, apalpar o peito que se agita e transpira, beijar lábios ansiosos, lábios que formulam palavras que não chegam a ser pronunciadas. Deve-se escutar as conversações, entrar nos bailes, dormir na beira do rio, sob a noite branca de estrelas, "fazer amor" (metáfora francesa, ou seja, racional e portanto inadequada), *templar, echar un palo, singar** (metáforas caribenhas, irracionais, ou seja, corretas) no

*Transar, meter, trepar. (N. da T.)

muro do Malecón, em frente ao mar imenso, e ao horizonte carregado de esperanças, deve-se viver *aqui* e *agora*, porque amanhã...

Alguém sabe algo do amanhã? Em uma cidade onde a História eliminou, com essa solenidade pavorosa que a História sempre tem, todo tipo de prazer, será que qualquer coisa, a mais insignificante, a mais pueril, a mais estúpida, a mais rude, chega afinal a se converter em um delicado e urgente prazer?

Também há a fome. Se anda por zonas distantes e não pode ir ao refeitório do Hospital Militar ou ao pátio da negra Aleli, para ouvir músicas de Arsenio Rodríguez, boleros de Marta Valdés, para desfrutar da comida bem feita, apropriadamente condimentada, Victorio passa dias inteiros sem ingerir alimentos, em branco, em Blanco e Trocadero, como diz, aproximando-se da verdade, posto que por esses dias perambula perto dessa esquina famosa, anda por Colón (antigo bairro das putas), por Prado, em busca de alguma coisa para colocar na boca. Algumas vezes, vai a uma padaria da rua O'Reilly, e o padeiro, um mulato gordo, risonho e brincalhão a quem chamam de Hortelã, lhe oferta dois ou três pães. Victorio ignora a razão pela qual Hortelã lhe estende o saco com os pães assim que o vê, e sem que ele lhe peça nada nem lhe lance olhares famintos nem fale em tom suplicante. Há também uma pizzaria no Bairro Chinês; a rigor não é uma pizzaria, mas sim um balcão improvisado, A LUA DE AGOSTO, PIZZAS CHINESAS PARA LEVAR diz o cartaz. A garçonete, uma jovem mestiça, ligeiramente achinesada, linda, expressiva, falante, com um cabelo ruivo e crespo, cheio de fivelas coloridas e pentes com falsos rubis, serve a Victorio a pizza de cebola e feijõezinhos chineses e vira as costas, sem esperar o pagamento, se esquece de Victorio (finge que se esquece?). Ele ainda espera alguns minutos, não vá se deixar levar por ilusões, alguém logo o apontará com o dedo, exigindo o preço da pizza. Victorio começa a andar devagar, tentando aparentar despreocupação, para se precaver, e adota uma cara de Não-sou-eu, rua Zanja abaixo ou rua Zanja acima (segundo se olhe), até que A Lua de Agosto e sua garçonete achinesada se perdem de vista. Só então, sentado em um dos bancos do parque da Fraternidade, dá cabo da pizza de cebola com feijõezinhos chineses. O prazer não parece em nada diferente do que lhe provocaria um *filet* Chateaubriand acompanhado por uma honrosa garrafa de Ribera del Duero.

A sensação que Victorio experimenta ao cruzar essas fossas chamadas rua Dragones, Manrique, Campanario, Rayo, San Nicolás, para encontrar os restaurantes chineses, é a de quem sobe do fundo do mar. Farto de escuridão, necessita de um pouco de luz. Toma a rua Zanja, mais larga, um pouco mais transitada e iluminada que o resto. Seu objetivo é chegar à rua Belascoaín, subir até a Calzada de la Reina e dormir no portal da igreja do Sagrado Coração. O extraordinário pórtico está muito bem resguardado, como se o presunçoso arquiteto neogótico houvesse tido a benevolência de pensar nos sem-teto.

Hoje a maravilhosa garçonete do A Lua de Agosto, com o cabelo mais desgrenhado e avermelhado que de costume, com um número maior de fivelas, flores falsas e falsos rubis, serve-o com um sorriso e sem perguntar a já conhecida pizza de cebola e feijõezinhos chineses. Mas ocorre algo inesperado. Vinda da escuridão onde supostamente se encontram fornos e cozinheiros, uma voz de homem grita Chinesa, telefone para você, e a maravilhosa garçonete do A Lua de Agosto, a pizzaria do bairro chinês, desaparece por uma porta estreita na qual Victorio nunca havia reparado antes. Um jovem desdentado com um tampão em um olho, vestido com quimono de seda, substitui a moça. A troca de garçom provocou uma demora no serviço, e uma pequena fila se formou na frente dos balcões envidraçados do A Lua de Agosto. O jovem começa a trabalhar com rapidez. Serve e cobra sem sorrir, com movimentos hábeis e mecânicos. E assim se volta para Victorio com um tom que tenta ser amável sem conseguir Quinze pesos, meu chapa. Já vai, responde Victorio, assustado. Coloca a pizza no balcão e começa a remexer nos bolsos. Não procura dinheiro, ele sabe que não há nada ali, o faz para ganhar tempo, para ver se a porta estreita devolve a garçonete achinesada de cabelo ruivo. O tempo passa e a garçonete não aparece, e o jovem desdentado vestido de quimono olha-o com uma piscadela desconfiada de seu único olho. Quinze pesos, meu chapa, repete num tom mais incisivo. Victorio sorri um sorriso de ingênuo ou idiota, vê passar um bici-táxi, tem vontade de montar nele e fugir, e que explicação daria depois ao condutor do bici-táxi? Para continuar a estratégia de "ganhar tempo" pergunta O que você tem para beber? O jovem de quimono crava nos olhos de Victorio o aço ofensivo de sua mirada ímpar, e sem vontade, bruscamente, diz Refresco com essência de uva, e não está gelado, meu chapa, e a voz escapa com fúria, em um silvo por entre os lábios apertados. Não tem gelo? Claro que não, onde você acha que vive?, não estamos em Paris, meu chapa, e sorri, um sorriso satisfeito, pois nada encanta tanto um cubano quanto recordar a um compatriota que ele vive mal e que Paris, Roma, Amsterdã e Nova York estão muito longe. Na realidade, não é que ele não tenha dentes, descobre Victorio, mas os tem demasiado pequenos. E está a ponto de esclarecer para o garçom que em

Cuba deveria ser mais fácil conseguir gelo do que uvas com que fazer o refresco. Sim, me dê um copo, o que se pode fazer!, preciso fazer a pizza descer. O jovem submerge o copo em um cubo de água verde com sabão, e depois o enxágua em outro cubo de água verde com sabão. Serve de uma jarra o refresco escuro, de cor roxa-amarronzada. Agora são dezessete pesos, meu chapa. Victorio concorda, e faz com a mão um gesto que tenta infundir tranqüilidade no garçom caolho, prova o refresco quente, doce, muito doce — tem tanto gosto de uva quanto de pêssego. E a Chinesa?, pergunta. Que chinesa? O único olho visível do garçom lança chispas. A garçonete. Não se chama Chinesa, se chama Tuti. E a Tuti? O garçom não responde. Com um tipo de espátula de pedreiro, desprende as pizzas das formas e as coloca sobre papéis que são velhos impressos inúteis, usados como guardanapos, e começa a parti-las. Um senhor reclama com o garçom que a sua pizza não é de presunto. O garçom o insulta e grita que o velho pediu "napolitana". O senhor exige respeito, um tom de voz adequado, e tenta explicar que não pode ter pedido "napolitana" porque ele não sabe como é uma pizza "napolitana". Victorio aproveita a confusão: sai correndo. Foi tão rápido e tão inesperado que só quando chega à esquina escuta o temido grito de Segura, ladrão! Victorio imprime velocidade a suas pernas, não muito velozes, mas suficientemente apressadas pelo medo. Em lugar de subir pela Zanja, dobra por uma das ruas vizinhas, mais escuras e, por sorte, desertas. Entra em um edifício dos mais comuns, aqueles que os mestres-de-obra catalãos construíram em série. Sobe os degraus apressadamente, de dois em dois (o elevador, desses antiquíssimos que parecem jaulas ou confessionários, com certeza já não funciona há muitos anos). Se não lhe falha a intuição, há uma porta que conduz ao terraço. Um silêncio adequado o acompanha, e os pés quase não tocam os degraus para não romper a adequação do silêncio. Não há luz. No último trecho já não corre, pois experimenta o poder da invisibilidade. Descobre que perdeu a bolsa preta com a foto do Mouro, o tomo de Saint-Simon, a toalha colorida, enfim, com o pouco que guardava de sua história. Apenas a chave permanece pendurada em seu pescoço. Sobe devagar, com medo que Havana escute as batidas de seu coração. O coração não está em seu lugar, mas repartido entre as têmporas, o pomo-de-adão, a cabeça e a sola dos pés. A porta do terraço está fechada com o arame de um cabide desfeito. Victorio fica imóvel, todo ele concentrado em seus ouvidos; tenta decifrar os segredos e perigos do silêncio que o envolve. Aparentemente ninguém o seguiu. Ninguém pode saber onde está. Desata o arame e sai para a noite.

A calma indiferente da brisa, o céu azul-escuro, a obstinação de tantas estrelas, os terraços com seus tanques de água e barracões de madeiras gastas, todo o inútil sistema de tubulação e outro, muito adequado, de antenas de televisão, para se poder entrar no mundo das telenovelas e fazer o tempo escapar com uma doce rapidez. Victorio avança pelos tetos, salta de um edifício ao outro. O caminho dos terraços é outro dos possíveis caminhos de Havana.

Desce pela escada de incêndio de um depósito de móveis. Encontra-se em frente à funerária de Zanja e Belascoaín, antiga Marcos Abreu. Está pensando em seguir rapidamente para o portal da igreja de la Reina quando vê surgir o palhaço que vira dançando naquela manhã na armação de vigas que tão mal suportava o edifício onde um dia ele viveu. Não é difícil reconhecê-lo, não é difícil saber que se trata do palhaço: não pode haver, em toda a cidade, outro disparate desses. Mais uma vez, ele veste um fraque, usa cartola, só que desta vez a roupa de seda tem um amarelo luminoso, e o cabelo, a peruca, é de um negro de azeviche. Muito bem acabada, a maquilagem parece imune ao calor da noite. O nariz redondo não é vermelho e sim preto, e cria um gracioso contraste com a roupa. O palhaço entra na funerária. Victorio o segue. No vestíbulo, se desorienta. Perdeu o palhaço de vista. A sorte é que só há uma capela ocupada, e está repleta. Embaraçado, tomado por uma timidez que o delata, Victorio entra na capela. Na parede do fundo, sob o habitual crucifixo de bronze, entre dois círios falsos (na verdade, duas lâmpadas elétricas em forma de vela que jorram uma falsa parafina), se encontra o caixão cinza, de má qualidade, com frágeis chavinhas de metal que nada abrem nem fecham. Ao lado do caixão, há uma fileira de cadeiras ocupadas por mulheres chorosas. Uma senhora de idade avançada, com um avental que reproduz um mapa turístico da Sicília, serve café a outra senhora, que nega obstinadamente com a cabeça e, sem deixar de negar, pega a xícara e bebe o café. Victorio fica surpreso com o cabelo acinzentado da senhora, preso em uma redinha com brilhantes dessas que ninguém usa mais. O murmúrio das conversações se eleva como uma prece pagã; escutam-se inclusive palavras inconvenientes. O calor sufocante não permite saber se as pessoas choram ou suam; o mais provável é que chorem e suem com o mesmo empenho. Um jovem militar soluça inclinado sobre o vidro do caixão. Victorio pensa que é enaltecedor ver um militar soluçando, uma vez que isso mostra o triunfo da dor sobre a impiedade, o triunfo da vulnerabilidade sobre a arrogância. Um homem, preparado para matar, soluça diante de uma morta. Victorio se aproxima, compreende que ainda não se pode dizer que seja um militar. É apenas um cadete. Apesar da juventude, as feições já mostram essa dureza, ou talvez seja melhor dizer essa-inevitável-intransigência do futuro militar. Há algo severo nos grandes olhos, no belo nariz, na boca reta, nas mãos longas e bem cuidadas, nos ombros largos. Na verdade, nem sequer os soluços conseguem distanciá-lo da imagem de fanatismo e de intolerância. Victorio se sente tentado a afirmar que chora um morto, uma morta (sua mãe, supõe), e que se dedicaria com o mesmo ardor a matar o próximo. Victorio olha para a morta. É uma mulher de pouco mais de quarenta anos, maquilada com discrição, tranqüila, quase sorrindo. É bonita, apesar do aspecto de objeto inoportuno que os mortos sempre têm. Por entre as pálpebras semicerradas, brilham dois pálidos cristais de âmbar. A boca se fende sob o *rouge* de uma coqueteria impossível. Do nariz, pensa Victorio, rolará a qualquer momento um fio de sangue.

Rufos de tambor. Todo de amarelo, aparece o palhaço. Aparição vertiginosa. Em uma mão, a cartola; com a outra, tira rosas de dentro dela. Não é possível explicar como ele pode tirar tantas do chapeuzinho, muito menos como é capaz de cobrir com flores o caixão cinzento. Tampouco se pode saber se as luzes ganham mais intensidade ou se se trata somente de sugestão. Os presentes se colam à parede. O velho palhaço parece a caricatura de um adolescente. Atira rosas. É apenas uma questão de segundos, e parece muito tempo; sua presença dura dois, três segundos; em seguida, ele desaparece. O cadete, junto ao caixão da mãe morta, consegue manter a compostura.

Está na calçada, à espreita do palhaço, sem saber ao certo por que nem para que o espera. Vê quando ele sai da funerária, desce as escadas. Tem a impressão de que surge diante de si uma divindade vencida. Esse que sai da funerária com cartola e fraque amarelo não é aquele que um instante antes parecia um adolescente, e ria, dançava, virava cambalhotas e distribuía flores. Parece outro. Pequeno, delgado como um junco, as veias saltadas, cheio de rugas, as costas arqueadas como se carregasse um grande peso, esgotado pelos anos, o palhaço avança pela calçada com passos curtos, extenuados. Dir-se-ia que não se move, que não consegue avançar.

Segunda parte

1

Colunas toscanas, dóricas, coríntias, jônicas. Colunas de estilos misturados. Cariátides sorridentes e tristes (a comédia, a tragédia). Mais colunas com motivos *art nouveau*, *art déco*. Colunas salomônicas. Restos de palcos com afetados parapeitos de ferro e corrimãos de madeira com adornos gregos, romanos, bizantinos. Volutas modernistas. No arco do proscênio, essa mistura de leão, cabra e serpente que forma a Quimera, símbolo das exaltações gloriosas da imaginação. Junto ao monstro, uma bela Oxum levita sobre a barca castigada pelo temporal. As nove musas sustêm o manto da Virgem, ao passo que negrinhos caleceiros levantam as clâmides das musas. Cabeças de sátiros convivem com Ísis e Buda. Uma pequena gárgula se une a um anjo. Uma ninfa segura a corda do Enforcado do Tarô. A mandrágora propicia o nascimento de um pequeno demônio. Adornos de Tiffany e Lalique. Paisagens de Chartrand, Sanz Carta. Retratos de Romañach. Cenas lânguidas, sestas de Collazo. Retratos de Valderrama. Nos frisos, folhas de parreira, galhos de oliveira junto a folhas de goiabeira e de meloeiro, *yagrumas** e pal-

*Árvore cubana com flores rosadas ou brancas. (N. da T.)

meiras. As luminárias, o que restou das luminárias, vão desde o grande lustre até as de uma única luz, luminárias simples com lâmpadas azuis. Em alguns cantos, vasos de mesquitas com motivos próprios do islamismo. Candelabros de seis velas, palmatórias gigantes. Em meio ao estrago da platéia, podem ver-se algumas poltronas em bom estado. Na primeira fila não há nenhuma poltrona igual à outra. O estofamento é de chamalote vermelho intenso, ainda que sua escuridão possa ser, talvez, resultado dos anos, do pó, dos cocôs das moscas e demais catástrofes que ocorrem com tudo o que é construído pelo homem. Os espaldares formam coroas, máscaras, arcos de triunfo, ao passo que os braços são garras de leão que simulam braços humanos, e braços humanos que simulam garras de leão. O único traço comum a todas elas é o entalhe das letras M e V, entrelaçadas. Sóbrio, sem adornos, à italiana, o palco pode ser muito maior do que parece à primeira vista; poder-se-ia dizer que as madeiras do palco foram as que conseguiram suportar com mais coragem as calamidades do clima, dos anos e de tantas larvas. Girões do pano de fundo demonstram que ele foi confeccionado com o mesmo chamalote das poltronas. No meio do suporte do palco, uma base de madeira sustém um busto em bronze de José Martí. Ao seu lado, um jogo de grilhões centenários, como os que as autoridades espanholas usavam nos calabouços. Também se podem ver bambolinas e gambiarras, e sabe-se que as diabas estão ali por excesso de otimismo, delas só restam os esqueletos oxidados. O melhor, pensa Victorio, são os *toilettes*, em perfeito estado, com espelhos de mercúrio, limpíssimos, emoldurados em bronze, e peças intactas, de porcelana brilhante, e as inscrições DAMAS, CAVALHEIROS em finos cinzelados, talhados por algum artista desconhecido sobre portas de madeiras nobres, tão nobres que conservam as cores que as madeiras têm quando são nobres. Atrás do palco, encontram-se os quatro camarins, com as estrelas de metal coladas nas portas, ainda capazes de revelar o brilho de lantejoulas e miçangas.

Victorio dormiu em um dos camarins do teatro, o primeiro da esquerda, o único que está aberto. Os outros três foram fechados com cadeados grandes e maciços, atando fortes correntes. Como um abençoado, ele dormiu um desses sonos absolutos que tanto se parecem com a morte, nos quais não existem peripécias, nem cores, nem pessoas, nem lembranças, nem vestígios do dia, nos quais não há nada além do fato mesmo de dormir, deixar o corpo e tudo o que ele contém, alma e espírito, abandonado e feliz com um descanso que de tão perfeito só é alcançado duas ou três vezes na vida inteira. Não sabe quanto tempo dormiu: nisso reside outro dos traços especiais do sono proveitoso. Ao despertar e se descobrir no cômodo onde há espelhos e lâmpadas, flores e máscaras, bastões, chapéus e roupas de muitas cores, não achou que estava acordando, mas sim que alcançava outra das fases do sonho, sem dúvida a mais gloriosa. Um dos deleites do sonho vem do parentesco com a realidade, assim como um dos deleites da realidade vem de seu parentesco com o sonho. Foi acordado por uma música de flauta. Parece uma versão para flauta de *O Cisne,* de Saint-Saëns. Levantou-se da cama, na realidade uma *récamier*, confortável, antiga e pequena, e andou pelas ruínas daquele teatro pequeno e esquisito. Não encontrou ninguém tocando flauta nenhuma, e chegou a pensar que existem dois lugares distintos que são, a um só tempo, o mesmo e idêntico: Havana e as ruínas do teatro. E concluiu que, como a maioria dos paradoxos, este da diversidade entre a cidade e as ruínas do teatro só é paradoxo na aparência. Não existe tal contra-senso. Na mais profunda verdade da realidade, as coisas não são mesmo assim, confusas e ininteligíveis? Poder-se-ia afirmar que Havana se origina dos restos do teatro. Havana, simples e enigmático prolongamento desse teatro que em outras épocas se chamou Pequeno Liceu de Havana, segundo reza uma tarja manchada que há justo ao lado dos camarins. O mais misterioso, e talvez o mais comovente, dessa impressão parece estar no fato de que, sendo ele como é, tão-somente as ruínas de um teatro, bastante pequeno, provavelmente construído oitenta ou noventa anos atrás, quando a cidade já contava com quatro séculos de epidemias, fome, destroços e dificuldades, como pode se chegar à conclusão de que a cidade tenha sido erguida a partir do teatro, em volta do teatro, pensando no teatro, reproduzindo-o em esquinas, muros, ruas, parques e edifícios? Quando se tem acesso às ruínas, resulta inevitável supor que se adentrou o próprio coração de Havana. Victorio pensa em um hipotético Gênesis da cidade, onde estará escrito: No princípio foi o teatro.

2

OS RAIOS DE SOL PENETRAM pelas gretas do teto de duas águas sobre o palco. Os feixes de luz incidem sobre as tábuas e ganham recortes nítidos, com tons variados, misteriosos, modulações incríveis que criam zonas distintas no palco, círculos e faixas, espaços bem delimitados que ninguém se atreveria a dizer que não são obra de peritos técnicos de iluminação. Da platéia, Victorio vê apenas dois elementos decorativos: no extremo esquerdo, uma tumba, com uma coroa de flores em papel sépia e uma cruz de madeira onde se pode ler "Giselle"; do lado direito, um piano de cauda branco, que não é, a rigor, um elemento decorativo. Com um salto, com um agilíssimo salto, Victorio sobe ao palco. Não sabe se seu corpo atravessa os feixes de luz ou se é atravessado por eles.

Outra vez a música. O mesmo ar de Saint-Saëns, só que desta vez a música deixa de ter a agilidade abrilhantada da flauta para ganhar a grandeza obscena do oboé. Aparentemente a música escapa do antigo vestíbulo, lá atrás, onde estão os puídos anteparos com motivos campestres.

* * *

Quatro palhaços fazem soar quatro oboés. Palhaços de cabeleiras vermelhas e crespas, caras maquiladas de branco, com uma lágrima azul, de enfeite, que brilha nas bochechas. Os quatro palhaços têm expressões concentradas que se assemelham demais ao cansaço. Ao ver Victorio através dos espelhos, os quatro anciãos param de tocar e levantam as cabeças fatigadas. Victorio experimenta uma alegria que tem muito a ver com segurança e confiança. Não são quatro palhaços nem quatro anciãos, mas sim um único velho vestido de Pierrô. Um velho multiplicado pelo feitiço das três imagens de três espelhos. Os quatro são um, ele, o único palhaço. Aquele que dançava sobre as vigas que sustentavam e mantinham unidos o antigo hotel Royal Palm e o velho palacete da rua Galiano; o mesmo do Hospital Militar; o mesmo que encontrou na funerária logo depois de fugir porque havia roubado uma pizza no bairro chinês. Boa tarde, diz o palhaço. Sua voz possui um belo timbre de tenor ligeiro que contradiz a velhice centenária do rosto, a esqualidez do corpo diminuto, as enrugadas mãozinhas de menino envelhecido. Victorio responde com um boa tarde que soa quase como um pedido de ajuda. O senhor descansou muito, afirma o ancião, e o fato é que precisava mesmo descansar, escute, amigo, o senhor caiu ao chegar na esquina de San Rafael e Belascoaín, e se eu não estivesse perto acho que teria sofrido uma pancada mortal contra o contêiner de lixo, no princípio achei que estava bêbado, ainda que o seu hálito não cheirasse a álcool. Nunca bebo, mas devia estar extenuado ou com fome. Sim, o seu hálito não cheirava a álcool, tampouco cheirava a nada, ou cheirava a caverna, a estômago oco, sua boca parecia uma cova onde nem os morcegos teriam sido capazes de se embrenhar, me lembro que o chamei, repetidas vezes, e repetidas vezes escutei o eco de minha voz nos cantos ocultos de suas vísceras. Victorio não consegue evitar a gargalhada. Como cheguei até aqui?, pergunta quando o riso lhe permite. Com uma seriedade descabida, o velho palhaço guarda o oboé no estojo e pergunta em um tom rebuscado Não basta saber que chegou, que o coloquei para dormir na mesma *récamier* onde dormiu Nijinsky, o-maior-inimigo-da-lei-da-gravidade, que o senhor transitou pelo sono por oito, nove dias, não sei, todo o tempo em que havia estado sem dormir? Eu lhe agradeço, responde Victorio. O palhaço e as imagens que o multiplicam negam com a cabeça. Não, não, filho, não há nada para agradecer, nunca me diga obrigado, entende? Aliás, como o senhor se chama? Victorio, fala Victorio, envergonhado como sempre. O palhaço não parece surpreendido com o estranho do nome, e não pergunta nada. O meu é Fuco, Don Fuco, bem, o senhor entende, não me chamo Don Fuco, mas Don Fuco é como me chamo.

Passam os anteparos. Adentram pelos restos da platéia. O que lhe parece?, grita o palhaço, este é o meu reino, como pode ver, no final das contas sou um discípulo de Baudelaire, gosto de me rodear de uma agradável pestilência, vivo aqui há muitos anos e não creio que exista ninguém mais afortunado no mundo. Nunca pensei que existisse um lugar como esse em toda Havana, diz Victorio. É porque o senhor não conhece Havana, é demasiado jovem para saber quantos mistérios esta cidade aterrorizante oculta. Faz uma careta que tanto pode ser de terror como de asco. O senhor acha?, e ao fazer a pergunta Victorio sem querer repete o trejeito do palhaço. Achar?, não, não acho nada, eu sei, estou certo disso!, não há cidade mais enganosa, meu amigo, do que esse inferno em que moramos. Conhece outras cidades?, pergunta Victorio. Nenhuma, só Havana, e para ser sincero isso para mim já dá e sobra. Chegaram ao palco. Don Fuco se senta no proscênio e olha satisfeito ao seu redor. Victorio fica de pé, fascinado com a brilhante lágrima azul na bochecha daquele pierrô envelhecido. Nunca quis viajar? Nunca, quer saber por quê?, é simples!, Deus, a Mãe Natureza ou Esse-algo-que-não-sei-o-que-é me fez nascer em Havana, e se eu tivesse ido depois para Paris ou Nova York, tivesse passeado pelos Champs Elisées, ou pela Quinta Avenida, o que teria sido de mim ao regressar?, me diga, eu teria descoberto que vivia em uma cidade pequenina, primitiva, sem grande importância, uma cidade de pouca história e demasiadas pretensões, aí estão Roma ou Florença, onde os visitantes ficam de boca aberta diante de edifícios do Renascimento e do Barroco, ninguém se detém para olhar um edifício do XIX, pois em Havana não houve Renascimento, e a dureza das pedras não permitiu um barroco lá muito barroco, de maneira que o XIX é o mais antigo que se tem, faz uma pausa, suspira com tristeza, o que teria sido feito de mim ao regressar?, teria me dado conta de que a divindade não me favoreceu, não, meu amigo, não, me parece muito melhor descobrir a beleza nesta minha pobre cidade do que me dispor a encontrar belezas já descobertas nas grandes cidades, se assisto a um *Rigoletto* do Scala de Milão ou da Ópera de Viena, como voltar a estas ruínas, com que coragem, diga, meu filho, com que coragem? Don Fuco acaricia os pés descalços. Estou cansado, oh Deus de todos os demônios, acho que não posso mais, preciso de um pouco de pomada chinesa para meus pobres pés. Toca o próprio peito com um gesto desvalido e sussurra Hoje fiz o número do cesto de vime, para mim já é um *tour de force* me enrodilhar, me converter em nada, entrar no cesto e fazer com que o cesto dance ao som das "Danças Polovtsianas" do *Príncipe Igor*, perco o fôlego, o meu coração pára, minha circulação sanguínea se suspende, os rins sobem para a garganta, e me domina sempre a certeza de que será a última ocasião em que poderei me encolher tanto a ponto de poder entrar em um cesto feito para guardar vegetais, sou velho, filho, extremamente velho, que idade tenho?, mil, dois mil anos, pelo menos é o que me parece, há dias, como hoje, em que me sinto o sobrevivente de infinitos desastres, e penso que já vou de retorno por todos os caminhos, que já experimentei tudo o que há para experimentar, que vi e compreendi tudo o que há para se ver e compreender, e tudo o que não se deve ver nem compreender, sei que me coube sobreviver ao triunfo da mediocridade e das burocracias, sei que me coube sobreviver ao fracasso das grandes empresas dos homens, e não existe nada além, eu lhe advirto, nada além disso, da decepção, *the rest is silent*, já faz muito tempo que cheguei a uma conclusão extraordinária, a conclusão de que... O murmúrio se apaga, convertido em um silêncio completo. Victorio continua obcecado pela lágrima azul da bochecha do Pierrô. As luzes que chegam do teto formam círculos sobre o tablado do palco, e se suavizam, quase se pode medir o modo como a luz perde intensidade. O palhaço não parece se interessar pela chegada da noite. Hoje me excedi, não deveria ter dançado dentro do cesto, foi demais, um excesso. Sentado no proscênio, junto ao palhaço imóvel, semelhante a uma marionete, Victorio indaga Por que fez isso, por que dançou dentro do cesto? O silêncio se instaura nas ruínas do Pequeno Liceu de Havana, com esse atributo especial que os silêncios das ruínas têm. Victorio aprecia quão distante, alheia, afastada se encontra a cidade, nenhum de seus infinitos tumultos chega até eles, nada do que acontece lá fora perturba a paz dentro do teatro devastado, como se o teatro, e eles junto, flutuassem em um espaço sem espaço, dimensão ilusória sobre a ilha ilusória do continente ilusório do planeta ilusório.

* * *

As luzes (doze, no total) em torno do espelho do camarim ainda funcionam. O palhaço, sem a roupa de Pierrô, vestido agora com um manto de felpa verde e um gorro antigo e ridículo (de uma representação de *O mercador de Veneza* na qual ele, esclarece sorridente, encarnou um Shylock extraordinário), senta-se em frente ao espelho iluminado. Olha-se por muito tempo, concentrado no rosto velho, nos olhos perdidos e úmidos, e quiçá na lágrima azul da bochecha. Com um gesto rápido, tira o gorro de Shylock: deixa a descoberto uma careca que brilha, com alguns raros tufos de cabelo de uma cor indefinida. A cabeça é grande, em forma de pêra; a testa ampla e abaulada, de uma pessoa que pensa e recorda muito, cabeça de quem viveu mais que o previsto. Introduz os dedos em um pote de *cold cream* e com ele retira, massageando-se com os dedos, a maquilagem do rosto. O labirinto de rugas se faz mais e mais visível a cada camada de maquilagem que o *cold cream* retira, até que no espelho resta apenas uma carinha sulcada, lastimosa, de olhos mínimos, toldados por nuvens opacas, e lábios minguados, sem cor, que delatam a anemia do corpo e a falta de cálcio da dentadura amarelo-esverdeada. O tempo, exclama, o que me acontece é o tempo, e faz para o espelho uma careta diante da qual não se pode controlar o riso. Sou eterno, Victorio, imagina o horror que é estar vivo para sempre?, não sei se coube a alguém semelhante castigo. Descansa o queixo nas mãos enlaçadas, os cotovelos apoiados na mesa de maquilagem, e assegura com o belo timbre de tenor ligeiro Às vezes me chegam lembranças do Império Romano, da expansão dos godos, da Revolução Francesa, da guerra das Duas Rosas, juraria que em algum lugar eu conheci Galileu e Mazarino e Goethe, e sei que me deliciei nos bordéis de Bizâncio e nos tugúrios de Nova Orleans, que padeci com Napoleão, Lênin, Mussolini, Stálin, Machado, todos eles são o mesmo, porque ainda que tenhamos acreditado que Mussolini, Lênin, Stálin, Machado morreram há tempos, é mentira, não morreram, pura suposição, isso o senhor acha e eu acredito, ingênuos como somos, nos negamos a entender que o Tirano é imortal, o Tirano reencarna quando quer, com o corpo e a voz que quer, o grande mago, o grande cão, o Maligno, reencarna em cada homem que ama o poder, e quando tenho esses ataques de eternidade, como hoje, e penso que não terei o consolo do descanso, me vêm desejos de deitar no chão como aquela personagem de Melville e gritar para todos, para cada um, Preferiria não fazer isso! O palhaço é agora um velhinho insignificante que se olha no espelho. E depois, como se zombasse de si mesmo, daquela imagem deplorável, ilumina o espelho com outra careta de zombaria, e se levanta com dificuldade, inclinado, com passos curtos, como alguém que já não agüenta o peso da vida.

Acende uma vela de cera amarela fincada em um candelabro de metal. O palhaço pergunta Quer beber um suco de laranja? Começa a anoitecer. O camarim tem janelas altas, pequenas, horizontais, de vidros azuis, graças aos quais a luz filtrada do ocaso cria uma atmosfera fictícia. O único valor desejável é o do artificioso, diz o palhaço enquanto tira de um armário um tosco copo de vidro, com um decalque que diz O RUM DE CUBA, e o deposita sobre a pequena mesa de maquilagem. Depois tira dois copos de cristal trabalhado cor de âmbar, talvez de Murano. Pois sim, de Murano, não será fácil achar outro cristal como esse, dos fornos dessa ilha, dessa lagoa e dessas marismas, e pega também uma jarra cheia de água fresca. Enquanto coloca a água no tosco copo de vidro com o decalque, canta com o belo timbre de tenor ligeiro

Any where out of the world...

e estende para Victorio o feio copo com água e ordena Beba! E Victorio bebe a água fresca. E depois o palhaço passa a água do copo tosco para um dos trabalhados, cor de âmbar, que parecem de Murano, e volta a ordenar Beba! E Victorio bebe a água que agora, no copo novo, adornado e elegante, já não é água, mas sim suco de laranja, gostoso, espesso e delicado. Victorio não pode impedir que seus olhos se fechem, sem perceber que tenta assim aproveitar ao máximo o frescor e a doçura das laranjas. Por um breve instante se esquece do palhaço, do camarim de Nijinsky e do teatro. O instante é breve, mas não por isso menos intenso. Esquece-se de si mesmo. A grande realidade, ou melhor, a grande verdade é o suco de laranja.

O palhaço coloca o copo vazio sobre a mesa de maquilagem. Pede, ordena Venha comigo! Já é noite? O palco simula uma caixa preta. Transforma-se com a luz da vela do candelabro.

São poucos os que sabem que em Havana existiu, existe, esse teatro, e pouquíssimos os que têm conhecimento de quem pode ter sido o seu proprietário, ou proprietária, quem teve a idéia da construção desse prodígio oculto, você, meu filho, por certo pensará em alguma das grandes famílias cubanas, Gómez-Mena, Falla-Bonet, Bacardí-Bosch..., ledo engano! Essas linhagens eminentes não tiveram nada a ver com o teatrinho caprichoso, o que aconteceu foi algo mais singular e que na verdade lembra os contos de fadas: em princípios deste século XIX, chegou a Havana, em viagem de prazer — na verdade não era de prazer, mas sim uma viagem de amores contrariados —, uma beldade russa, a princesa Voljovskoi, jovem, rica, meio poetisa, meio pintora, meio violinista e completamente aventureira, que dedicava longas horas a escrever versos românticos, ou pintar em pastel, ou dedicada ao Steiner do Tirol que seu pai havia lhe dado num de seus aniversários, e falei de amores contrariados, e acho que todos os amores são assim, não?, ai, meu filho, aconteceu que num dia de aniversário a princesa conheceu um deus, o deus fez a sua aparição em uma sala de concertos sob a forma inesperada de um dândi negro, quarentão, entre tímido e arrogante, que manejava o violino como ninguém, era um deus vindo de Cuba e que se chamava Claudio, era casado com uma nobre alemã e exercia a função de músico de câmara do imperador Guilherme II, e o que aconteceu quando Marina o viu e escutou?, pois o que devia acontecer, a princesa Voljovskoi ficou surpresa, paralisada, e nem sequer pôde aplaudir a brilhante execução do tema de Paganini, nessa noite não conseguiu dormir, tampouco nas noites seguintes, a desafortunada princesa foi todas as noites à sala de concertos, sentou-se na mesma poltrona, que era a última na ponta esquerda da primeira fila, disposta a contemplar o perfil do violinista negro, perfeito em muitos sentidos, e a escutar a execução de seus concertos, perfeita em todos os sentidos, depois ia para o seu palácio, se trancava no estúdio e repetia e repetia com esmero peças de Tartini, Francouer, Wieniawski, e até a *Chacona* de Johann Sebastian Bach, e o amanhecer a encontrava cheia de olheiras, trêmula, sem parar de tocar, na penúltima noite foi capaz de uma ousadia, escutou o concerto de pé, aplaudiu sem decoro a *Barcarola* do próprio violinista, e depois do último acorde se aproximou dele, se identificou Sou a princesa Voljovskoi, disse, entre tímida e arrogante, entregou-lhe um bilhete e foi para seu palácio esperar, com a certeza de que ele se apresentaria, e de fato, na tarde seguinte, o mordomo abriu o portão para deixar o dândi passar, surpreendentemente negro, e conduzi-lo por um extenso corredor até o estúdio da princesa, o violinista Claudio Brindis de Salas, negro havanês, barão e Cavalheiro da Legião de Honra, acostumado a transpor os mais régios umbrais, seguiu em frente com um porte distinto, mas não pôde manter a elegância da indiferença por muito tempo, pois ali estava a beldade russa, completamente nua, executando a *Barcarola* sem cometer nem o mínimo erro; maravilhado, sem perder um segundo, Brindis de Salas também se desnudou, pegou o violino com donaire e acompanhou a jovem no que sem dúvida deve ter sido (pena que não houvesse nenhum crítico; pena maior ainda que não houvesse nenhum fotógrafo) um dos duetos mais perturbadores da arte violinística.

Don Fuco olha ao seu redor com os olhinhos semicerrados e levanta o candelabro que projeta sombras gigantescas.

Brindis regressou ao reino de Weimar. A princesa Voljovskoi fez as malas e foi para Moscou, atravessou os campos da Polônia, a Floresta Negra, adentrou a Suíça, dormiu em Lugano e chegou a Gênova, onde conseguiu uma passagem em uma escuna grega que se dirigia para as Antilhas, chegou a Havana várias semanas depois, alugou horrorizada um quarto no hotel Plaza, ficou surpreendida com a canícula onipresente, com a mistura de riqueza e podridão, com as moscas e mosquitos de tamanhos e cores surpreendentes, com tantos dândis negros que passavam pelas ruas (ela havia chegado a se acreditar a única afortunada), por fedores tão próximos aos perfumes, assim como perfumes que mais pareciam pestilências, eflúvios bons e ruins que emanavam das casas, dos esgotos, das carruagens, dos mercados, surpreendeu-a aquela mistura de suntuosidade e indigência, uma estranheza que sempre beirava o espanto, um espanto que sempre girava em torno do esplendor como um bando de aves de rapina, aprendeu o castelhano (língua delicada, divina, de oração, carregada de matizes) o mais rápido que pôde e se dispôs a conhecer aquela cidade que não entendia, que nunca entendeu, e que a repugnava e a seduzia com idêntica paixão, voltou a Cuba todos os anos, até que comprou um palácio soberbo em El Vedado, perto de La Chorrera, próximo ao mar (naquela época não existiam nem o Malecón nem a avenida, apenas os recifes e o mar), entre o hotel Trotcha e o palácio dos Loynaz, e em 1917, aquele ano em que os bolcheviques tomaram o poder, a princesa Voljovskoi, no final das contas uma russa branca, mulher culta e de bom gosto, amiga próxima de Nabakov, decidiu não voltar nunca mais à sua terra, e todos os dias dava graças a Havana e ao Senhor pelos horrores de que a havia livrado.

O palhaço move o candelabro, o passeia diante do rosto de Victorio. Observa as vacilações da chama fixamente e com algo de deboche.

Foi assim, meu amigo, em homenagem à sua paixão pelas artes em geral, e a Brindis de Salas em particular, que minha amiga Marina Voljovskoi se deu o prazer de construir este pequeno templo onde eu e ela éramos os únicos espectadores, às vezes algum convidado, às vezes alguma sobrinha, às vezes dez freiras oblatas — suas protegidas — e, anos depois, o monsenhor Carlos Manuel de Céspedes, que então não era monsenhor, mas sim um jovem culto, leitor voraz, melômano e benévolo estudante do seminário de San Carlos e San Ambrosio, e como a princesa não quis compartilhar os seus gostos, salvo comigo, que fui o melhor de seus amigos, e com o monsenhor de Céspedes, preferiu que todos ignorassem a sua grande riqueza, fez com que este teatro não tivesse nunca uma fachada de teatro, nada de marquises, nada de pompas exteriores, portada sem grandeza, grande corredor, porta carente de brilhos, degraus meio ocultos..., e a glória!, sim, a glória, porque Ana Pavlova, a Exímia, dançou aqui, para sua compatriota, para o bispo e para mim (monsenhor Céspedes nem pensava em nascer), *A morte do cisne*, assim como Enrico Caruso cantou os maiores destaques de seu repertório, e lhe digo, é verdade, aquilo de "ouvir Caruso e depois morrer" é correto, e Sarah Bernhardt, aquela francesa tão francesa, tão francesa que se atreveu a insinuar que os cubanos eram "índios de fraque", e tudo porque não a aplaudimos como esperava, era tão histérica quanto boa atriz, e, para piorar, francesa!, a francesa, digo, fez uma seleção de seus melhores papéis para uma platéia composta pela princesa e este servo, e na verdade era uma excelente atriz, com um estilo que agora o senhor consideraria antigo, mas convincente, muito convincente, o que demonstra mais uma vez que a verdadeira arte não é velha nem jovem, nem antiga nem moderna nem pós-moderna nem transmoderna nem novíssima nem pós-novíssima, segundo a retórica sifilítica dos críticos que não têm nada a dizer, a arte é arte e ponto, sabia, Victorio, que Maria Callas visitou Havana, sim?, segundo todas as versões, a Diva nunca pisou em terras cubanas, uma vez que o posto operístico de Havana pertencia à sua grande rival, Renata Tebaldi, os empresários cubanos se abstiveram de mortificar a esta última estendendo o contrato a Callas, entretanto, sabe-se que um belo e discreto iate branco entrou certa manhã no ancoradouro de Santa Fé, onde fizeram depois isso que chamam de "Marina Hemingway", o iate se chamava *Tosca* e pertencia à frota do famoso armador grego, e dele desceram apenas uma jovem donzela e uma dama elegantíssima com um vestido azul discreto e fresco, lenço preto na cabeça, óculos escuros, e um piloteiro do porto, amante da ópera, não se surpreenda, a vida é assim, meu amigo, uma grande confusão de paradoxos, o piloteiro amante do *bel canto* acreditou ter reconhecido Callas naquela deusa que descia do iate e gritou Maria!, e ela nem o olhou, Maria!, voltou a gritar o piloteiro, e ela voltou para ele uma máscara impávida, Maria...?, disse Maria com uma expressão de ingenuidade, *não, não, monsieur, vous vous êtes trompé...*, e não se hospedou em nenhum hotel, o imenso Cadillac que a esperava levou-a para um lindo chalé de madeiras nobres em uma quinta próxima à praia de Baracoa, ao nordeste de Havana, a quinta pertencia à princesa Voljovskoi, dois dias depois, Maria, a Diva, a grande Callas, deu um recital para a princesa, e a princesa se fez acompanhar por um serviçal e pelo monsenhor Carlos Manuel de Céspedes, e pelas irmãs oblatas, no Pequeno Liceu de Havana, a imprensa cubana não se inteirou, o ridículo mundo do espetáculo não se inteirou, até do próprio Huberal Herrera, que serviu de pianista acompanhante, ocultamos o nome da cantora, ele o presumiu, é claro, o timbre da soprano não poderia pertencer a ninguém mais, a voz que não saía de nenhum lugar do corpo, a voz que só podia escapar da alma, tinha de ser a voz dela, Dela!, Callas!, e o bom Huberal Herrera preferiu se calar devido ao medo de que ninguém acreditasse nele, e, salvo os responsáveis pela viagem e os assistentes do teatro, a única pessoa que soube dessa aventura havanesa da Maria Callas foi o grande dramaturgo e melhor ainda narrador e poeta, o soberbo gigante das letras Virgilio Piñera, que a encontrou quando passeava pelo Paseo del Prado, e sem se deixar impressionar pela expressão imperturbável e pelo "*vous vous êtes trompé*" — Piñera era tão obstinado como a Diva —, replicou com seu excelente francês, que falava, entretanto, como um haitiano *Oui, madam, moi aussi, je me suis trompé, je ne suis pas Virgilio Piñera, le poète cubain, je suis Alfred Germont...*, e Piñera contava que Callas havia permanecido séria e a Violeta Valéry que se escondia nela o havia premiado com um sorriso.

O palhaço ri. Com vontade. Victorio pensa Que extraordinários esses dentes amarelos ou verdes, carcomidos pelos anos, parecem fósseis marinhos. Os olhos do palhaço desaparecem. Seu corpo se agita com a risada.

Esse não foi o único caso, filho, nem o mais notório. Diaghilev, Karsávina e Nijinsky também estiveram no chalé de madeiras nobres da praia Baracoa (não Baracoa a cidade antiga, mas sim o pequeno casario perto de Bauta), Karsávina e Nijinsky fizeram duas inesquecíveis apresentações de *O espectro da rosa*, e tanto eu como Marina Voljovskoi, a princesa, havíamos pedido veementemente que fossem duas (duas!) as apresentações do clássico de Nijinsky, a primeira vimos em um camarote privilegiado, ao passo que a segunda pudemos apreciar escondidos no palco, entre cordas, cortinas e cenários, pois ambos queríamos ver de outra perspectiva o grande salto do gênio, o-maior-inimigo-da-lei-da-gravidade, e queríamos ver como o sorriso que o público enxergava se transformava em uma careta de dor devido ao esforço do salto descomunal, desumano, uma expressão de angústia, de desespero, queríamos vê-lo cair, e apreciar como os outros corriam até ele com desvelos e álcool e panos molhados, tanto a princesa como eu nos interessávamos pelo esplendor do gênio; também nos encontrávamos atraídos pelo lado desagradável, escuro, o lado obstinado e demente, sem o qual esse esplendor não seria possível.

* * *

O palhaço ergue as mãos para a luz da vela. Victorio pode ver como brilham as palmas repletas de linhas, mãos que enlouqueceriam o mais brilhante dos quiromantes. Pode ver também como a cara sorridente escurece.

Como nos deliciamos com Ana Pavlova em seu camarim que ninguém mais usou, continua ele com a bela voz de tenor ligeiro, apagada pelas lembranças, vimos Ana Pavlova chorar, gritar, morder as mãos, atirar-se contra as paredes, minutos antes de sair e fazer uma grandiosa *Morte do cisne*, com toda serenidade e a consciência do que era: não uma grande bailarina, mas uma deusa possuída pela dança!, e este teatro recebeu, também, Pau Casals e Ella Fitzgerald, Antonin Artaud, Jean Marais (com Jean Cocteau), María Félix (com Jorge Negrete), Michèle Morgan e Galina Ulánova e Celina González e Cora Vaucaire e Alicia Alonso e Miko Yana, a mais famosa das dançarinas japonesas.

A porta fechada do quarto camarim, o primeiro da direita para a esquerda, o que tem a maior estrela de lantejoulas e miçangas, pertenceu a Ana Pavlova, a Exímia, nas quatro visitas que fez a Havana. Don Fuco dá algumas batidas na porta do segundo camarim e diz Aqui se vestiu, se preparou e ensaiou Lorenzo Nadal, mais conhecido como Lorenzo, o Magnífico, não apenas o melhor-pianista-do-mundo, o homem que melhor conheceu e interpretou a obra de Chopin, mas também quem melhor pintou as paisagens de Cuba, ainda que ninguém o conheça nem pelo piano nem pelo pincel, Lorenzo, tão magnífico como modesto! Cola o ouvido à porta do terceiro camarim. Este, onde o senhor dormiu com tanto virtuosismo durante dias, pertenceu, como já sabe, a Nijinsky, nos dias em que nos visitou com Karsavina e Diaghilev. Sorri com doçura. Victorio sabe que esse sorriso não é dedicado a ele. Não quer dizer que somente eles tenham usado esses camarins, é claro, mas quer dizer sim, por outro lado, que eles os inauguraram. Avança com dificuldade até o quarto camarim, diante do qual Don Fuco se ajoelha. Sua mão acaricia a porta com prazer. Vê-se que está inquieto, nervoso, fascinado. Este é o Camarim de Guiñol, diz ou canta com a voz límpida como a de um adolescente, agora trêmula, um tanto doce, sei que para você será uma surpresa, filho. A história deste teatro é surpreendente, comenta Victorio. Gostou?, ah, pois outro dia lhe contarei outra história diferente e igualmente verdadeira.

3

NAS TARDES, Victorio se deita no tablado do palco e fecha os olhos. Costuma experimentar uma sensação estranha. Não é alegria, ainda que tenha a ver com ela. Pensa que a felicidade é como os homens, caprichosa, e, assim como eles, possui muitas caras e não tem uma maneira única de se apresentar. Nas tardes, sobre as tábuas do velho palco, fecha os olhos sem intenção de dormir. É o modo mais seguro de atrair essa matéria delicada de que são feitas as lembranças. E consegue se tranqüilizar, e evoca a sua infância na casinha de Marianao, bairro de Santa Felisa.

Disseram-lhe que depois da morte da Tita seu pai começou a andar em uma cadeira de rodas. Ele o recorda como um homem alto, expressivo, imponente, voluntarioso, de uma eloqüência rara, que conseguia armar discursos com o mais imprevisível dos temas e para quem as palavras "vida" e "revolução" designavam uma certeza idêntica. Victorio sempre se sentiu inadequado diante daquele homem com forte cheiro de tabaco, que parecia mais velho do que era, que em certa época de sua vida o abraçava com força, lhe deixava saliva nas bochechas, e a quem devia aquele nome, Victorio, que tantas zombarias provocava entre seus colegas de classe. Papai Robespierre (ele e a irmã começaram a chamá-lo assim anos mais tarde, por vingança) havia lutado "pela justiça social, para que o homem não fosse o lobo do homem". Por sorte, quando Victorio era criança Papai Robespierre nunca estava com eles. Era o primeiro a se sacrificar. Trabalhava muito como administrador e passava a maior parte do tempo nos hangares da Fumigação Agrícola. Como bom comunista, não tinha senso de humor. Não suportava rir de si mesmo. Buscava o lado sério e solene de todos os temas. Em casa, entretanto, esmerava-se em carinhos, e até brincava com a Tita, e levava os filhos para patinar no parque, e comprava para eles refrescos, sorvetes Guarina, balas, petecas e algodão-doce. Victorio lembra-se dele com uma roupa verde-oliva de miliciano, boina preta com a pequena e ondulante bandeira cubana. O filho não sabe se ele ainda continuará vestido assim, se permanecerá agarrado a sua velha esperança. Faz anos que não se vêem. Victorio é capaz de se lembrar dele no parque, ou onde quer que seja, lendo em voz alta, repetidas vezes, os mesmos discursos de Lênin e alguns parágrafos grifados por ele nos manuais de textos de marxismo-leninismo (Konstantinov e Afanasiev). Papai Robespierre havia pertencido ao Partido Socialista Popular, mas fora um comunista rebelde, dos que nunca estiveram de acordo com o pacto com Batista, e que, por outro lado, sentiam uma grande admiração pelo jovem advogado doutor Fidel Castro (o Chefe, como ele dizia) e aqueles "rebeldes" da serra Maestra. Durante a tomada do quartel Moncada, em Santiago de Cuba, sofria com duas comoções: a notícia da tomada e o nascimento de seu filho, Victorio, que por uma milagrosa coincidência havia nascido naquela manhã de Santa Ana de 1953. Por esses anos, depois da tomada do quartel e do nascimento de Victorio, Papai Robespierre deixou (ou foi afastado, nunca se soube ao certo) o Partido Socialista Popular e se dedicou a vender bônus para o Movimento 26 de Julho. Poucos anos depois, não pôde subir a serra Maestra para se reunir aos rebeldes, como seria o seu desejo, porque a Tita, Hortensia, sua mulher, não apenas tinha um Victorio pequeno como também ficara grávida e perdera uma menina. Essa desgraça causou nela um forte desequilíbrio nervoso. Papai Robespierre acreditava ter um dever cívico a cumprir com a pátria desventurada; seu fanatismo, entretanto, não fazia com que perdesse de vista que também tinha um dever a cumprir com a desventurada mulher. Comportou-se com sensatez; resolveu não descuidar nem da pátria nem da esposa: não subiu a serra, dedicou-se à luta urbana. Não apenas vendeu bônus do 26 de Julho como comprou armas e preparou e despachou mensagens junto com as armas; enviou combatentes para as montanhas e as planícies para onde a batalha ia se estendendo. A segunda filha que vingou nasceu (outro milagre) em 9 de janeiro de 1959, apenas vinte e quatro horas depois de os triunfantes rebeldes entrarem em Havana. Por essa razão, Papai Robespierre decidiu chamá-la de Victoria (nome completo: Victoria Pátria, só que isso, graças a Deus, pouca gente soube). O mesmo nome para ambos os filhos, o nome que tanto lhes desgostou e que tantas zombarias os fez suportar nos colégios. Segundo a Tita, foram ordens de Papai Robespierre, inquestionáveis, a despeito de seu pranto. A Tita, tão supersticiosa, considerava-o um nome fatal. Segundo tentava explicar ao marido O nome, quando significa algo, significa o contrário do que significa. Tolices!, respondia Papai Robespierre, que não acreditava em Deus nem em superstições, e muito menos em prantos de mulheres ou jogos de palavras. E salientava Meu filho, meu macho, nascido com 3 quilos e meio, no dia de um ato heróico; minha filha, minha fêmea, a menina dos meus olhos, nascida nos primeiros dias da Liberdade, oriunda da cidade livre de um país livre, não de qualquer país livre, mas do mais livre entre os livres, Primeiro-Território-livre-da-América, no coração do Reino-da-utopia. E quis preparar sobretudo Victorio, o macho, para os rigores da vida e da história. Ainda que o adulto que foi aquele menino não se lembre de nada daqueles dias, sabe, lhe disseram, que acompanhava o pai quando este ia vender os bônus do 26 de Julho; por isso, costuma insistir, gozador e implacável, meio de brincadeira meio a sério, que nasceu para clandestino. Costuma repetir Desde criança fui um ilegal. Depois do triunfo, o fervoroso pai deu de vesti-lo com roupas de miliciano, que mantinham o menino banhado em suor e cobriam sua pele tenra de erupções cutâneas. Quando Victorio foi capaz de falar, Papai Robespierre obrigou-o a aprender poemas antiimperialistas sobre a colheita (Agustín Acosta), poemas à bandeira (Agustín Acosta, Bonifacio Byrne), e lhe ensinou hinos invasores, cantos de guerra, décimas de jovens carvoeiras e sem sapatilhas brancas, odes onde se celebravam as bravuras pátrias, e mais décimas sobre a liberdade, a nova era e sobre o nascimento de um Homem Novo, Imaculado, Perfeito, Inocente, Impoluto, Puro, Puríssimo como os tempos. Presenteava-o com rifles de brinquedo e com jogos de tiros ao alvo que tinham, como efígies-alvo, a estátua da Liberdade (alegoria hipócrita), o pato Donald, o presidente Eisenhower, o Tio Sam (aberrações monstruosas). É preciso acabar com o império, exclamava, com um tom teatral e salpicando de saliva cada palavra, com movimentos excessivos dos braços, que quase sempre destroçavam algum dos enfeites baratos de porcelana de que Tita tanto gostava, comprados na Quinquilheira ou no Dez Cents. Papai Robespierre levava Victorio aos estádios onde se realizavam comícios revolucionários, jogos de bola ou ambas as coisas. Fazia com que ele subisse nos cavalos dos inspetores de campos e nos aviõezinhos Fokker com que as plantações eram fumigadas. Queria ensiná-lo a ser valente. Um dos métodos que Papai Robespierre empregou para fortalecer a coragem de Victorio foi apagar as luzes da casa e deixá-lo sozinho naquela escuridão por dez minutos. O velho comunista, grave e circunspecto, admirador de Stálin (nunca acreditou nos horrores que contavam sobre ele), sentia-se orgulhoso de seu método pedagógico, tirado, explicava ele, de um texto de Anton Makarenko. Papai Robespierre ignorava o que era quase inevitável: durante os dez minutos de apagão, Victorio sentia um terror maior a cada noite; um terror que o paralisava e o deixava a ponto de desmaiar no canto do quarto. Tão absorto e fascinado andava ele com a criação do Homem Novo que não percebia o jovem triste, taciturno e melancólico que estava formando. Tampouco se dava conta (nunca se dava conta dos fatos próximos e reais) da única razão pela qual Victorio o acompanhava com tanto gosto aos hangares da Fumigação Agrícola.

O Mouro devia ter cerca de dezoito anos. Tinha a pele escura, os olhos árabes e o cabelo preto-azulado, duro e firme. Dizia-se que era filho de um revolucionário argelino, especialista em economia, graduado na Sorbonne e homem de confiança de Ahmed Ben Bella. Na realidade, não importa de onde vinham aqueles traços, pois a beleza, pensa Victorio agora, não tem pátria. Victorio ficava impressionado com a estatura do Mouro, seu andar, seus movimentos de bailarino (nunca parecia pisar a terra), a voz profunda e leve, o castelhano perfeito e com leves erres franceses, o sorriso mais branco que alguém poderia imaginar. Vamos, garoto, vamos voar, dizia sempre a Victorio-menino, como uma saudação. O Mouro subia em um daqueles antiquíssimos aviõezinhos Fokker e podia chegar a ser o homem mais audaz que alguém jamais imaginou.

Brincava no céu, dava voltas como uma ave demasiado temerária, e Papai Robespierre e o resto dos que trabalhavam ali várias vezes maldisseram No dia que menos se esperar, esse mouro degenerado vai se matar, e o pior: vai foder com o melhor avião do plano, o veado-filho-da-puta. Isso era o que falavam. A verdade era outra: as palavras de reprovação não tinham nada a ver com os sorrisos de aprovação, com as expressões de complacência, o orgulho que escapava das frases de censura; chamavam-no veado, filho-da- puta, enquanto sorriam e aprovavam as voltas que dava com tanta facilidade no ar. Voltas e voltas e voltas, "esses" misteriosos; perdia-se entre as nuvens e reaparecia como um pássaro jubiloso. O Mouro significava alegria, despreocupação, intrepidez, generosidade, beleza. Victorio não precisa sequer fechar os olhos para voltar a vê-lo como da primeira vez, naquela tarde em que ele e seu pai chegaram ao plano. Era hora do almoço. Os trabalhadores aproveitavam o pouco tempo livre para organizar jogos de bola. O Mouro estava com o peito nu e usava uma calça militar de camuflagem. Encontrava-se no centro do campo, em meio a um salto, parado (em todo salto há um segundo de eternidade), com a expressão concentrada e os braços erguidos. Esperava uma bola alta demais. Victorio não viu nenhuma bola. Viu apenas ele, o Mouro, e isso bastava. E isso basta e bastará, pensa. Viu, vê, verá um jovem imóvel no ar, que não conseguiu alcançar a bola e que não teve de cair na terra para começar a correr. Tanto tempo depois, Victorio ainda pode divisar o Mouro utilizando o apoio de um dos braços para que o resto do corpo pudesse se elevar acima de uma cerca e cruzar para o outro lado. Na realidade não se trata de uma lembrança. É algo mais: uma cena obsessiva e imóvel, uma foto estática. Um segundo de eternidade. O tempo não consegue, nunca conseguiu, desfazer a cena. Victorio se lembra de que o jogo terminou e o Mouro se aproximou, suado, sorridente, cumprimentou Papai Robespierre com respeito e reparou no menino. Perguntou ao pai Quem é esse, o seu lugar-tenente?, e acariciou a cabeça do menino com um gesto que de tão rude acabou sendo terno.

Deitado nas tábuas, com os olhos fechados, nas ruínas do teatro que se confunde com Havana, Victorio acredita perceber que sempre, desde pequeno, soube que o encanto das coisas pode ser encontrado sob várias formas. Naquela época, se tratava do corpo de um homem. Mãos grandes e escuras, sujas, com as unhas enegrecidas pela graxa dos motores Fokker. Nariz grande, quebrado, como de boxeador. Lábios arroxeados, argelinos, úmidos, sorridentes, divididos pela cicatriz delicada (quando pequeno, dizia ele mesmo, tivera lábio leporino: foi operado em Paris). Mamilos escuros, também túrgidos, rodeados pela rebeldia dos pelos escassos e de um preto azulado. O modo de salientar um músculo que muito depois Victorio soube que se chama "dentado". O gesto com que afastava um inseto ou secava a gota de suor que lhe descia do cabelo até as têmporas. O umbigo redondo, algo grosseiro (quer dizer, clássico). A axila hirsuta, negra. A maneira de se virar para uma árvore, abrir as pernas, desabotoar a braguilha, urinar. Coçar os dedos dos pés. Dizer adeus. Cantar músicas da moda. Cuspir com a língua apertada contra os dentes. Limpar os ouvidos com a unha do dedo mindinho. O palavrão ou apenas um simples gesto que não quer dizer nada. Vamos, garoto, vamos voar!

Victorio se pergunta se as coisas são como são ou como os múltiplos caprichos da memória as recompõem. No teatro, que segundo o palhaço conheceu a agonia de Pavlova e escutou a voz única de Callas e soube da dança encantada da Alonso e atentou para o modo como Nijinsky se preparava para *O espectro da rosa*,

Victorio volta a ter a certeza de que o Mouro está ali, sem dizer nada, recostado na árvore. A árvore também é a mesma de sempre. O argelino descasca e chupa uma cana-de-açúcar; a garapa escorre pelas comissuras dos lábios, chega ao queixo, molha o peito, a barriga e as calças do Mouro. Victorio volta a ver as calças molhadas. Não apenas pela garapa de cana. O suor forma uma faixa escura ao redor da cintura. Ali está o cheiro da garapa. E o cheiro forte do suor do argelino. E o aroma da terra molhada. Victorio se enrodilha como fazia na cama imaculada de sua infância. Mantém os olhos fechados e se sente amparado.

Agora ela é um monte de ossos trancados no ossuário do jazigo da família, mas antes a Tita, Hortensia, a mãe de Victorio, era uma mulher silenciosa, discreta. Tinha os olhos grandes, sutilmente rasgados, como se algum impossível sangue chinês lhe corresse pelas veias cantábricas. Sua pele era branca, de filha de emigrado de La Montaña, e o corpo, como ela, comedido e bonito. Victorio se recorda das mãos delgadas, graciosas, de princesa, e não da costureira que ela foi na realidade. Todo santo dia ela costurava vestidos de debutante e roupas de casamento. Diferentemente de Papai Robespierre, para a Tita, Hortensia, a mãe, a única política válida era o carinho, e a família a única pátria. Victorio pensa que um dia sua mãe deve ter amado os olhos resolutos e o vigor de corpo e espírito de Papai Robespierre. Tinha de tê-lo amado, disso Victorio não tem a menor dúvida. Mas aquela paixão de juventude deve ter se convertido, com o passar dos anos, em pura condescendência, em nostalgia, e, é claro, em uma lástima muito maior do que a que ela se permitia experimentar em relação a si mesma.

* * *

Victorio-menino se afasta do burburinho, do festejo da família reunida. Anda pela beira do mar, sujo de sargaços. A brisa, o céu e ele formam a mesma matéria. Algo se torna vasto, perene, ou seja, indestrutível e eterno. Seu corpo se agiganta e consegue abarcar tudo o que vê e o que não vê, o que escuta e o que não escuta, o que toca e o que não toca, o que saboreia e o que não saboreia. Na praia, se vê em qualquer lugar, no mundo. Se diz uma palavra, as diria todas. A canção que entoa são todas as canções. Acodem à sua lembrança outros momentos esquecidos de bonança. Nada de grandes ocasiões. Nada disso. A simples felicidade. Correr pelas ruas debaixo dos aguaceiros de maio. Comer bananas-maçãs. Enfiar as mãos na lama e sentir o contato com a terra molhada. Sujar os dentes com fiapos de manga. Escorregar pela colina em cascas de palmeira. Escutar o avô Don Inés cantar décimas no tamborete da entrada, depois do banho, quando baixava o sol e o caminho se refrescava. Roubar as frituras de *malanga** que a avó Emilia escondia na marmita. Enfiar o dedo no merengue da torta. Coçar as costas na beirada áspera da porta. Tomar banho de rio pelado. Passar a mão por uma pele que estremece. Beber água-de-coco. Descascar tangerinas com os dentes. Assistir ao pôr-do-sol sentado na areia. Saltar como se a possibilidade de vôo fosse possível.

Abre os olhos. Mutismo total sobre as ruínas do Pequeno Liceu de Havana. As ruínas parecem suspensas sobre a face do abismo, e adejam sobre a superfície das águas.

Victorio pensa em seu pai. Papai Robespierre sempre pensou que os filhos que traem não são filhos. Traidores do quê?, se per-

*Planta hortense de Cuba, da qual há várias espécies. (N. da T.)

gunta. Victorio não acredita ter traído ninguém. Tempos atrás, ele desejou dizer ao incorruptível Robespierre que não havia traído ninguém. Teria gostado de lhe perguntar se não podia pensar, jacobino entre jacobinos, que seu filho tinha desejos e necessidades diferentes, que pensava diferente, que era (que é!) diferente, por que, neste mundo de disciplinas e soldados, nunca puderam entender a diversidade?, por que todos têm de vestir as mesmas roupas, cantar a mesma música e adorar os mesmos ídolos?

As persistentes luzes do sol brincam outra vez no palco silencioso, abrindo passagem pelas frestas do teto. Tem diante de si a platéia em ruínas, e sente vontade de declamar uns versos famosos de Gastón Baquero:

La mañana pregona que no existe la nada.
Sal con el pie derecho a saborear el día.
!Vive y nada más! Este día es tan bello,
*que nos olvidamos de que tenemos huesos.**

Entra no banho. Despe-se. Desperta ao contato com a água. Como nos sonhos, sente a comunhão de seu corpo com a água. Esfrega a pele com uma esponja marinha que reaviva sensações esquecidas. Recebe a ducha com uma gratidão que se traduz numa mistura de dinamismo e adormecimento. Volta a experimentar a maneira apaixonada como o corpo se deleita e retribui o contato com a água e o sabão. Cada músculo conhece segundos de glória. Sua pele se deixa percorrer pela embriaguez da água morna.

*"A manhã anuncia que o nada não existe./ Saia com o pé direito para saborear o dia./ Viva e nada mais! Este dia é tão belo,/ Que nos esquecemos de que temos ossos."

Yo tengo ya la casita
*Que tanto te prometí...**

Encontra um quimono de seda azul com macieiras e Fujiyamas muito japoneses, em vários tons pastel. Ocorre a Victorio que deve ser o vestuário de alguma encenação de *Madame Butterfly*. O quimono lhe recorda o roupão que costumava usar, a despeito de calores e costumes, em seu quartinho na rua Galiano. E onde está o palhaço? Já faz um tempo que não se escuta música de oboé nem de flauta. Diferentemente de outras solidões, essa sensação de que não há mais ninguém nas ruínas é uma descoberta e um prazer. Ignora a hora do dia em que se encontra, mas o sol passa através dos vidros azuis do camarim. Sobe em um móvel e abre a janela. O mar. O Malecón vazio se perde ao longe. Deve ser cedo. O sol excessivo e o calor exagerado transformam a mureta em uma pedra ardente e consagrada. Nenhum bote sai para pescar nessa hora impossível; não há pescador que se arrisque tanto. Tampouco há garotos nadadores. Não há banhista suficientemente suicida. Talvez algum alemão, dos do norte, ou algum norueguês, ou algum sueco, tenha se deitado na mureta para tomar esse sol que nunca terão, com uma insolência semelhante, em Hamburgo, Molde ou Estocolmo. É a hora precisa em que o mar, de tão tranqüilo, permite que o sol se multiplique em sóis infinitos e forme multidões de espelhos. Entrar no mar é andar entre clarões: o fogo do sol e o fogo dos reflexos. Acredita ver um barco areeiro passar pelo horizonte, com os grandes braços das gruas agora inertes. Também é possível que não haja nenhum barco, nem areeiro nem de carga: todos conhecem a falsidade criada pela cumplicidade entre horizonte e luz. Até a larga avenida que margeia o

*"Eu já tenho a casinha/ Que tanto te prometi..."

Malecón, construída sobre terrenos ganhos do mar, está vazia. Nem os carros antigos usados como lotações passam a essa hora. Victorio experimenta a sensação de que essa cidade não é sua. Havana se converte em uma cidade estranha, maléfica, reticente, remota. Entre Havana e Victorio parecem se estabelecer demasiadas solidões, desencontros, exílios, incompreensões, abdicações, cóleras e injustiças. Ele sabe que está em Havana e não está em Havana. Essa sensação de desterrado em sua própria cidade não é nova. Foram muitos os anos em que ele se sentiu alheio, observado e observador, estranho, excluído, incomunicável, fora de lugar. Já faz muito tempo que Victorio anda por Havana sem reconhecê-la como sua e, o que é ainda mais grave, sem que Havana pareça reconhecê-lo como dela. Assim, esse sentimento que agora o assalta na janela não vem a ser aquele do exilado-que-continua-no-mesmo-lugar, trata-se de algo mais sutil: nas janelas azuis do camarim de Nijinsky, nas ruínas de um teatro até agora desconhecido, pressente que entre Havana e ele não existe apenas uma insondável distância espiritual, mas que também chegou a se estabelecer uma distância física, como se as ruínas do teatro não estivessem em Havana, mas sim em um ponto mais distante, muito mais distante, em um território a salvo dos limites de geografias e histórias.

A cidade termina de se toldar, desaparece sem desaparecer, fugidia, fantasmagórica, como a catedral de Rouen nas famosas telas de Monet. Tenta abrir os outros camarins. Não consegue. Correntes e cadeados os fecham com firmeza. Regressa ao palco, onde o jogo de luzes e sombras se suavizou. Por onde se entrará e sairá deste teatro? Por enquanto, não quer ir a outro lugar, ainda que seja sempre bom conhecer as saídas, é útil saber a localização até da saída dos Campos Elísios, deixar as portas de emergência bem indicadas. Até de edens e de céus, de nirvanas e jardins (como escreveriam os irmãos Quintero) as pessoas às vezes têm necessidade de escapar. Qualquer um sabe que, sem portas que sinalizem SAÍDA, EXIT, SORTIE em brilhantes luzes vermelhas, as glórias do Paraíso podem se transformar nos tormentos do Inferno. E dali, ao que parece, não se sai. Por mais que Victorio percorra as ruínas, não descobre uma porta para Havana. Vai de um lado para o outro, toca paredes, murais, e as portas que não são de toaletes e camarins resultam decorativas, portas que se abrem para muros de adobe. Victorio não sente medo. Diferentemente de outros confinamentos experimentados em tantos anos de clausura, as ruínas do teatro não lhe provocam claustrofobia. Essas ruínas muradas são o menos murado que ele já conheceu até aquele momento.

4

OS DIAS PASSAM. Victorio, entretanto, vive um único e gigantesco dia feliz. Ali, no meio de tanta história, finalmente sente-se à vontade. As histórias delirantes de Don Fuco o incomodam e o encantam. Pelo ridículo e pelo belo, gosta de vê-lo ensaiar os números que depois encenará em funerárias, hospitais, ruas, cemitérios e asilos de idosos. Em qualquer lugar onde exista dor, especifica o palhaço, e são muitos os lugares, é verdade, nesta ilha o primordial é sofrer, como se gozar a vida fosse delito, ou crime de lesa-pátria, não, ninguém pode se regozijar com os prazeres da vida, é necessário sofrer por não sei que motivos futuros e improváveis, não somos frívolos, não somos frívolos, não somos frívolos! E depois, como se chegasse a uma grande descoberta, agrega O pior é que acontece o que sempre acontece: uns sofrem e outros não, não imagino presidentes e teóricos, ministros e vice-ministros, presidentes de corporações, teóricos-jornalistas-de-renome comendo o horrível pão diário do armazém, que não é pão, mas sim uma vaga lembrança de pão, ou vivendo em casinhas de madeiras podres que se molham por dentro com as três primeiras gotas das chuvas de verão, e nem falemos dos ciclones de setembro ou outubro, não, não imagino altivos presidentes que sofram com calor e apagões, e procurem desesperadamente um antibiótico que não existe nas farmácias. Como sempre, agrega Victorio, presidentes, ministros, generais e chefes de Exército vivem em palácios, com jardins e piscinas, se deslocam em automóveis extraordinários, degustam os mais deliciosos manjares. Não é necessário ser ministro, diz Don Fuco, e não conclui a frase.

O palhaço gostaria de se alimentar exclusivamente de pão salgado (se pudesse comer pão de sementes!) untado com azeite de oliva. Isso já lhe bastaria para viver, pão com azeite de oliva, azeitonas bem preparadas e um bom tinto, é claro, reserva das ribeiras do Douro, acrescenta com uma piscadela e a pícara melancolia de antigo conhecedor. O azeite deve ser extravirgem, aclara Don Fuco, perito, com pouca acidez, sem filtrar, um amargor delicioso, se possível de Baena, da família Núñez de Prado. Os lábios e as pupilas nostálgicas de Don Fuco brilham, as mãos se alçam em um gesto de falso prazer. Mas se conforma com a ração diária que lhe proporcionam, às vezes, as freiras do asilo Santovenia ou as do convento da Imaculada Conceição, e às vezes suas amigas, as cozinheiras do Hospital Calixto García, do Emergências ou da Covadonga. Don Fuco conseguiu prover-se de alguns recipientes de plástico que guardam muito bem o calor, e com os quais a cada manhã ele leva para as ruínas do teatro o almoço e o jantar, trazidos dos vários lugares onde dão com tanta boa vontade aquilo que sobra. A ração não é abundante, ainda que se possa compartilhar, sobretudo porque colocam bastante pão em uma cesta tampada. É o pão com pouca farinha e quase sem manteiga (o milagre do pão!, diz o palhaço com ironia), quase sem sabor nem consistência, que no entanto distrai a barriga e engana os fantasmas da fome. Amarelado e com gosto de juta, o arroz para eles também parece glorioso nos pratos de porcelana. Nos hospitais, costumam dar muito guisado e muita sopa, e de quando em quando algum peixe frito lotado de espinhas. Alguns dos asilos, por outro lado, como são ajudados pela nunciatura do Vaticano e pela embaixada espanhola, oferecem frango frito e em algumas tardes um pouco de carne assada. Don Fuco traz os doces da casa de Chaca. E o café, um pó de ervilhas tostadas, com muito açúcar para evitar desmaios, é guardado para o dia inteiro em uma grande garrafa térmica chinesa de metal, com pagodes pintados em preto. A comida que Don Fuco traz é suficiente para Victorio. Comem sobre puídas toalhas de mesa de linho branco. Usam talheres de prata com as inscrições de Marina Voljovskoi. Victorio se surpreende com a presença, naquelas ruínas, de pratos de porcelana de Chelsea e do faqueiro de prata com o escudo imperial e as duas iniciais. Não é a mesma coisa comer em um prato de cerâmica e em um prato de porcelana, meu amigo, declara o palhaço com um tom falsamente didático, as porcelanas e as pratas fazem com que os sabores não percam as virtudes, assim como o cristal de Murano engrandece o paladar dos vinhos e licores.

O tempo transcorre de uma maneira diferente nas ruínas do velho teatro. Não é que pareça correr com maior ou menor velocidade, que se acelere, se acalme ou se detenha. Nada disso. Victorio pensa em outra qualidade do tempo, absolutamente própria do teatro, inefável, como se um minuto, nada mais e nada menos que um minuto, pudesse conter todas as horas de um dia, e todos os dias de um mês, e todos os meses de um ano, e todos os anos de um século. E o melhor são as aulas de magia que Don Fuco ministra a Victorio, pois então o aluno, ingênuo e desconcertado, e fascinado também, experimenta outra excitação, ainda mais intensa, que envolve não apenas o tempo mas também o espaço, e é como se nesses momentos tempo e espaço, essas duas misteriosíssimas naturezas, dependessem de Victorio. Por exemplo: Don Fuco tem uma ampulheta. É uma ampulheta que, em princípio, funciona como todas as ampulhetas. Pois bem, quando Don Fuco toma nas mãos o antiquíssimo relógio, este contraria as leis deduzidas por Newton, e ainda rompe com as rigorosas trajetórias do tempo (mais antigas e estabelecidas que as leis do senhor Newton): em vez de cair, a areia sobe, passa da cavidade inferior à superior, como se o mundo houvesse se alterado e o Pólo Norte se transformasse em Pólo Sul. Don Fuco também tem um chapéu, o velho e ridículo gorro de Shylock, de onde as pombas não saem, mas sim para onde elas acorrem; todo o palco se cobre de imediato de pombas brancas, e Don Fuco não precisa fazer nada além de estender o gorro de Shylock para que um bater de asas aconteça e as aves venham para o chapéu e desapareçam dentro dele. Possui também uma tocha cuja chama se suspende quando o palhaço a sopra, e um grande espelho onde as pessoas se vêem não como são, mas como gostariam de ser. Conserva também um órgão ou piano mecânico. Tem uma capa dourada e vermelha que faz aqueles que a vestem desaparecerem, e uma poltrona preta onde basta fechar os olhos para viajar.

5

ATRAVÉS DA JANELA ALTA, entra uma bela luz, capaz de suavizar a escuridão das ruínas do teatro. Caprichoso, impulsivo, o silêncio se entroniza, apesar de chegarem risadas distantes, vindas de não se sabe onde. Também se faz presente o eco de alguma conversa, alguma música longínqua, o som de uma televisão. Ou do vento.

Que cansativo, demais, sim, difícil demais, suspira Don Fuco, morar no País-do-Esquecimento e ao mesmo tempo lutar contra ele, contra o esquecimento, quer dizer, o senhor me entenderá, por algum motivo os antigos, sempre sábios, fizeram Léthe, a deusa do esquecimento, nascer de Éris, deusa da discórdia, que também havia engendrado outros dois filhos, irmãos, portanto, de Léthe: Hipno, o sono, e Tânatos, a morte. Como qualquer coisa nesta vida, o esquecimento tem várias faces. Ao cabo de alguns segundos, sua voz se faz ouvir, com um certo tom lacrimoso Neste país padecemos com todos os tipos de esquecimento, não acha? Nunca parei para pensar nisso, responde Victorio, o esquecimento me parece ser uma solução para os horrores da vida. Não seja vulgar, meu amigo, retruca o palhaço com desgosto, se há algo para ser evitado na vida é a trivialidade; voltemos ao ponto de partida: há esquecimentos e esquecimentos, e ele ri, sabe que falou uma trivialidade. Por favor, não tente se fazer sibilino, exclama o outro, divertindo-se, sentindo-se audaz, vulgarmente sibilino. Sibila era uma mulher inspirada pelos deuses, e ri, obrigada pelo elogio, não o mereço. Olha suas mãos. As mãos tremem, como se a solução de todos os problemas estivesse nelas. O senhor disse, e disse corretamente, que há esquecimentos e esquecimentos, e essa frase é uma bobagem útil, uma idiotice inteligente, os esquecimentos que abrandam os horrores da vida, uso as suas palavras, Victorio, meu amigo, um tanto melodramáticas para o meu gosto — sou um homem que não se interessa nem pela epopéia nem pela tragédia, como já pôde comprovar, amo o jogo cômico e o esplendor da beleza ínfima —, os esquecimentos que suavizam os horrores, repito, não são apenas benéficos, mas imprescindíveis, recordar o Holocausto é, suponho, uma obrigação elementar, ou, para me expressar melhor, civil, uma vez que é preciso manter presente esse horror, entre outros motivos, para impedir que ele se repita. Levanta uma das mãos, com o punho fechado, e golpeia o chão. Depois ergue as mãos com suavidade, como um par de asas brandas. Seu rosto reluz com um belo sorriso. Recordar o Holocausto é de suma importância; existe, meu amigo, uma coisa também muito importante, e essa "coisa" deve ser não se esquecer de certos prazeres, sim, Victorio, prazeres, escute bem esse glorioso vocábulo, pra-zer (acentua a palavra, a pronuncia com toda a boca e a língua, como se a saboreasse), um homem satisfeito, contente, sem medo, nunca pensaria em encarcerar outro homem, nem roubar outro, nem matar outro, não lhe parece?, medite um pouco, sem se esforçar demais, não é preciso muita vontade para que o senhor comprove que os motivos da escravidão, da tirania, dos holocaustos, assassinatos, repressões, guerras, devem ser buscados na falta de felicidade, o homem que busca fascinado o poder, e se aferra ao poder como a única tábua de salvação, esse homem, meu amigo, que quer dominar o outro, que se considera um eleito-pelos-deuses, ou que acredita sinceramente — vamos lhe conceder a sinceridade, na melhor das hipóteses — que foi-chamado-para-uma-missão-superior, não importa o aspecto que tenha, esse homem, grandioso ou de aparência insignificante, no final das contas é um desgraçado, e o que é pior, escravo, e até um pobre-diabo. Se não ferrasse tanto com os outros! Depois dessa invectiva, Don Fuco parece sufocar, e tem um acesso de tosse. Quando consegue acalmá-la, roça pela boca um lenço de uma brancura desesperada, que deixa no ar o cheiro de perfume bom. Limpa a garganta. Parece tranqüilizar-se. Sua voz adquiriu o tom desembaraçado da familiaridade. Um grande silêncio se ergue nas ruínas do teatro, em toda a cidade. Encolhe os ombros. Não ri. O riso treme em suas mãos, brilha em seus olhos, ressoa em suas palavras, ressalta a palidez de sua pele e de seus lábios, e agita, com o vento da tarde, o escasso cabelo grisalho. Eu não sei se o esquecimento tem a ver com o clima, o que o senhor opina?, pergunta, sem que a resposta lhe interesse de fato. O clima parece ser sempre a solução mais fácil, este calor úmido, ai, que só nos permite deitar em uma rede, sob uma mangueira, com uma penca delas e o copo de limonada, esse calor viscoso que nos afunda na letargia!, letargia!, palavra que parece ter sido criada para esta calamitosa ilha encalhada entre o golfo do México e o mar do Caribe, pois bem, o senhor sabia que a palavra "letargia", assim como sua parenta "letárgico", nascem de Léthe, esquecimento, como eu já lhe disse?, em um ponto, meu amigo, devemos concordar com os chefes de Estado: é preciso recordar!, deve ter sido Renan, não tenho certeza — o senhor sabe, o esquecimento é como um vírus, um malefício do sangue —, quem disse que as nações são formadas pelas lembranças de suas façanhas. Leva uma das mãos aos lábios e estuda Victorio com uma atenção divertida. Tenho para mim que estou simplificando, se não desvirtuando, o pensamento de Renan, suponho que ele saberá me perdoar, quero apenas insistir em minha idéia principal: para dominar, os chefes de Estado se legitimam por meio de heróis e heroísmos, e ressaltam o lado bravo, o lado indomável do povo que querem submeter, e a cada instante recordam proezas que até chegam, em muitas ocasiões, a exagerar, ou, falemos claro, a inventar, como atos heróicos que não existem, que na realidade são atos mesquinhos convertidos, graças à arte sinistra de rescrever a história, em atos heróicos, pois, admitamos de uma vez por todas: a história também é literatura, meu Deus, até uma criança se dá conta disso, é algo que nunca existiu contado por quem nunca esteve ali. Faz uma breve pausa. Tamborila com os dedos. Respira fundo. O cheiro do mar se faz mais intenso com o entardecer. Ele é tomado por outro acesso de tosse, leva as mãos à boca e tira dela um osso e uma flor. É isso mesmo!, diz o palhaço, categórico e num sussurro, sem que Victorio saiba a que se refere.

Modesta diosa del final del día
tarde consoladora, amiga grata...,

declama Don Fuco com o melhor de seus registros de voz, um lindo poema de Julia, a menos conhecida das irmãs Pérez, observa, e retorna ao silêncio. Não é difícil perceber, diz afinal, que os chefes de Estado tentam recordar a dor, recordar atos heróicos, atos de sacrifício, regressar a épocas em que se foi muito desgraçado, e colocar em destaque heróis e mártires, seres que sofreram ou entregaram suas vidas, e o que acontece?, na comparação, o presente se converte em panacéia, olhe, meu amigo, se passo as horas de uma tarde lhe narrando a perseguição de Nero aos cristãos, ou a história do tráfico negreiro, ou se passo as horas de uma tarde patética recordando-lhe quanto o povo cubano sofreu com a reconcentração planejada pelo maiorquino mais tristemente célebre de todos os maiorquinos, Valeriano Weyler, o senhor considerará a sua vida atual como o reino-da-felicidade..., não é?, pois cheguei à conclusão de que a felicidade humana deve ser buscada por outro caminho, que não devemos nos comparar com o infeliz, mas sim com o feliz, que não se deve recordar o infortúnio, mas sim as glórias da bonança. O palhaço agora é a caricatura de um chefe de Estado, e toca o pescoço com ambas as mãos, limpa a garganta. Emite um som, uma sílaba repetida (pa-pa-pa) com a qual talvez tente comprovar a qualidade de sua voz. A beleza do mundo tenta ser proporcional à maldade dos homens, ressalta, enquanto abre o camarim usado por Ana Pavlova, a Exímia.

Don Fuco está pálido e cheio de olheiras. Aconteceu alguma coisa? O camarim não é muito grande, afinal, e parece muito menor por causa da quantidade de estantes e de objetos intuídos em meio às sombras. O palhaço se descalça, coloca os sapatos em uma cesta colada à parede, junto da porta. Victorio segue-o sem se preocupar, uma vez que já está descalço. Sente-se dominado por um medo alegre que o excita. Don Fuco acende a luz. Centenas de fulgores se cravam nos olhos de Victorio. Ao se adaptar à iluminação excessiva, a primeira coisa que descobre é que há uma multidão de roupas dependuradas no quarto. Roupas de todas as épocas, cores, feitios e tecidos. Roupas para manhã, tarde e noite. Roupas que refletem a profusão de luzes em suas lantejoulas, miçangas e pedrarias. Roupas que se convertem em luminosidades potentes. Victorio percebe que também há livros, jóias, papéis, objetos.

* * *

Aqui estão guardadas, e bem guardadas, as relíquias da pátria, os vestidos de Rita Montaner, de Barbarito Diez, de Beny Moré, de Celia Cruz, de Alicia Alonso, aqui estão os manuscritos de muitos escritores famosos, os violões de María Teresa Vera, de Manuel Corona, de Pablo Milanés e Marta Valdés, o piano de Lecuona, objetos de Alicia Rico, Candita Quintana, Esther Borja, Miriam Acevedo, Iris Burguet e Blanquita Becerra, a camisa ensangüentada de Julio Antonio Mella, a toalha de mesa, também ensangüentada, dos Lamadrid, em cuja mesa morreu Julián del Casal, lenços de Portocarrero, de Amelia, de Tomás Sánchez, de Acosta León, de Raúl Martínez, objetos de Ñica Eiriz, há muitas relíquias, meu amigo, e se não as menciono todas é para não cansá-lo, mas sei também que há coisas que faltam; sonho, por exemplo, com conseguir a voz de cristal de Pablo Quevedo, que como o senhor saberá não deixou nenhuma gravação, gostaria de ter o sabor da nêspera, o odor da chuva, o orvalho do vale de Viñales, queria armazenar o pranto de alguns dos que se lançaram ao mar em 1994, naquelas balsas precárias, queria ter amostras das trágicas despedidas nos aeroportos, o ressoar dos cascos dos cavalos na batalha do Mau Tempo, enfim, necessito de todas as relíquias da pátria, não as relíquias ditas sagradas, mas as outras, as verdadeiras, as relíquias profanas, essas que não são épicas, as que não servem como armas de guerra.

6

SAIR DO TEATRO É MUITO MAIS FÁCIL do que Victorio supõe. Basta se deter sobre a tumba de Giselle; o peso do corpo faz funcionar um *deus ex machina* de aparência complicada que conduzirá aos porões, e então se caminha por passagens e galerias até uma portinha que surge sob uma escada. A descoberta ocorre em um desses vários dias em que celebram algum desfile por não se sabe qual motivo político. Será a primeira vez que Victorio deixará o teatro depois da noite de sua chegada. Deve acompanhar Don Fuco ao cemitério de Colón. Morreu Chaca, grande e velha amiga de Don Fuco. A notícia entristeceu o palhaço, que afirma não se sentir capaz de fazer a viagem sozinho. Não veste roupa de palhaço. Dá uma maleta de couro gasto, como as que os médicos de família usavam muitos anos atrás, para Victorio segurar. Victorio experimenta um deslumbramento ao baixar como Giselle em sua tumba e seguir pelos grandes e escuros corredores. Passou das carícias das sombras às provocações da luz. As paredes estão calcinadas pelo excesso de luz. Em todo o hemisfério norte, pensa, o outono deve começar agora, e em Havana não há folhas mortas (o que significa, entre outras coisas, que nenhum Jacques Prévert escreverá "*c'est une chanson que nous ressemble...*"), não há luzes veladas ou tardias, nem brisas frescas, nem garoas tão frescas como as brisas, nem a melancolia tão própria do outono, que é uma melancolia que provoca desejos de chorar e de rir. Em todo o hemisfério sul deve começar agora a primavera, e em Havana não existem tulipas, açucenas ou narcisos, nem chegam as aves migratórias, o sol não se acende depois de meses cinzentos e brancos, porque o sol está sempre aceso. Tampouco se sente essa vontade de rir que é uma franca vontade de rir, de verdade, sem prantos escondidos nem nostalgias ocultas. Nenhum marquês de Bradomín virá entoar que "o chacoalhar alegre e desigual das cascavéis" desperta "um eco nos olivais floridos". Não é primavera. Tampouco é outono. Havana fica em uma latitude que não tem transformações. Resolveram colocar esta cidade no lado imóvel do mundo. E como é sempre a mesma e não conhece mudanças, a cidade se sente derrotada, excluída, muito mais que outras mais antigas e igualmente castigadas pela história, ainda que não martirizadas por algo tão funesto como a imobilidade.

Victorio acaba de se reencontrar com Havana depois de um tempo que não saberia precisar. Descobre-a em toda a sua feia beleza, em sua elegância tosca. Como Victorio nunca abandonou a Ilha e desconhece a sensação de regresso, não pôde realmente experimentar um reencontro com Havana. Acompanhado de Don Fuco, penetra nas ruas estreitas e sujas não com a emoção dolorosa de quem voltou, mas com o estremecimento prazeroso de quem se afasta. Não é primavera, tampouco outono; entretanto, o dia não está quente. Uma brisa agita as copas das árvores e traz o cheiro do cemitério, que vem da mistura de vários cheiros, como o da terra unido a outro, demasiadamente doce, das flores recém-cortadas. A brisa chega carregada com as ordens revolucionárias ou aterrorizadoras dos alto-falantes Quem tentar se apoderar de Cuba, se não perecer na luta, recolherá o pó de seu chão, inundado em sangue. É mais fácil afundarmos no mar que consentirmos em ser escravos de alguém. Senhores imperialistas, não temos absolutamente nenhum medo de vocês. Neste país, a ordem para combate está sempre dada. Somos um povo invencível. Os homens morrem, o partido é imortal. Pátria ou morte. Socialismo ou morte.

Um cortejo fúnebre entra pelo grande portal eclético do cemitério de Colón. Na capela redonda, outros cortejos esperam a absolvição para seus mortos. Don Fuco e Victorio perambulam por entre mármores, Cristos de olhares compassivos, anjos lacrimosos, virgens suplicantes. Victorio chega a experimentar a grande serenidade que sempre o invade nos cemitérios.

Às três em ponto, chega por fim o cortejo da velha e célebre confeiteira, Chaca, a Beata Confeiteira, assim a chamavam, assim a chamam, famosa por seus doces, muito querida no bairro de Cayo Hueso, sobretudo nos arredores de sua casa, ao lado da passagem do Hammel, onde até ontem se reuniam, de tarde, todo tipo de pessoas, de qualquer raça e religião, das culturas mais diversas, para comer os doces que Chaca ofertava sorridente, com aquela expressão de ingenuidade, como se ignorasse a qualidade dos doces que brindava. O séquito que acompanha Chaca é formado por uma verdadeira multidão de negros, chineses, brancos, mulatos, unidos pela desgraça comum de semelhante perda. Algumas mulheres erguem bonecas vestidas de azul e cantam

Yemayá azezú, azezú yemayá...

Outros, por sua vez, oram baixinho, recitam rosários e rezam pais-nossos, e também há alguns que declamam o salmo 23. Ao chegar à frente da tumba aberta, uma senhora negra quebra uma talha. A explosão de água abençoa o chão e as paredes da tumba, enquanto a anciã entoa um canto em uma língua africana. O ataúde desce à cova com uma lenta compostura. Sente-se o choque do caixão contra o solo e se eleva um silêncio poderoso. É como se os presentes esperassem o que, no espaço de um segundo, está para acontecer.

Com uma agilidade surpreendente, saltando de tumba em tumba nas pontas das sapatilhas de balé, surge Don Fuco. Desta vez a roupa e o chapéu arredondado de feltro exibem um azul-marinho forte. Usa uma camada branca de maquilagem, e o nariz, grande, brilha com um rosa nacarado. Gira uma bola azul na ponta dos dedos indicadores. Sobre a tampa recém-posta da tumba da Beata Confeiteira, Don Fuco se eleva em *entrechats* virtuosos, dignos de Nijinsky, o-maior-inimigo-da-lei-da-gravidade, enquanto a bola passa de uma mão à outra, e das mãos à cabeça. Victorio não consegue sair de seu assombro ao ver o ancião realizar semelhantes proezas com aquele corpo velho, velhíssimo, martirizado por anos, fadigas e penúrias. O sorriso do palhaço nem sequer se contrai com o esforço. Ao terminar os *entrechats*, ele adota a pose do *Mercúrio voando* de Giovanni da Bologna, com o elemento extra da bola que gira na ponta do pé levantado em *attitude*.

* * *

Victorio encontra-o recostado em um pedestal sobre o qual se ergue um arcanjo de asas caídas e expressão suplicante. Suado, os olhos fechados, agora Don Fuco parece ter o dobro da idade. Não posso mais, exclama, estou morto, não tenho mais idade para isso. Abre os olhos e pisca várias vezes, como se a luz do dia o incomodasse. Será que adianta alguma coisa?, pergunta o palhaço. Tinha de fazer isso, e a voz de Don Fuco chega como se viesse do fundo de uma cripta, distante, sem matizes, tinha que fazer isso por ela, por Chaca, a melhor confeiteira do mundo, não acredito que alguém, em todo o planeta, faça doces como ela, e os dava, meu amigo, não cobrava um centavo, dizia que o gostava de fazer era adoçar o paladar. A vida está muito amarga, Fuco, explicava, séria, o doce e o amargo são os sabores mais importantes da vida, e ria, e o sorriso de Chaca era tão doce quanto suas sobremesas, e eu a via passar dias e noites fazendo pães-de-ló, pudins, *boniatillos**, cremes, curaus, tortas de limão e laranja, arroz-doce, e dava as porções de doce pela janelinha que havia mandado fazer ao lado da porta de sua casa. Don Fuco olha desconsolado para Victorio. A base branca da maquilagem se dissolve com o suor. Os dentes já não são pérolas, mas sim pedaços verdes de fósseis marinhos. Algumas gotas brancas caem na lapela azul do casaco. Como Don Fuco lhe pediu um tempo sozinho, Victorio o deixa descansar em um dos bancos que se encontram nas catacumbas do mausoléu dos nativos de Ortigueira e perambula sem rumo pelo cemitério, o que é o melhor modo de andar pelos cemitérios.

Ele gosta de percorrer cemitérios. Sente um prazer mórbido em ler lápides, epitáfios, versos dramáticos, lastimosos e afetados,

*Doce cubano feito com açúcar, ovos, coco e canela. (N. da T.)

e olhar nomes, calcular idades pelas datas gravadas nos mármores. O céu agora está nublado. As nuvens passam rápidas, baixas, avermelhadas. O vento estremece a copa das árvores, move as flores murchas das jardineiras e leva de um lado para o outro o cheiro dos jasmins, da água acumulada e da terra. Victorio avança pelo lado sul do cemitério, que é o lado mais carente, onde se estende a ampla e desprezada área de tumbas de estuque ou cimento, anônimas, sem anjos mediadores, sem carpideiras, sem virgens para interceder, sem livros abertos, sem mármores, sem misericórdias e sem cristos. É uma área extensa onde o único luxo são as jardineiras com epitáfios rústicos, com letras que a chuva se encarrega de apagar, onde às vezes não existem nem jardineiras; há apenas potes de frutas em conserva ou latas de óleo para colocar água e flores silvestres. Então ele vê Salma. Está sentada sobre uma sepultura e tem os olhos vermelhos de tanto chorar. O pranto não impede, entretanto, que ao notar a presença de Victorio o seu rosto se ilumine com um belo sorriso e ela exclame Triunfo!, como se estivesse em um parque de diversões. Ai, Triunfo, Triunfinho, que surpresa, você aqui! Ele não poderia imaginar que uma mulher como Salma fosse capaz de se lembrar dele tão de pronto, uma vez que haviam apenas compartilhado uma sopa e as poucas horas de uma noite de chuva. A jovem se põe de pé com um salto gracioso. Beija-o na bochecha. Victorio nota que ela cortou o cabelo, agora está muito curto, *à la garçon*, e com isso as mechas brancas desapareceram de sua cabeça. Você fica mais bonita assim, observa, tocando-lhe a cabeça. Muito calor, não é, nessa cidade a gente assa, e quanto menos cabelo, melhor, não acha? O que você está fazendo aqui?, pergunta ele. Minha mãe, diz ela sem deixar de sorrir. Sua mãe o quê? Guardou o carro. O que você quer dizer? Ei, acorde!, que significado tem "guardar o carro" em Cuba-a-bela, Triunfo?, ou você acabou de chegar do Norte? Não, não é isso, Salma. Ela fica calada por alguns segundos. Se você soubesse, essa frase me parece tão apropriada, guardar o carro!, acho muito verdadeira, verdade verdade, porque é como se a vida fosse uma carroça enorme, pesada, uma carroça que deram à pessoa quando ela nasceu, como esses chineses que levam os europeus pelas ruas da China, sim, você nasce e te dizem Olhe, fique com isso!, e pam!, te obrigam a aceitar o carro, e então você anda com ele toda a vida, a vida inteira, infância, juventude e velhice, desde quando abre os olhos até quando os fecha, e mais, porque com os olhos fechados também se arrasta o traste, você acha que dorme e descansa, e é mentira, cara, uma puta mentira, porque mesmo dormindo você arrasta esse carro de um lado para o outro, cada vez mais pesado, carregado, porque tudo o que acontece na sua vida você coloca ali, nesse carroção em que te encaixaram quando você nasceu, e assim você percorre dias e dias e cidades e cidades, chacoalha pelas ruas da vida, até que um dia, um dia em que você se enche, a gente se enche de tudo, e grita Chega, que saco, não posso mais, cansei, e vai, tranqüilinho, guarda o carro, e pam!, zas!, você desaparece! Victorio não pode evitar um sorriso. De modo que a sua mãe resolveu guardar-o-carro. Se cansou, Triunfinho, se cansou, a coitada, eu entendo, não podia continuar, estava triste demais. Morreu de quê? De nada, sabe, de tristeza, eu acho, de estar triste demais e o carro pesando muito, a sorte foi que minha tia Migdalia, irmã do meu pai, que por um santo acaso tinha ido à minha casa fazer uma visita, viu que a minha mãe estava mal e a levou para sua casa na serra do Arzobispo, eu andava desaparecida, nada de novo, sabe?, eu fazia isso muitas vezes, você vai me entender, Triunfo, a vida não é fácil, nada fácil, eu me perdia por causa do trabalho, por causa do meu próprio carro, entende?, e voltava, e a minha mãe ali, sempre ali, preparava a sopa, e aquele dia eu não a vi, que susto!, por pouco não fico louca, andei por todos os hospitais de que me lembrei, até que a minha tia Mary veio me buscar, e minha mãe tinha entrado em coma, os médicos diziam que era derrame cerebral, que era não sei o que da irrigação sanguínea, besteiras!, os médicos só entendem de mecanismos patológicos, de anatomias, que era tal veia, que era o fígado, que eram as vias respiratórias, que eram os rins, merda!, os médicos não sabem que existe a tristeza, a angústia, o desespero e o carro pesando tanto, e a gente se cansa dele, tudo porque nem a tristeza, a angústia, o desespero ou o carro têm derrames, doem, se inflamam ou fraturam, o cansaço não se infecta, nem o tédio corre pelas artérias, nem a amargura tem o caráter da linfa, nem o ressentimento é composto por células, nem o carro pode ser amputado, não é verdade, Triunfo, Triunfinho?, minha mãe morreu por que estava triste demais, primeiro a merda do exílio do meu pai, meu pai que tocava nos clubes de Nova York com todos os grandes nomes do jazz, e isso porque eu nunca disse para ela que o meu pai tinha se casado de novo com uma dominicana cantora de boleros, famosa, uma mulata lindíssima, a chamam Ligia Minaya, uma ex-juíza que havia trocado o Direito e Santo Domingo pelo bolero e Nova York, uma mulata linda a tal Minaya, dominicana mesmo, sabe?, com vestidos rodados, rodadíssimos, de uma cor verde-alegria ou verde-malícia, a mesma cor que tem na garrafa da cerveja Presidente, e vestidos justos, e argolas enormes de águas-marinhas falsas, e luvas negras até o cotovelo, e perfumes Dior escandalosos, e tampouco lhe disse que o meu pai tinha, tem, três filhos com ela, três mulatos, três primores, imagine o que será a mistura de uma mulata dominicana com um cubano mulato, sim, Triunfo, meus meio-irmãos do lado dominicano de Queens, Nova York, capital-do-universo-total-e-infinito. Os olhos de Salma estão outra vez irritados; pisca, nervosa. Passa as mãos com doçura pela tampa da cripta, como se acariciasse a mãe, e se inclina, beija o granito de péssima qualidade.

A ausência do meu irmão também lhe fez mal. O seu irmão foi embora? Sim, menino, já te disse, não disse? Não. Ah, não, bem, me perdoe, na noite em que você esteve em casa, ela disse que ele estava em Viñales, lembra? Faz uma pausa antes de continuar Mentia, e mentia como se mente, sabendo que se está mentindo, Chichi, meu irmão, se uniu a um príncipe italiano, eu não sei se é príncipe, italiano sim, e sei que se dedica a vender obras de arte, e é um dos homens-chave desses leilões que acontecem em Nova York, então tanto faz se não é príncipe, porque dinheiro ele tem de sobra, e também não é feio, quarentão, parecido com Marcelo Mastroianni quando Mastroianni era quarentão, nada mal o tipo, sabe, e quanto a Chichi, meu irmão, o que eu posso te falar?, lindo, lindo, lindíssimo, maravilhoso, queria eu poder ter saído como ele nem que fosse só para um dia de festa, o cabelo preto, olhos verdes, cílios enormes, corpinho de ginasta sem ter estado nunca em um ginásio, bundinha redonda e viçosa como dois pães unidos, dois pães de verdade, não os que vendem no armazém, pães sovados com amor e farinha candial, e o seu pau é tão bonito e apetitoso que parece feito de mel de abelhas, leite condensado e massa de mandioca fresca, por isso teve sorte, Triunfinho, por ser lindo, a beleza é a primeira das sortes, e atrai as outras, você não acha?, meu irmãozinho conquista os homens e as mulheres sem dizer uma palavra, sem fazer nada, basta aparecer, o grande safado tem um ímã, nasceu para ser admirado e amado, e a primeira a amá-lo sempre foi a minha mãe, mais que a mim, muito mais que a mim, e olhe que o meu irmão Chichi é tão lindo que não me importava que ela o amasse mais, porque eu também o amo mais do que amaria ninguém nesse mundo vergonhoso, e me irritava com ele, falava horrores porque ele sumia de casa e fazia minha mãe sofrer, e quando ele me olhava com seu sorriso, ou tirava a roupa na minha frente, com essa pele mais gostosa que um bolinho com casquinhas de goiaba, eu começava a chorar, começávamos a chorar, minha mãe também chorava, chorávamos as duas, e ele podia fazer o que bem entendesse conosco, com o seu sorriso e os olhos verdes, a pele branca branca branca de bolinho sem fritar, carinha de inocência, sua cara de eu-não-faço-nada-errado. Salma suspira. Volta a beijar Victorio na bochecha. Que bom te encontrar, Triunfinho!, uns desaparecem, outros aparecem, assim é a vida. Duas lágrimas escapam de seus olhos: os lábios tentam desmenti-las com um lindo sorriso. Sim, Triunfo querido, Chichi, meu irmão, se foi, foi embora, fugiu, desertou, escapou, se mandou, deu o fora, foi para uma vida melhor, não é o único, sabe, nem o primeiro nem o último, em Cuba todo mundo quer ir embora, subir num avião, sinônimo de ganhar na loteria, a única solução?: abandonar a Ilha; o que você acha, Triunfo, Triunfinho? Ele encolhe os ombros. Nada, não acho nada, o que você quer que eu ache?, eu também estou cansado, mocinha, muito cansado de andar com o carro de um lado para o outro, sim, Salma, eu também sinto um fastio perigoso, e terrores no sangue, minha irmã também escapou, vive em Saint Petersburg, não, não se assuste, não em Saint Petersburg da Rússia, minha irmã não está louca, ela vive em uma cidadezinha limpa e bonita na Flórida, tranqüila, talvez tranqüila demais, uma cidadezinha sossegada da costa oeste, perto de Tampa, construíram ali um museu dedicado a Salvador Dalí, e outro museu de Belas Artes onde trabalha Victoria, minha irmã, como zeladora, *museum attendant*. Famílias divididas, país doente, raciocina Salma. Victorio acaricia a cabeça dela, o cabelo cortado num estilo masculino. Nossa, que grande descoberta!, exclama em meio a um acesso de riso. Ela não dá crédito à zombaria. Meu irmão foi para Roma e eu enganei minha mãe, disse a ela que Chichi estava dando voltas por Cuba, por isso a cada noite eu chegava do trabalho, você sabe, perguntava pelo meu irmão, e Chichi?, e ela respondia que ele estava por aqui, por ali, Holguín, me dizia, Gibara, Guardalavaca, Marea del Portillo, e os centros turísticos já estavam se acabando, em várias ocasiões mencionou duas ou três vezes o mesmo lugar, olhe, Triunfo, se eu tivesse desenhado um mapa com a viagem que, segundo minha mãe, Chichi estava fazendo, teria sido uma loucura de itinerário, um tremendo disparate, mentira, pura mentira, merda, merda e mentira, ambas sabíamos que estávamos mentindo, ambas sabíamos que Chichi estava em Roma, em uma cobertura maravilhosa, perto do palácio do Quirinal, de onde se vê toda a cidade, até o Vaticano, havia dois Chichis, Triunfo, o Chichi da realidade, de quem não falávamos, e que provavelmente não veríamos mais, e o Chichi da mentira, andarilho que percorria a Ilha, a merda-de-ilha, o Arquipélago-da-esculhambação-geral, e não se agüenta tanta tristeza, nem se pode viver com mentiras todo o tempo, a tristeza e a mentira se acumulam no carro, e o carro começa a pesar, a pesar, o carro fica pesado demais, e pesa, pesa pra caralho!, e tanta tristeza faz com que ele fique pesado demais, e uma mulher não é uma mula, nem cavalo, e isso que aconteceu com a minha mãe, inteligentezinha ela, disse Agora chega!, e decidiu guardar o carro, percebeu que com esse carro não ia alcançar o meu irmão nunca, sabe, e olhe que já cansaram de nos enganar com a merda de ditado que todos-os-caminhos-levam-a-Roma.

A aparição de Don Fuco provoca em Salma uma mistura de assombro e alegria. O palhaço agora está vestido como o sultão de um filme ruim de Hollywood: roupa de Damasco, turbante vermelho salpicado de rubis falsos, babuchas pretas com bordados em fios verdes e dourados. Quem é esse encanto de mulher?, pergunta com a canora voz de tenor ligeiro. Salma se inclina pomposamente, como se estivesse diante de um sultão de verdade. É claro que esse ato de seriedade brincalhona agrada ao palhaço, que olha Salma de cima a baixo, examinador, interessado, divertido. Preciso, exclama, de uma mulher que, como a grande Asmania, companheira de Pailock, o grande, esteja disposta a deixar-se fazer desaparecer. Salma ri. Se o senhor é capaz de me fazer aparecer de novo, não vejo inconveniente, retruca ela, encantada. O palhaço faz que sim. Dá pequenos saltos, diminutas cabriolas que mostram a ligeireza de seus pés. Se o senhor fizer a gentileza de me fazer aparecer, eu terei a coragem de me deixar fazer desaparecer, insiste Salma. E dança como uma menina.

Terceira parte

1

PODER-SE-IA AFIRMAR QUE SALMA se sente como se houvesse chegado a um palácio, a um desses luxuosos palácios com que Victorio sonha. Orgulhoso, Don Fuco lhe mostra o lugar e às vezes lhe acaricia o queixo como se se tratasse de uma menininha. A primeira coisa que ela faz é se sentar no vaso e deixar que os intestinos se esvaziem completamente, de um modo que se aproxima bastante do êxtase religioso. A segunda, tomar um banho. Salma experimenta um enorme prazer ao colocar sua pele em contato com o sabonete perfumado e com a água amornada pelo sol que incide durante horas nas tubulações. Alucinada, feliz, canta

En la comarca de Su Majestad,
todos repiten lo que dice el rey,
él les da el agua, les da el vino y el pan
*pero más tarde les cobra la ley...**

*"Na comarca de Sua Majestade,/ todos repetem o que o rei diz,/ ele lhes dá a água, lhes dá o vinho e o pão/ porém mais tarde lhes cobra a lei..."

Uma flauta a acompanha, vinda de um lugar não muito distante. Canta com mais ânimo. Sai do banho molhada e despida, sem parar de cantar, e entra naquilo que já foi um camarim. Encontra Victorio e Don Fuco sentados no chão, como japoneses, em volta de uma mesa onde há um aparelho de chá da melhor porcelana, no qual servem uma infusão de tília, camomila e hortelã, quente, bem quente. Adequado para este mormaço, explica o palhaço. Doce, transparente, o líquido desce por sua garganta. Há um ventilador ligado, um desses velhos e imortais General Electric, modelo da segunda guerra mundial. O camarim é refrescado não só pelo ar do ventilador, mas também pelo ronronar do motor. Meu Deus, nunca pensei que poderia sair de Havana sem sair de Havana, fala Salma entre risadas, e faz Don Fuco e Victorio rirem. Depois, despida como está, despudorada ou cândida, indiferente ou pueril, vai até a janela e observa o telescópio de Don Fuco com uma admiração cuidadosa.

A presença de Salma nas ruínas do teatro é outra bênção para Victorio. Como uma menina, ela está sempre alegre e disposta a qualquer brincadeira. Victorio às vezes repete Juro pelos restos mortais de minha mãe que a felicidade existe, com essa ingenuidade que o tempo e as desventuras não conseguem abater. Para Salma, se trata de algo mais simples: ela sente prazer, e o resto, motivos, explicações, relações, implicações, interrogações, não tem sentido.

Durante as manhãs, Salma e Victorio se deliciam com os ensaios de Don Fuco, com vê-lo preparar o espetáculo. Depois de um longo exercício de meditação, de concentração, o vêem se erguer, dirigir-se ao centro do palco, cantar, dançar, dizer poemas, executar números de acrobacia. Don Fuco imita atores famosos, como Buster Keaton, Chaplin, Cantinflas, Jacques Tati, Groucho Marx, Fernandel e Totó. Maneja uma marionete que reproduz Louis Armstrong com perfeição e canta *What a wonderful world* com uma voz idêntica e o sorriso explosivo do negro jazzista. Entretanto, o prodigioso é que suas imitações não pretendem ser exatas. Don Fuco nunca deixa de ser Don Fuco. Quando imita, deixa patente que imita; ele não é o outro, mas sim o que parodia o outro. E o resultado é inteligente, uma graciosa apropriação do alheio, pois dá lugar a uma ambigüidade magistral, a de que ao imitar um desses grandes nomes da comédia ou da música se tem a impressão de que um desses grandes nomes da comédia ou da música imitou-o antes. Acontece, por exemplo, que, quando se veste de preto e maquila de branco o rosto impávido, poder-se-ia afirmar que foi Buster Keaton quem veio simular ser Don Fuco. Que confusão assombrosa e divertida! Há manhãs em que se pode ver, de imediato, Greta Garbo em *Ana Karenina*, Giulietta Massina em *La Strada*, Lucile Ball em *I love Lucy*, e até Rosalind Russel em *Auntie Mame*. Surge no palco aquele que Don Fuco considera o maior tenor do século XX, Alfredo Kraus. E pode-se ver surgir Arturo Toscanini dirigindo uma orquestra de bonecos. Fred Astaire dança, com seu ar elegante de marquês da nova era, marquês da dança, e os pés voam sobre as tábuas, acompanhado por uma Ginger Rogers com corpo de madeira, cordas e roupa de gaze. Ella Fitzgerald canta. Cantam Juliette Gréco e Amália Rodrigues. Em algumas manhãs, ele alcança o peso dramático de María Casares ou de John Guilgud. Don Fuco sobe no palco e se transfigura, rejuvenesce, não lembra em nada o velhinho de movimentos lentos e andar dificultoso por entre as ruínas. E como maneja bem as marionetes! Pega um boneco e não se pode saber quem move quem. Nas tardes, no momento em que o sol começa a sua rápida e lenta retirada, e a cidade se desvanece entre sombras e brumas de cores improváveis, Salma e Victorio vêem Don Fuco baixar como Giselle em sua tumba. Vêem-no partir. E experimentam uma forte nostalgia. Sabem, acreditam saber, aonde ele irá. Chegará a asilos de idosos, hospitais, funerárias. Percorrerá as ruas mais pobres da cidade (e são muitas, cada vez mais, as ruas mais pobres). Irá se perder entre os horrores dos bairros marginais, do Husillo, de Timba, do Romerillo e Zamora. Baixará a ponte de La Lisa, em busca dos espectros e dos seixos que vivem junto do rio Quibú.

2

A CONFISSÃO É UMA DAS NECESSIDADES do ser humano, diz Victorio em uma dessas tardes de solidão. Seu tom adquire uma ingenuidade fingida, e é evidente que tenta despojar a frase do seu tom de ridícula sabedoria teológica. Salma concorda, ainda que pareça não prestar atenção. Deitam-se no tablado do palco, na languidez da tarde, que por algum mistério não está quente demais. Na realidade, nem os dias nem as noites do teatro são quentes, uma brisa sempre os alcança, como se aquelas ruínas não estivessem em Havana e sim no meridiano ideal de uma geografia ideal.

Victorio diz Quando eu era menino, minha mãe me mandava para a casa de uma vizinha em busca de leite; para chegar àquela casa, próxima ao Obelisco, eu tinha de andar pela antiga linha do trem, que passava por trás do hospital da Maternidade Operária, e percorria zonas de currais, potreiros, estábulos, hortas, arvoredos e escuridão, as trevas me causavam um terror paralisante, não conseguia avançar, acreditava que não poderia avançar, o que dá no mesmo, os sons da noite despertavam para me perseguir, grilos, aranhas, corujas transformavam seus alaridos em queixas e chamados, perto da azedeira uns braços grandes e escuros sempre apareciam para me tocar, se escutava uma voz, a voz me convocava, então eu fechava os olhos, só conseguia seguir em frente com os olhos fechados, e, é claro, tropeçava, caía nos muitos buracos do terreno, feria as pernas e mãos, voltava a me levantar, voltava a me paralisar, repetia a oração contra o medo que a minha avó havia me ensinado, uma oração inútil, é claro, nos momentos de terror não serve para nada, a vizinha vivia em uma casinha de madeira, rodeada por cercas de tunas, a mulher mais feia do mundo, pensava eu, um fogão de querosene havia estourado sobre a pobre quando ela estava cozinhando, e o fogo, as línguas de fogo, seus furores, as impiedades do fogo, haviam ficado gravadas para sempre na cara perplexa da amiga de minha mãe, que me beijava com olhos atônitos e a boca retorcida, eu sentia os declives de sua cara, a malignidade das chamas nas suas bochechas, me beijava e fazia perguntas que eu não sabia responder, me dava o jarro de leite e eu empreendia o caminho de volta, os mesmos braços, as mesmas vozes, o mesmo modo de fechar as pálpebras, e agora não se tratava apenas de meu equilíbrio, mas sim de meu equilíbrio com o jarro de leite, e, quando chegava à minha casa, minha mãe não sabia, não podia saber, a quantas batalhas o seu filho havia sobrevivido.

Salma se ergue, levanta a mão e declara Pois o caminho tenebroso de minha infância não tem nada a ver com as obscuridades do seu, mas só com as ruas asquerosas dessa parte de Havana na qual Deus ou o Diabo me fizeram nascer, e para mim o medo está associado aos olhos, não aos meus olhos, não, mas aos olhos dos outros, entende?, muitos pares de olhos surgindo por detrás das cortinas das janelas, ai!, em Havana todo mundo olha, você não acha?, e a questão não é que todo mundo olhe, mas sim que todo mundo julga, olham para comentar, para delatar, sim, os olhos, sabe, os olhos como facas, os olhos que averiguam a sua carne, sim, os olhos que buscam alguma fraqueza para contar depois onde acharam a boca da ferida, onde palpitavam os tumores, em que lugar se escondiam as fragilidades, e divulgar o que vai se romper a qualquer momento, eu, imagine!, ai, Triunfo, fui uma menina que sempre teve o coração entre as pernas, desde bem cedo soube que o centro da minha vida palpitava ali, nada mais teve importância, o resto de meu corpo não me importava muito, quase não era capaz de saber o que faziam meus dedos, que sabiam se refugiar nesse orifício úmido, guloso, ávido, eu dava prazer a mim mesma, até que um dia, ou uma noite, não sei, descobri que dedos alheios eram capazes de provocar ainda mais prazer que os próprios. Fusilaço me ensinou isso, esse era o nome com que havíamos batizado o meu primo Iván, foi ele quem me ensinou essa coisinha extraordinária, Fusilaço vinha com sua mãe de Baños de Elgea, onde vivia, nos colocavam na mesma cama, olhe só, para dormirmos juntos, e, quando ouvíamos os roncos de nossas mães, a respiração potente de meu irmão Chichi, eu abria as pernas para que Fusilaço estendesse sua mão, cujos dedos se perdiam naquele buraco empapado, orvalhado pelas promessas dos prazeres, o buraco que eu chamava de "meu-verdadeiro-coração", e Fusilaço, meu primo, chamava esse coração de "sua-boca-de-baixo", me lembro que me dizia Vamos brincar de geografia, eu, Fusilaço, na verdade sou Puntabrava, e você é Hoyo-colorado, e eu comecei a abrir minhas pernas, quer dizer, meu-verdadeiro-coração, para quantos dedos quisessem penetrá-lo, e o que aconteceu, sabe, foi que descobri tchan-tchan-tchan-tchan algo maravilhoso, que acho que foi o maior, o mais belo achado da minha vida, descobri algo superior ao meu gozo, e foi o gozo dos outros;

como os meus olhos se adaptavam rapidamente à escuridão do quarto, eu podia distinguir a expressão de complacência que a cara de Fusilaço, meu primo, tinha enquanto ele remexia, guloso, nos interiores de meu-verdadeiro-coração, e podia ver o seu pau levantado como o mastro triunfal de uma bandeira, mastro que eu acariciava com minhas mãos para provocar a gloriosa erupção de seus vulcões internos, então, o que você acha que acontecia?, sua felicidade se voltava para mim como a deslumbrante luz de um farol refletido na água de um espelho.

Nunca, mocinha, ouça bem, nunca! conheci o amor, frisa Victorio, e trata de, com um sorriso, esconder a pena de si mesmo que às vezes o ataca, nunca soube das angústias deliciosas, dos tranqüilos desesperos do amor, dessa felicidade martirizante, o veneno-com-gosto-de-ambrosia, a navalha-de-algodão-doce, não menos assassina por ser doce, não, minha amiga, nunca conheci a serena perturbação com que se espera o ser amado, e o que é pior, muito pior, ninguém nunca me esperou com uma serenidade perturbada e a intenção de perturbar minha serenidade, não despertei ansiedades em ninguém, nem houve razão que eu conseguisse converter em desrazão, nada, nenhum ser humano ou divino caiu ajoelhado de concupiscência diante de mim, não existiram palavras amáveis para me chamar, os anjos nunca apareceram nas curvas de meu caminho, e olhe que o mundo está cheio de anjos, não é assim?, eu, Salma, minha linda amiguinha, nunca vi o brilho de meu corpo nos olhos de outra pessoa, nunca houve lábios que elogiassem qualquer coisa que existisse em mim, nem lábios que quisessem se unir aos meus, nem mãos que desejassem conhecer a suavidade de minha pele, não conheci o amor, nunca, nem o meu nem o dos outros, jamais soube o que significavam as cristalizações de Stendhal, e talvez, já pensei muito nisso, a primeira de minhas experiências sexuais tenha marcado o tom que as outras viriam a ter, as pessoas nunca saberão se as coisas da vida se desenvolvem assim, como nas superstições, nas cartas de baralho, nos tratados ou nos livros.

Que idade eu teria?, catorze, quinze anos, não mais, o Filho do Pintor beirava os dezoito, que é a idade certa para empurrar todas as portas e abri-las de uma só vez e sem considerações, seu pai, o Pintor, se dedicava a caiar, a passar leite de cal nas casinhas pobres do bairro de Santa Felisa, o Filho do Pintor ajudava o pai, limpava brochas, preparava a tintura, alcançava latas, segurava escadas, limpava as poucas manchas que o Pintor, um bom pintor!, deixava no chão, me recordo de que, para trabalhar, tanto o Pintor como o Filho do Pintor usavam, como única roupa, calças cortadas, e eu olhava a epifania que era o corpo do Filho do Pintor, Deus se manifesta em tudo o que criou, Salma, e os corpos de dezoito anos são a criação mais digna de revelar o Criador, e isso talvez por aquela coisa de que a Luz Divina precisa da perfeição para difundir a perfeição, eu admirava o corpo como se já entendesse o que ele era na realidade: uma imagem sagrada, por alguma razão misteriosa os corpos belos descobrem os olhares de deslumbramento que provocam pelo mundo, por mais ocultos que sejam, e às vezes não é a razão quem as revela, mas sim um aviso da própria pele, das próprias formas, algo que existe neles mesmos disposto a lhe avisar de que a espiral da admiração se colocou em andamento, e ainda que às vezes não se saiba se se poderá falar de uma virtude dos corpos ao descobrir esse olhar, ou se a virtude é dos olhos que vêem os corpos, porque os olhares de fascinação devem ter intensidades vivas e próprias, sim, querida Salma, eu tinha certeza de que o corpo do Filho do Pintor se dava conta do caráter de devoção com que o cercava o olhar daquele menino de catorze ou quinze anos, não mais, cuja casa ele pintava, pois por alguma outra razão justa e misteriosa os corpos belos também têm, como Deus, o inevitável componente de perversidade, e eu sei, Salma, que você gostaria de ouvir um exemplo dessa perversidade, e te contarei que o Filho do Pintor urinava sem fechar a porta do banheiro, e dirigia a efusão de urina para o centro exato do vaso, ali onde a água é mais profunda, e com isso conseguia intensificar o ruído exultante do jato, pois de alguma forma, ainda que tivesse em torno de dezessete anos, o Filho do Pintor sabia das suposições maliciosas, as certezas inquietantes que um potente jato de urina desperta naquele que se dedica a espreitar, que escuta intencionalmente pelos arredores do banheiro, e também não há mais remédio que assinalar que eu, com quinze ou catorze anos, não mais, sabia me inquietar, e sabia decifrar a linguagem cifrada dos jatos de urina.

Ai, Triunfinho, meu Triunfo, vou te contar que, depois daquelas noites com Fusilaço, meu primo dos Baños de Elgea, comecei a procurar outros homens que se deleitaram comigo, e me contagiaram com as reações desse deleite, fui pelas ruas hediondas, sabe, procurava a quem satisfazer para me satisfazer, e foram muitos os que estiveram dispostos a me presentear, indiretamente, com um fiapo de satisfação, e, você vai entender, chegou um momento em que não se contentaram mais com os dedos, me lembro do merceeiro da esquina, que chamavam de Cuartobate, um negro sessentão, ou setentão, mais velho que o palmeiral de Anafe, sabe, grande como uma palmeira, robusto como uma sumaúma de duzentos anos, que me levou certo meio-dia para os fundos da mercearia, e ali, sobre sacos de arroz, feijão, açúcar mascavo e latas de peixe em conserva, me fez descobrir que não apenas os dedos eram aptos a entrar em meu "coração", em minha "boca-de-baixo", me deitou sobre um saco de arroz, sabe, e te juro que Cuartobate, aquele negro velho, despido, parecia um romeu entre meus braços, nunca poderei me esquecer do tamanho prodigioso de sua hombridade, nunca poderei me esquecer de que ele quase conseguia me levantar com um dedo e que com aquela terceira perna me dilacerava toda por dentro, como se tivesse feito entrar até o começo das minhas tripas uma tocha bem-vinda e acesa, que queimava minhas entranhas e cada um de meus órgãos com um fogo doce, um fogo que não causava dano, eu não sofria, sabe, não sofria, bastava olhar a cara de Cuartobate, o negro merceeiro, sessentão ou setentão, já te disse, mais velho que o palmeiral de Anafe, pois enquanto aquele velho esteve sobre mim, o membro mais importante de seu corpo escondido em meu interior, ele rejuvenesceu, sabe, te juro, se transformou no adolescente que um dia deve ter sido, com cada movimento, com cada estocada de seu desejo, tirou dos ombros uma camada de anos, voltou a ser o negão fabuloso, o estivador dos anos trinta, da época do Machadato, eu acho, ou da Pentarquia, não sei bem, e a juventude recuperada de Cuartobate, aquele velho, assim como a atitude, a intensidade de seu prazer, apagaram definitivamente a minha dor, se é que houve alguma dor, e eu soube da perversa felicidade que lhe dava transar com aquela branquinha que podia ser sua neta, o que estou dizendo!, sua bisneta, e eu, cheia de agradecimento, deleitada com a satisfação que sua satisfação provocava em mim, beijei as mãozonas que já não estavam mais endurecidas pelos anos e pelo trabalho, que haviam voltado a ser as mãos de um garotão do porto de Havana, os braços de bronze modelados pela estiva de sacos de açúcar, jovenzinhos outra vez, outra vez de bronze, sulcados de veias por onde um sangue de vinte anos não se cansa de circular, sabe, beijei o seu pescoço, suas bochechas renovadas, e deixei que minha boca desaparecesse na sua bocona, os beiços de Cuartobate, cujo gosto de tabaco e cachaça me perturbava, misturei o meu suor com o daquele corpo que gozava e gozava e cheirava a saco de juta, açúcar, ervas, farinha, terra, cebola, alho e suor.

Nessa época, Hortênsia, a Tita, minha mãe, já permitia que eu fosse ao cinema sozinho, bem, na realidade me permitia ir ao cine Lido, que estava a duas quadras de casa; numa noite, dei uma de intrépido e me aventurei às escondidas, com um sobressalto que tornava a aventura mais atraente, até o cine Avenida, bem mais distante, para lá, perto da rua 41, do outro lado do Tropicana, me lembro de que exibiam um filme de Jacques Tati, *As férias de Monsieur Hulot,* e eu sempre gostei e gosto de Jacques Tati, o cinema estava quase vazio, como costuma estar sempre que os filmes são fabulosos, e, como estava vazio, não foi difícil para mim distinguir a cabeça raspada e magnífica do Filho do Pintor, que tentava se unir a outra cabeça, feminina, na realidade o rapaz aparentemente havia levado a namorada ao cinema, e o que menos faziam, é claro, era se distrair com aquele senhor tão divertido, alto, extravagante, ridículo, inexpressivo, de chapeuzinho, com um andar estranho, que passeava sem dizer uma só palavra pela areia de uma praia e que no final fazia estourar uma festa de fogos de artifício, me recordo de que depois, ao terminar a sessão, com essa calma alegre que os filmes que te seduziram causam, retornei pelas ruas que levavam ao cabaré Tropicana, e acontece que justo ao lado do salão Bajo las Estrellas havia (ou há) um beco estreito pelo qual a viagem era mais curta, o que me permitia chegar mais rápido em casa e fingir para minha mãe que não havia ido ao cine Avenida, e sim ao Lido, e, por outro lado, o beco tinha (ou tem) a graça de ser escuro, de se iluminar de quando em quando com as luzes coloridas do *show*, e também era divertido escutar as charangas ensurdecedoras do cabaré, as vozes obrigatoriamente alegres, obrigatoriamente simpáticas de Miriam Socarrás, a-mais-bela-das-mulatas, ou de outros apresentadores e cantores que diziam *Welcome* a Tropicana, o mais esplêndido cabaré de todo o *world*!, você sabe que nós cubanos somos bobos ou imbecis, para nós tudo o que é cubano é o mais esplêndido, o maior, o mais bonito, o mais heróico do mundo, e nessa noite de que estou te falando, querida Salma, ao passar pelo beco do Tropicana, como todos o chamavam, vi a figura encostada em um dos muros negros que rodeiam o cabaré, atrás dos canteiros de espirradeiras, não o reconheci de imediato, até que um golpe de luzes vermelhas e azuis, acompanhado por uma musiquinha com tambores feita para turistas, revelou o rosto carrancudo do Filho do Pintor, e ele não teve de me chamar para que eu acudisse docilmente por entre uma indócil vegetação de samambaias gigantes, *malangas* de jardim, roseiras e álamos de grandes raízes, pintados pelas cores carnavalescas das luzes que vinham do cabaré, e o Filho do Pintor tinha a braguilha aberta e a afortunada florescência, a maior generosidade de seu corpo, se destacava, e a mão direita se ocupava de levar o cigarro à boca, fumava, sim, apesar de sua juventude, ao passo que a outra mão movia carinhosamente aquele pau magnânimo, sim, com afeto, com uma leveza cuidadosa, e quero que você saiba, querida Salma, que o Filho do Pintor não olhou para mim, não pareceu se dar conta de minha presença até que cheguei perto e se escutou, vindo do Tropicana, o-cabaré-mais-bonito-do-*world*, o-paraíso-sob-as-estrelas, a bela voz de Manuel Licea, Puntillita, que entoava o *Son de la puntillita*, e foi assim que o Filho do Pintor jogou longe o seu cigarro, me pegou pela cintura, se livrou do cinto de minha calça, baixou a calça, e eu não consegui vê-lo, soube que cuspia em uma das mãos e que lambuzava seu pau com saliva, senti em minhas nádegas o frescor da noite e o calor do pau do Filho do Pintor, o pau que sondava, buscava, e, como no primeiro momento não encontrava onde se cravar, o Filho do Pintor usava a outra mão, os dedos, para se orientar, de modo que um dos dedos penetrou minha bundinha virgem, minha bundinha de quinze anos, e abriu o caminho, e seu pau se introduziu sem compaixão, com certo desprezo, com um sentido de vitória e superioridade, e eu experimentei uma dor que não era dor, uma dor intensa, pungente, que, estranhamente, estava cada vez mais próxima do deleite, e o que aprendi, querida Salma?, aprendi que aquela era a única dor que tendia ao prazer, até se transformar em satisfação, na satisfação-absoluta, e o Filho do Pintor me obrigou a me inclinar para a frente, enlaçou minha cintura com seus braços, eu sentia a sua respiração em minha nuca, o fogo de seu hálito, enquanto Manuel Licea cantava

Ay, nena de mi vida, la puntillita...!

enquanto o Filho do Pintor se movia ofegante sobre mim, por uns poucos minutos, e eu soube que estava gozando pela intensidade de sua respiração e porque cheguei a sentir o golpe do leite nas escuridões recônditas, e logo ele tirou a vara, sacudiu várias vezes para expulsar qualquer resto de leite, pegou as folhas de uma papoula para se limpar, tranqüilo, satisfeito, acomodou o membro na cueca, fechou a braguilha, acendeu um cigarro, começou a andar, se foi, e enquanto o público aplaudia Miguel Licea, Puntillita, o Filho do Pintor se afastou sem me dirigir um olhar, um sorriso, uma maldição, *sans me parler, sans me regarder*, como diria o poeta.

* * *

Os olhos andavam por ali, e, quando saí dos fundos do armazém, o bairro inteiro soube que eu havia estado nos braços de Cuartobate, o gigante negro, velho e merceeiro, e nessa época conheci o poder pernicioso dos olhos que espiam por detrás das cortinas dos milhares e milhares de janelas, nesse meio-dia me dei conta, sabe, cada palavra, cada passo, cada gesto, cada ato foi observado, minuciosamente espiado, anotado com precisão, e não para fazer o bem, não, apenas para foder e foder e te azedar a vida, pois sim, Triunfo, acusaram Cuartobate, o pobre negro merceeiro generoso, de corrupção de menores, e eu, meu amor, neguei tudo, neguei e neguei, jovenzinha sim, boba não, e sem a minha acusação, você sabe, não houve delito, mas a fama de puta nem o médico chinês conseguiu tirar de mim, a fama de puta e os olhos cada vez mais encarniçados sobre mim, os olhos me perseguiam em todos os lugares, os olhos dos outros como os do demônio, e o que se faz nesses casos, heim?, como explicar a eles que eu não era puta, que não cobrava um centavo, que me bastava que gozassem comigo, que a minha recompensa era ver os homens desfrutarem?, então, me diga, como explicar a eles que no fundo se tratava de um ato de generosidade?, aos catorze anos Salma já era puta, a-puta-puta-mais-puta-do-mundo, me puseram um sobrenome horrível, Triunfo, me dá calafrios só de lembrar dele, me chamaram de Isabelita-morde-e-foge, foi por isso que risquei o Isabelita de minha vida, e por esses dias vi o filme de uma mexicana belíssima, e usei o seu nome, Salma, me nomeei Salma, ai, Triunfo, quantas vezes meu irmão Chichi teve de brigar por minha causa...! E foi assim, sabe, terrívelhorrorosoarrepiante, até que apareceu o Negro Piedade, mais conhecido como Corposanto, e os comentários se acabaram, ao menos se acabaram os comentários aos gritos, os olhos não se fecharam nem se afastaram das cortinas de tantas janelas, não, não mesmo, continuaram me iluminando, e o Negro Piedade, mais conhecido como Corposanto, me acolheu como um irmão, um irmão incestuoso, é verdade, incestuoso e mercador, pois foi ele quem colocou tarifa em minhas satisfações, e no começo, para ser sincera, não me incomodou, nada nada, não me incomodou, velhos espanhóis, italianos, alemães, brancos como rãs brancas, salpicados de manchas, cultos, com suores cultos, com suores estranhos, suores de civilizações antigas, suores que chegavam do Império Romano e da Idade Média, assim me dizia o Negro Piedade, mais conhecido como Corposanto, suores que chegavam de civilizações esgotadas, suores de Cartago e de Tiro e de Chipre, turistas velhos com hálitos fétidos, hálitos cultos, alguns com uns pauzinhos flácidos que eles chamavam de pênis, velhos como pestilências do Renascimento, que se jogavam sobre mim e em mim compensavam o tédio da Europa, e depois, como se não bastasse, deixavam com o Negro Piedade, mais conhecido como Corposanto, o brilho verde de notas verdadeiras, dólares, sabe, moeda forte, livremente conversível, dinheiro-dinheiro, *money, money*, com o qual pude comprar para minha mãe o leite em pó, a pasta de dentes, o sabonete, o orégano, as gotas para o nariz, o desodorante, o óleo, o detergente, o creme de amêndoas, a noz-moscada, o xampu, o remédio para pressão, o pano vermelho, que é como chamam a carne de boi no Mercado Negro, o repelente contra mosquitos e o pão de Viena que vendem caro, caríssimo, ai, caríssimodemaisdaconta no *Pain de Paris*...

3

POR QUE NÃO ENTRAMOS nos camarins fechados?, pergunta Salma. Estão sós. O palhaço foi fazer palhaçadas em uma escola de deficientes físicos e mentais. Victorio responde que não, não devem entrar em nenhum lugar fechado, o pecado de Pandora foi a curiosidade. Ela não sabe quem foi Pandora, nem se importa com isso; esclarece que não sabe que dano pode causar a alguém abrir as portas fechadas de um edifício em ruínas. Ele trata de convencê-la, alude a todos os argumentos da educação, das boas maneiras. Salma ri e rebate com outra boa série de argumentos: a verdade é que, se vão viver neste velho teatro, devem conhecer todos os cantos. Salma, já se sabe, é como uma menina, e as meninas costumam ser cabeças-duras, de modo que Victorio lhe explica que as chaves estão junto do relógio sem ponteiros, que ela abra e entre quando quiser, ele ficará ali. Ela se faz de ofendida, resmunga Está bem, vou sozinha, afinal não preciso que ninguém me acompanhe, nasci sozinha e sozinha morrerei (tom de comicidade dramática). Procure algo com que se defender, adverte ele com malevolência. Ela ri, desafiadora, e esclarece que vai com Martí, que Martí a defende aonde quer que vá e exista um perigo, que trincheiras de pedras (ou de bronze) valem mais que trincheiras de idéias. Victorio vê que ela de fato traz nas mãos o busto em bronze de José Martí. Escuta os passos se distanciando rumo aos camarins. Não é que não seja curioso. Ele também gostaria de saber o que se esconde ali, mas sabe dominar a sua curiosidade, pois há algo mais forte que ela, e é o medo, o medo do desconhecido. E Victorio, que está deitado no *récamier*, tenta ler; não consegue se concentrar na leitura; pergunta-se o que Salma encontrará quando abrir a porta do camarim de Guiñol. E assim o melhor, o mais inteligente, pensa, é deixar o livro e ir ver, afinal ela tem razão, se alguém vai viver em um planeta, é para conhecê-lo o melhor possível. Coloca o marcador de couro dentro do livro, se levanta e sai do camarim. Não deu dois passos quando tropeça com Salma. O que aconteceu?, pergunta ele. Ela treme, demora a responder. O camarim de Guiñol está cheio de pessoas, bem, de pessoas não, de mortos, diz. De mortos? Foi o que eu disse, mortos, sabe, cadáveres pendurados no teto. Victorio vai até o camarim de Guiñol e não se atreve a abrir. Não, Salma está falando mentiras, se deixou levar por sua imaginação. Retorna até ela, deita-a no *récamier*, a cabeça dela sobre suas pernas. Fale-me dos mortos. Que mortos?, pergunta ela com inocência.

Triunfar em Hollywood, ter uma casa como a de Shirley MacLaine, sobre uma colina, com amplíssimos terraços suspensos na beira do Pacífico, segundo viu na reportagem de uma revista (*Hola, Vanidades, Marie Claire*?), ter um marido jovem, rico, bonito, se possível Andy García ou Benicio del Toro, ser tão disputada pelos diretores de *castings* como Julia Roberts.

* * *

Em sonhos que não são sonhos, vê-se em alto-mar. A Virgem, dourada, radiante, ofuscante, aparece nas alturas. Salma sente uma força descomunal que a retira das águas e a eleva até a figura resplandecente, de modo que Salma se confunde com o brilho da Virgem. Tem a certeza de que desaparece, devorada pelo clarão. Uma voz que não é uma voz, é claro, uma música que também não é uma música (como explicá-lo?), lhe concede a bênção e a paciência, e Salma fica sabendo, por alguns segundos, de que é constituída a salvação. A única coisa terrível é que semelhante conhecimento está composto por matérias demasiado frágeis: a fugacidade e o esquecimento. Depois, só restam nela algumas sensações, a intuição daquele tipo de felicidade que se dissolve, desaparece entre as dobras do sonho ou nas armadilhas da vigília, do mesmo modo como se apaga a própria imagem da Virgem sobre o mar de fundo de suas aspirações.

Victorio a abraça como se pudesse salvá-la do que já aconteceu.

Aquela noite eu estava quase me unindo aos fulgores da Virgem e escutei Salma!, voltei a escutar o meu nome, e num primeiro momento pensei que era Ela, toda bondade e amor, quem me chamava, Salma!, até que, já perto demais de sua incandescência, me dei conta de que não era a voz da Virgem, e minhas fantasias se desmancharam em confusões e sombras. Abriu os olhos. Salma! A mãe se inclinava sobre ela. O Negro Piedade está te chamando, meu amor, o Negro Piedade está te procurando, disse a mãe num sussurro. Salma ficou imóvel por alguns segundos, teve alguma dificuldade em entender o que a mãe queria dizer com aquela frase. Levantou-se, despida como estava, se espreguiçou, se alongou, olhou-se no espelho e abriu a porta. Precedido pelo aroma penetrante da água de colônia de Kenzo, surgiu o Negro Piedade. Vestido de branco. Camisa de linho, calça de linho, sapatilhas de couro. Os olhos achinesados e alertas, a boca oferecida e sorridente, o cabelo muito curto, naquela noite não estava usando os colares religiosos. Alto, forte, bonito e sagrado como um orixá. Tão alto que sempre tinha de se inclinar para beijar os lábios de Salma. Com os dedos da mão direita, brincou com a penugem de entre suas pernas, enquanto com a mão esquerda lhe beliscou um mamilo. O que está fazendo aqui, homem, você não disse que hoje íamos descansar?, perguntou ela com uma sonolência exagerada. Ele se ajoelhou para dar um beijo no umbigo de Salma. Existe uma coisa, meu anjo, que se chama "o imponderável", apontou ele, e se sentou no catre. Não olhou para a mãe de Salma, não a cumprimentou, não reparou nela, nunca o fazia, como se a senhora não existisse. Temos de sair rápido, vista-se bem. Salma fechou os olhos. Quiçá invocasse a imagem da Virgem; entretanto, só conseguiu apreciar brevíssimas luzes de fogos de artifício, de modo que abriu os olhos para a única realidade possível. Ai, meu querido, estou como a bandeira cubana, desfeita em pedacinhos!, exclamou, lastimosa. Pois recomponha a bandeira, meu anjo, porque a pátria nos contempla orgulhosa, reúna as suas forças femininas, coloque um lindo vestido, se penteie, se perfume, não se esqueça do par de sapatinhos de cristal, e pronto!, com esse encanto não se precisa de mais nada. E colocou a língua para fora, de uma maneira não exatamente infantil. Salma não pôde retrucar nada. Se o Negro Piedade ordenava algo, se opor seria inútil e até perigoso. Reuniu todas as suas forças e começou a se vestir. Sentia sobre si os olhos quase inúteis da mãe; viam pouco, ou nada viam, e não podiam ocultar o espanto com o que acreditavam ver. Tentou fingir que se sentia contente por ter uma desculpa para sair. Improvisou uma expressão de contentamento. Cheguei até a cantar

En la comarca de Su Majestad,
*todos repiten lo que dice el rey...,**

enquanto me enfiava em um vestido verde justo, um delírio, sabe, maravilhoso e provocante, com um grande decote, que deixava meus ombros à mostra, e não é que eu tenha os ombros lindos, mas os tenho jovens, e a juventude às vezes é mais importante que qualquer beleza, você não acha? Na falta de jóias, envolveu o pescoço com uma echarpe de seda, num franco desafio ao calor da noite havanesa. Calçou sapatos de verniz preto com saltos finos, um modelo antiquíssimo da sua tia Mary. Maquilou-se com certo exagero, passou sombra nos olhos, corou as bochechas e avermelhou a boca como uma velha coquete que precisa conquistar um adolescente. Queria fazer troça com o Negro Piedade, mais conhecido como Corposanto. Ela, na realidade, não gostava de excesso de maquilagem, amava a palidez de seu rosto, os lábios sem cor, as sobrancelhas fartas e masculinas, assim como as olheiras negras e permanentes que rodeavam seus olhos e que, segundo ela acreditava, lhe proporcionavam um ar de vampira mexicana. Ainda que os homens não gostassem mais das vampiras, mexicanas ou não, e sim das mulheres robustas, fartas, ridiculamente saudáveis. Penteou o seu longo cabelo negro, com as pontas iluminadas de branco ou de dourado, mais exatamente de um branco-dourado, e o arrumou e prendeu com uma fivela de tartaruga, e se perfumou com uma fragrância de Givenchy, Fleur d'Interdit, presente de um empresário de Bilbao que se dedicava ao ramo dos detergentes. Finalizando, colocou os óculos de sol, uma excelente imitação de Dior, com os quais não se sentia ainda mais elegante, mas sim segura e mascara-

*"Na comarca de Sua Majestade,/ todos repetem o que o rei diz."

da como uma cantora de rock em um concerto no Central Park de Nova York. Voltou-se para o Negro Piedade, mais conhecido como Corposanto, com os braços levantados como quem termina um número musical, em uma imitação estranha e tresnoitada de Doris Day. Colocando-se de pé, o Negro Piedade, o Corposanto, não pôde controlar o riso, tentava se conter, o que poderia ser ainda mais ofensivo. Você está parecendo a marquesa de Revilla de Camargo, exclamou ele, que com toda certeza ignorava quem havia sido María Luisa Gómez-Mena. Ela não se importou com a zombaria do Negro Piedade; muito menos com quem fora a tal marquesa. Desejava apenas acabar logo com aquela tortura e regressar, deitar e dormir no catre do antigo estúdio fotográfico Van Dyck.

Na cave do hotel Cacique Inn, um dos novos e mais elegantes hotéis da cidade, em El Vedado, numa das margens do rio Almendares, à beira-mar, se encontrava, ou se encontra, o Sweet Feeling Café. Como de costume, e apesar de não ser fim de semana, ele estava cheio e animado. Decorado com automóveis antigos (Chevrolets, Fords, Buicks...), com helicópteros, vitrolas iluminadas, luzes de néon, garçons e garçonetes lindíssimos, vestidos *à la* Natalie Wood, *à la* Sal Minneo e *à la* Elvis Presley, com as misturas de perfumes e de bebidas e os bolerões a todo volume, era um lugar para se desfrutar da nostalgia da mítica Havana de Beny Moré, do Chory com Marlon Brando, ou de um Hemingway que mais se parecia com Humphrey Bogart em *Ter ou não ter*. O resultado, entretanto, não podia ser mais contraproducente. O turista entrava no Sweet Feeling Café e não sabia em que cidade do mundo se encontrava. A atmosfera parecia vagamente havanesa. A Havana do lugar-comum. Segundo explicavam muitos velhos que ainda usavam casaquinhos de linho e saboreavam charutos tortos em Vuelta Abajo, a Havana dos anos cinqüenta não havia sido assim. A atual muito menos. Havia algo de afetação naquela cenografia barata. O que a austera capital de Cuba, com suas noites sujas, desertas, escuras, sufocantes e pobres, teria em comum com aquele ostentoso ardil de cores, luzes, musiquinhas, telefonia móvel, letreiros luminosos, mojitos e cuba-libres, bebedeiras e muitas, muitíssimas notas de cem dólares? Salma esclarece que não perdia o seu tempo precioso fazendo-se perguntas sérias e difíceis de responder. Uma vez que se encontrava ali, no Sweet Feeling Café, se esquecia das misérias cotidianas, das fomes diárias, dos sonhos e de que tinha vontade de dormir. Esquecia-se de tudo o que havia de ruim em sua vida ou na vida. Necessitada de prazeres e também de dinheiro, não se sentia capaz de se formular perguntas que perturbassem delícias e economias. Fechava os olhos, virava a cara para qualquer estranhamento, qualquer culpa. Sentia-me como Cinderela na noite do baile, e não me importava se me surpreenderiam à meia-noite, e se a minha roupa se converteria em farrapos. Victorio adota uma pose de fiscal e voz admoestatória, lhe joga na cara Onze milhões de cubanos sofriam enquanto você se divertia em um reino de mentirinhas e farras. E daí? Que me importam eles, responde Salma, que não captou a brincadeira, nesta vida se aprende a ser egoísta, e depois, porra, me fale, quem é que pensava em mim? Para Salma, entrar no Sweet Feeling Café significava o mesmo que significa para uma atriz de Hollywood entrar pela porta dos indicados na cerimônia de entrega do Oscar. Um preâmbulo, acreditava ela, do que a esperaria quando chegasse a hora de sair ao mundo. Cinderela ou Salma Hayek. Exatamente o mesmo. Bela-elegante-poderosa-fascinante. Ela e o mundo transformados: deixava as calçadas sujas, melancólicas, descia pelas escadarias de mármore, pisava o tapete vermelho e se via no meio de uma festa de luzes multicoloridas. A partir do instante em que o *maître* se aproximava para saudá-los, cheio de cortesias e cerimônias afetadas, Salma corrigia o seu modo de falar, sorrir, olhar, gesticular, andar e respirar.

Três homens nos esperavam naquela noite, diz a Victorio. Em uma das melhores mesas do Sweet Feeling Café, três loiros avermelhados, sangüíneos, de olhos transparentes, com mais de sessenta anos, um deles pesando mais de cento e cinqüenta quilos, suavam apesar da refrigeração do lugar, e pelos gestos e pelo tom de voz já fazia muito tempo que estavam bebendo Havana Club com Coca-Cola. Saudaram Corposanto em inglês, com grandes efusões. Em um inglês perfeito, com tão pouco sotaque que deixava atônitos os que o escutavam, o Negro Piedade apresentou Salma. Ela praticamente colou o queixo ao peito e lançou o seu olhar Lauren Bacall. Ergueu as mãos e moveu os dedos como asinhas. Repetiu a frase de sempre, a que o Negro lhe havia ensinado *Rauduiudu*?, que ele sempre corrigia *How do you do*? É bom te esclarecer, Triunfo, exclama Salma rolando de rir, que uma das minhas artimanhas era me fingir mais inculta do que sou na realidade, e olhe que sou burra, às vezes chegava até a parecer tonta, fronteiriça, sabe, porque eu intuía, acreditava saber que a estupidez dos homens só é capaz de gostar da estupidez das mulheres, que o macho, no final das contas um idiota, não suporta as fêmeas mais inteligentes que ele, e esse é o grande ensinamento de Marilyn Monroe, a-mulher-mais-mulher-dentre-todas-as-mulheres, humildemente adaptada por Isabelita-Salma a suas modestas circunstâncias. Os três homens lhe beijaram as mãos, elevaram o volume de suas gargalhadas, como se ela houvesse feito uma brincadeira, e os convidaram a se sentar. Salma lançou dois olhares: um, cândido, aos estrangeiros, e outro, cúmplice, ao Negro Piedade, mais conhecido como Corposanto. De acordo com o olhar deste, ela saberia onde, ao lado de quem se sentar. Rápido, furtivo, ele moveu os olhos achinesados, atraentes e brincalhões; ela não precisou de mais nada: sentou-se junto ao velho loiro que pesava mais de cento e cinqüenta quilos. Salma, Salma!, gritaram os loiros avermelhados, e aplaudiram como se o nome tivesse merecido sua aprovação. São de Hamburgo, alemães, informou-lhe o Negro Piedade, mais conhecido como Corposanto, com um sorriso que tentava despistar os que não sabiam castelhano. Te juro que eu preferiria um hambúrguer, com *kétichupe* (*ketchup*, retificava ele) e muito queijo, a esse King Kong loiro, sabe, exclamou ela em um cubano acelerado, exagerado, em cubano-cubano para que não restasse a menor possibilidade de compreensão, e com outro sorriso que perseguia o mesmo objetivo. *We are very happy*, dizia o Negro Piedade, mais conhecido como Corposanto, e olhava para Salma muito afetuoso, doce, feliz, amoroso, e lhe esclarecia dissimuladamente Você tem de deslumbrar esse asqueroso-velho-nazi-gordo-de-Hamburgo, minha putinha, olhe que o magnata está forrado de notas, com todos os zeros à direita que você puder imaginar. Ela devolvia o sorriso carinhoso e retrucava, bajuladora, Você é um filho-da-puta, Negro, um-manto-podre-asqueroso. Filho-da-puta que vai te tirar da miséria, retrucava ele com ternura. Vai é me fazer cansar desta vida miserável e fodida!, afirmava ela com o mesmo tom de voz aparentemente adulador, se continuo me deitando com gorilas alemães ou turcos, acabarei gostando de mulheres, chinesinho. Mas eu estou aqui, minha menina, para que você não perca o gosto pelos homens, e não falemos mais em castelhano, isso é muito mal-educado, olhe que esses senhores são europeus, e portanto muito educados. Se eles são educados eu sou a princesa Marta Luisa da Noruega, porra, vá à merda, e em que droga de idioma você quer que eu fale, meu cafetão? Você se cale e sorria, sua língua hábil serve para outra coisa, o idioma que você sabe falar sorri e fala com uma boca diferente, meu amor, dizia ele, bajulador, e servia o rum nos copos e improvisava brindes atrás de brindes, como um perfeito moscovita. Vá ver se me consegue um cigarrinho de alguma coisa, vá, ameaçava ela, que não fumava, porque lúcida e em juízo perfeito não há quem consiga tocar esse King Kong, nem a prótese da perna. Enquanto isso, os alemães os olhavam encantados, admirados, condescendentes, com cara de expedicionários que desembarcaram em algum porto perdido do Amazonas; cara de como-é-possível-que-esses-índios-falem-uma-língua-cristã; cara, enfim, de "barão von Humboldt". No palco, uma contorcionista castigava seu corpo ao som de uma *guaracha* em ritmo de discoteca. Armava formas estranhíssimas com os pés, e com a boca pegava os dólares que os dadivosos e respeitáveis membros do público ébrio lhe estendiam. O Alemão Gordo passou seu braço pesado por sobre os ombros desnudos de Salma, que sentiu que o calor a afundava no assento. Aspirou com força o penetrante cheiro de suor dos sovacos indo-germânicos; cheiro que ela conhecia bem, cheiro que, ela não sabia o porquê, tinham todos-todos-todos os europeus que desgraçadamente a haviam tocado.

Sim, admite Victorio, conheço esse cheiro, penetrante, antigo, cheiro de Alexandre Magno, de gladiador, de *viking*, de Kublai Khan, de Luis XIV, cheiro que se apossou dessas axilas desde a queda do Império Romano, desde a Idade Média e as Cruzadas, pois de algum modo estranho e obscuro o cheiro tem relação com os primórdios da Humanidade, e também com comer boas carnes, morcelas, chouriços e presuntos, e beber excelentes vinhos e cervejas pretas, desde a invenção da roda até os nossos dias, o cheiro nos sovacos dos europeus chegou a esse grau de intensidade, a essa pestilência aprimorada.

* * *

Salma não escuta a reflexão de Victorio. Conta que o Negro Piedade, mais conhecido como Corposanto, agora passava seus braços por sobre os ombros dos dois outros alemães. Claro, ela conhecia o Negro bem e tinha certeza de que ele devia estar usando Lapidus em suas beatificadas axilas. Os refinados europeus fediam a estrebaria, o mulato-chinês terceiro-mundista cheirava a essências celestiais. Nesse meio tempo, o Alemão Gordo dava de beber a Salma em seu próprio copo, e apertava-a contra ele. Ela se sentia afundada em colchões de água suja. A conversação transcorria em inglês. Salma esclarece para Victorio que ela ria quando supunha que devia rir e assentia quando supunha que devia assentir. Mostrava-se interessada e se via ridícula rindo e se mostrando interessada. Estava lúcida e cansada: combinação fatal. O cansaço lhe conferia maior perspicácia. Bebia o mínimo possível. Não tolerava as bebidas alcoólicas. Tolerava ainda menos os alcoólatras. Odiava profundamente os bêbados e os fumantes. O Negro Piedade também tinha a sua ética; ele tampouco bebia, em nenhuma circunstância, não fumava, muito menos maconha, não cheirava cocaína nem gostava de nenhum dos paraísos artificiais. Podia ser feliz sem a necessidade de artifícios, repetia, quase humilde. E a verdade era que fora dos cabarés, clubes, hotéis, discotecas, o Negro Piedade, mais conhecido como Corposanto, levava uma vida radicalmente austera, de exercícios físicos, meditações, asanas, yin-yang, incensos, dietas saudáveis, vegetais e coisas assim. Budista afro-cubano, esclarecia ele, sério e sorridente. O Negro havia aconselhado (ordenado) Salma a nunca beber durante o trabalho. Ela não precisava de semelhante recomendação; a bebida lhe provocava um grande mal-estar, de forma que, assim como ele, ela fingia que bebia e fingia que ficava bêbada. A isso se chama "fingir-se de morto para ver o enterro que te darão", diz Salma, jocosa. Se os alemães, espanhóis e italianos não houvessem estado tão ocupados com seu próprio prazer, teriam percebido que as quantidades de rum nos copos de Salma e do Negro não se alteravam. Teriam percebido, também, que a alegria deles tinha algo de falso. Às vezes, o Negro inclusive parecia um verdadeiro ébrio, delirante, risonho, com movimentos desajeitados. Salma, que o conhecia, admirava as suas capacidades histriônicas, e lhe repetia Você teria mais sucesso como ator. A inteligência e a clareza de pensamento podiam ser vistas em seus olhos, pois os olhos estavam sempre atentos; sem perder a alegria e a graça pueril, os olhos observavam, mediam, calculavam. Salma às vezes pensava que os olhos não entravam no jogo nem no momento de fazer amor com ela, coisa que segundo Salma ele realizava com um virtuosismo inigualável. O budista afro-cubano, diz ela, é capaz de prolongar ou abreviar o prazer segundo bem queira, tem um controle total do corpo e das emoções, sabe, cada um de seus membros, incluindo a hombridade vigorosa de sua entreperna, responde à sua vontade, nunca conheci um homem tão incólume, invulnerável, com tanta confiança em si e no caminho por onde pisa. Quando os "clientes" se afastavam, o Negro Piedade, mais conhecido como Corposanto, recuperava a compostura. Nesses momentos, parecia até melancólico. Salma poderia jurar que por baixo daquela aparência libertina se escondia uma alma de quacre, ou algo mais sério, misterioso e desconhecido. Eu não sei, entende, eu não sei quem é ou quem se esconde por detrás daquele corpo insuperável do Negro Piedade. Naquele instante mesmo, enquanto o Alemão Gordo com um cheiro fortíssimo nos sovacos a apertava contra si, Salma por sua vez olhava, dissimuladamente, para o Negro, brincalhão, carinhoso, com os outros dois alemães de Hamburgo; complacente, caridoso, deixava-se admirar com candura, humildade, como se não entendesse por que o admiravam.

* * *

A contorcionista havia desaparecido do palco para dar lugar a uma horrível e gorda cantora de boleros, penteada com coque e laços dourados, vestida de lamê também dourado, cheio de lantejoulas, absurdamente maquilada e com gotas de suor por sobre a maquilagem. Graças a Deus, a voz da cantora de boleros se impunha, extraordinária, doce, acalentadora, entre a declamação e o canto. O público, eletrizado com a voz da cantora, fez um silêncio de templo. Os olhos se cravaram naquela gorda horrível, pois os olhos não "viam", os olhos, como o restante dos sentidos, "ouviam". Salma aproveitou para ir ao banheiro; fazia algum tempo que estava morrendo de vontade de urinar. Passou pelo bar, lotado, barulhento. Ia cruzar o corredor que levava aos banheiros quando uma negra linda, altíssima, vestida de azul como a Nossa Senhora de la Regla, a segurou pelo braço, Não vá, ordenou. Os ratos estão soltos?, perguntou Salma, já sabendo que a resposta seria afirmativa. E como estão, chinesinha, então, suma daqui!, respondeu a outra. Salma notou que havia de fato um certo movimento rumo ao banheiro das mulheres. Sim, a polícia recomeçava o seu acosso. Fazia-o sem chamar atenção, para não alarmar os turistas. Mas, uma vez no banheiro, e Salma o sabia por experiência própria, empurravam, ofendiam, maltratavam, confiscavam as carteiras de identidade, e você passava a noite no banco de granito cinza, muito cinza, de um posto policial, e era multada e fichada. Vê, ande logo, meu bem, avise as outras, exigiu a belíssima negra vestida de azul. Salma se dirigiu à primeira mesa que viu, fingiu que conhecia a jovem que se divertia ali e lhe disse ao ouvido Ei, querida, os ratos estão soltos. A jovem se levantou, foi por sua vez a outra mesa, ao mesmo tempo em que Salma continuava os beijos e comunicava Ei, querida (ou querido, conforme fosse), os ratos estão soltos. Houve um movimento generalizado de moças e moços beijando outros, que conheciam ou não, e declarando que os ratos estavam soltos, enquanto a cantora de boleros entoava com sua voz encantadora

Habrá paz y felicidad
*En nuestro querer...**

Salma deixou-se cair em sua cadeira. O Negro Piedade, mais conhecido como Corposanto, já suspeitava da notícia. Os ratos? Ui, soltos, respondeu Salma com um suspiro onde havia raiva, cansaço, fastio e até vontade de chorar. Ratos soltos e em luta com a presa. Corposanto nem pestanejou. Ela repetiu o gesto de aborrecimento, estava farta de a polícia andar sempre atrás deles, como se fossem os causadores do problema. É a mesma história, explica Salma a Victorio, daquele homem que mandou tirar de casa o sofá onde sua mulher havia cometido adultério. Vamos! Agora mesmo! Sem perder a compostura, o Negro Piedade se dirigiu aos alemães em seu inglês delicioso; ela o viu sorridente, fascinante, bonito, seguro, alegre de tanto rum que não havia bebido. Salma não imaginou que mentira inventaria, viu que se colocaram de pé e que, acompanhados por aqueles alemães (Salma nunca entendeu como seres tão aterradoramente feios podiam se dar ao luxo de ser racistas), foram embora do Sweet Feeling Café e "os ratos" não puderam detê-los.

Em Cuba, você sabe, Triunfinho, em Cuba-a-bela, a maior-das-Antilhas, a Terra-mais-bonita-que-os-olhos-humanos-já-viram, Coração-de-nossa-América, Primeiro-Território-livre-da-América, os cubanos são cidadãos de terceira, ou de quarta, ou de quinta, observa

*"Haverá paz e felicidade/ Em nosso amor..."

Salma sem baixar a voz, posto que não faz sentido ter medo nas ruínas do Pequeno Liceu de Havana. Você sabe, e aponta para Victorio com um admoestatório dedo indicador erguido, que os quartos dos hotéis estão vetados para os cubanos, sejam eles de luxo ou de meia-tigela. Seus olhos adquirem um brilho de rancor. Nem mesmo com dinheiro, insiste indignada, nem mesmo com dinheiro!, podemos ocupar quartos em hotéis de mais de meia estrela. O Negro Piedade, mais conhecido como Corposanto, sábio como é, tinha dois quartos permanentemente alugados na casa de Kyra Kyralina. Não devia se chamar Kyra Kyralina, é claro, ninguém sabia qual o verdadeiro nome da soprano triste e romena, casada com um cubano que havia estudado engenharia química na Universidade de Bucareste. Fazia mais de trinta anos que vivia em Havana, onde dirigia um coro chamado Noites do Danúbio, Aficionados do *bel canto*. Não se sabia como Kyra Kyralina havia conseguido viver em um *penthouse* de nove quartos, terraços, piscina, vista para o mar, que antes da revolução pertencera a um poeta de rimas cômodas e amorosas, com dinheiro de família, modernista anacrônico e de enorme popularidade entre as leitoras da revista *Vanidades*, rival sem categoria de José Ángel Buesa. Kyra Kyralina havia adaptado os dois quartos que antes acomodavam a criadagem para serem alugados, e eles não ficavam em nada atrás dos quartos do Hotel Nacional, ou de qualquer dos Meliá que a cada dia se levantavam com maior profusão por toda a cidade. Banheiro com louças pretas, cortinas, ar condicionado, móveis excelentes, cama redonda, espelhos estratégicos, telefone, frigobar, televisão a cabo, quadros com famosas reproduções de pintores flamengos e música da Radio Taíno, a emissora dos turistas. O único detalhe que falava da origem da dona era uma estatueta em bronze de Nicolae Ceausescu sobre o criado-mudo. Kyra Kyralina recebeu-os com uma gargalhada em arpejo; possuía uma voz de soprano já bem debilitada, e se empenhava em que seu castelhano, "romenizado", parecesse "italianizado". Na boca estépica brilhava o conhecido molar de ouro de influência eslava ou soviética; seu cabelo era vermelho-açafrão; os dedos eram cheios de anéis, e as unhas tão longas e escurecidas que pareciam postiças; ocultava as rugas do pescoço com uma fita de veludo preto; os saltos altíssimos contrastavam com a bata de seda com flores enormes, de um amarelo assombroso. Sempre fazia aquela aparição operística. Enquanto Salma entrava no quarto com o Alemão Gordo, viu que o Corposanto fazia o mesmo com os outros dois. Era a primeira vez, revela a Victorio, que eu via o Negro ir com um homem, quanto mais com dois.

Já no quarto, o Alemão Gordo manifestou a intenção de beijá-la. Ela se esquivou com coquetismo, é claro, para não ofendê-lo. Primeiro um golinho de rum, pediu com uma expressão de *fille mal gardée*, e como se deu conta de que o outro não compreendia, tratou de usar o seu inglês *Primeiro-Ferst-iu-an-mi-drinc-rum, ol raiti*? O Alemão não pôde conter o riso, seu ventre abaulado saltou e vibrou como se estivesse saturado de algum gás explosivo. Entendeu, entretanto, de que ela precisava. Salma preparou um trago de rum e, disfarçadamente, como havia visto em tantos filmes, deixou cair nele dois comprimidos de diazepam. Virgem santa, que ele durma logo, rogou. Deixou que os comprimidos se dissolvessem. Fingiu que bebia e deu de beber várias vezes ao alemão, com todo o encanto de que foi capaz. Beba rápido, *maimen*, beba, *rãri, rãri, qüic, mairensonmen*. Ele obedeceu; as gargalhadas o sufocavam. Salma também riu. Começou o jogo lento de tirar-lhe a roupa. O corpo do alemão ostentava uma brancura irreal, quase rosada, como alguma variedade de porco, pensou Salma. As tetinhas protuberantes caiam sobre o ventre não menos protuberante. O alemão era uma grande massa disforme, suada e sem pêlos, que lhe provocou um ódio repentino que ela tentou transformar em uma grande doçura. A pélvis também exibia poucos pêlos, que luziam um loiro quase branco. Surpreendeu-a, e não de forma desagradável (verdade seja dita), a enorme magnitude do membro virilmente prussiano, de uma juventude e uma altivez que nada tinham a ver com o resto do corpo daquele obeso. Seu membro exibia uma perfeição, uma beleza inusitada, exclama ela. Dizem que os alemães são assim, que existe uma semelhança entre os alemães puros e os negros puros, vamos ver o que os fanáticos pela discriminação racial dizem disso, responde Victorio. Deitado, o Alemão Gordo parecia uma dessas ilhas vulcânicas que surgem nos oceanos. *Clousiorais*, pediu ela com a mais delicada das vozes. Ele entendeu e fechou os olhos. Ela começou a manusear a garbosa masculinidade do alemão. Eram tantos os anos, o álcool e o cansaço, que Salma não conseguiu fazer com que o prodígio se endurecesse completamente. Por sorte, pensou e pensa. Acariciou os testículos também enormes, também saudáveis e bonitos. Deslizou sua mão delicada como uma pomba. Sua mão percorreu sem maldade as coxas, as pernas, que eram o mais delgado daquele corpo, a barriga monumental, os braços de músculos desvalidos. A doce mão não pretendia excitar, mas sim causar letargia. Por fim, depois de algum tempo, escutou a respiração regular, forte, e depois os roncos. Levantou-se da cama com grande alívio, se olhou no espelho, triste e contente, angustiada e feliz. Hoje foi um grande dia, Salma, minha Salminha, tentou assegurar para a imagem desolada no espelho. Escutou os roncos perfeitos, harmônicos, sonoros, alemães, e se dispôs a ir embora. Abriu a porta com cuidado. Lá fora, no corredor, o silêncio parecia suficiente. A escuridão lhe deu segurança. Voltou a contemplar a ilha vulcânica no oceano branco e redondo da cama. Viu a roupa desordenada sobre o piso atapetado. Assaltou-lhe uma idéia repentina. Fechou a porta. Foi até a calça do Alemão

Gordo e procurou a carteira nos bolsos traseiros. Ali estava ela, grande e de um couro excelente. Abriu-a. Dentro havia inúmeros cartões de banco e várias notas de cem dólares. Salma pegou duas das notas. Ficou em dúvida por alguns segundos. Devolveu uma delas à carteira e guardou a outra em seu sapato. Voltou à porta. O europeu velho e gordo dormia encantado, a boca aberta, os olhos não completamente fechados. Salma abandonou o quarto no mais absoluto silêncio. Chegou à porta do elevador com o coração palpitante. O elevador demorou séculos para chegar. Entrou nele com a certeza de que alguém a chamaria ou a seguraria pelo braço. Kyra Kyralina poderia dar um "dó" de alarme. Nada aconteceu. O elevador a levou com tranqüilidade até o porão, onde estacionou. Ágil e silenciosa, Salma ganhou a calçada. Correu até a esquina. Ao ver-se livre e abençoada pelas luzes da rua Línea, olhou para o céu escuro da noite e disse Me perdoe, minha Nossa Senhora, ele tem mais do que eu. Foi uma tentativa de se justificar perante aquela imensidão animada por incontáveis galáxias.

Victorio acaricia a cabeça de Salma. Fez-se tarde no liceu em ruínas. Uma vez mais as diagonais das últimas luzes baixam, poderosas, sobre o tablado do palco, deixando-o imerso em uma atmosfera inverossímil de claro-escuros. Sem saber se o faz por medo ou por nostalgia, Salma canta

No abras la puerta
a tu soledad,
la ciudad está muerta,
*pero qué más da...**

*"Não abra a porta/ para a sua solidão,/ a cidade está morta,/ mas de que importa..."

Às vezes, como agora, ela pega o busto em bronze de José Martí e o levanta, ameaça com ele como se portasse uma granada de mão. Com essa cabeça de bronze, declara, não existe inimigo que sobreviva, trincheira de pedras vale mais que trincheira de idéias, repete. Suspira e acaricia a cabeça de bronze. Eu teria gostado tanto de voltar para casa!, entrar como se nada tivesse acontecido, jogar um balde de água fria sobre o corpo suado, tomar uma sopa de legumes, conversar com minha mãe, perguntar-lhe por Chichi, me deitar para dormir! Impedia-a um medo superior, o de se encontrar com o Negro Piedade. Salma se escondia em Cuatro Caminos, perambulava pelo mercado, chegava à esquina da Tejas onde havia um engraxate especializado em sapatos brancos que conversava com ela e uma vendedora de ervas alta como uma palmeira, com a pele de um belo e brilhante azeviche e os olhos de um azul-velhice, como de adivinha, que dava a Salma galhinhos de alecrim-de-angola e dizia Que você encontre a calma, filha. Salma descia até Agua Dulce. Na antiga Quinta Dependiente, se confundia entre os doentes e passava o dia na sombra e no frescor dos limoeiros, mangueiras e abacateiros. Uma tarde foi tão ousada que se atreveu a subir por Belascoaín, dobrou na rua Reina e chegou à igreja. Foi, diz, como se tivesse chegado ao final de um caminho muito planejado. Entrou sem saber a razão e, ao mesmo tempo, com esperança. Esperança? Salma encolhe os ombros. Ela não costumava entrar nas igrejas. Sentiu-se intimidada e protegida pelo silêncio sombrio da nave, o cheiro grave de incenso, o frescor úmido que escapava das paredes, as belas cores com que o sol parecia se romper nos vitrais sobre o altar-mor. Quis se aproximar do Cristo crucificado do altar-mor, com aquele belo rosto de resignação desesperada e com os olhos, que não entendiam o porquê de tanto sofrimento, voltados para o alto. Tentou fazer o sinal-da-cruz. Não lembrava se isso se fazia com a mão direita ou com a esquerda, se começava da testa para o coração ou do coração para a testa. Uma mulher dormia no primeiro banco. Chamou-lhe a atenção o fato de ela não estar mal-vestida nem suja, e de portar uma imensa mala de couro com velhos adesivos da Air France, Pan American, KLM, Aerolinhas Q, assim como o fato de ela cobrir o rosto com um lindo lenço de seda. A imagem da mulher adormecida fez com que Salma sentisse o peso de seu cansaço. Veio-lhe um desejo irresistível de se deitar em um daqueles cômodos bancos de igreja e dormir ela também, dormir, dormir, dormir, sim, dormir. Procurou um banco semi-oculto sob uma coluna na qual se via um Cristo orando no monte das Oliveiras. Com tanta vontade quanto cansaço, se deitou no banco. Caí no sono, Triunfinho, e foi então que sonhei com você e com meu irmão Chichi, um sonho estranhíssimo porque eu só tinha te visto uma vez, e você vai se perguntar, como ela sabe que era eu?, e te responderei que é simples, sabe, muito simples, estávamos sob a chuva, como naquela noite, abrigados sob o arco da muralha, eu havia perdido um sapato e o procurava, e você me disse Não o procure, já não tem importância, e em seguida estávamos na orla marítima, não sei como nem por que, você sabe como são os sonhos, não?, na beira do mar havia um bote com um homem que eu não conhecia e com meu irmão Chichi, que me abraçava louco de felicidade, sabe, com uma alegria tão alegre que parecia tristeza. Salma conta que Victorio e ela entraram na água cálida, avançaram um pouco até o bote e Chichi e o boteiro os ajudaram a subir. O mar estava tranqüilo. Deixaram de ver a orla. As luzes de Havana pareciam brilhos longínquos de outras aglomerações cósmicas. Chegaram a um buraco negro, imponente. Durante a noite, o mar não se parecia em nada ao mar de durante o dia; de noite, o mar lembra um abismo, existem nele precipícios insondáveis. Não havia nada no mar além da noite. Eles o sentiram, o souberam. Não havia forma de buscar na memória uma escuridão mais escura, impossível recorrer ao depósito da memória onde se acumulam as escuridões vividas e as não vividas. Por mais que procurasse e procurasse jamais encontraria uma escuridão comparável. A escuridão do mar é a escuridão-única, a-que-não-se-parece-a-nenhuma. Mesmo no lugar mais sombrio da terra, você tem os pés na terra firme, a certeza está sob as plantas dos seus pés; o lugar mais sombrio do mar é muito mais sombrio que todos os lugares tenebrosos da terra. Para piorar, carece de convicções e firmezas. Não há escuridão, real ou imaginária, que se assemelhe à escuridão do mar. Ela não é apenas absoluta, também não tem fim. Salma cruza os braços por sobre as pernas unidas, acocorada, como se tivesse frio. Tem frio e medo. Sim, senti medo, Triunfo, e não medo de me afogar, quanto a você, me lembro de que ia sereno, com o meu sapato na mão. Salma conta que em algum momento surgiram e ficaram junto deles muitas barcas, barcaças, botes destroçados, balsas estropiadas, destruídas por longas travessias, câmaras de caminhões. Seres silenciosos seguiam o mesmo caminho. Chichi ordenou, nervoso, Não olhem para eles, não façam caso, não pensem em olhá-los, olhem para a frente, pensem só em nós. Eram afogados, Triunfinho, ignoro por que sabíamos que estavam afogados, mas estavam. Afogados que saíam para conduzir os navegantes pelo bom caminho e acabavam conduzindo-os pelo pior. Não eram espíritos maus, não tinham más intenções. Queriam ajudar, só que não podiam. O que se pode esperar de um exército de balseiros mortos? Pareceu-me ter divisado uma menina no negrume de uma das balsas, e ela cantava, e eu não conseguia escutar a música, e você, Triunfinho, soluçava, e eu não conseguia escutar os soluços, que horror!, e tentávamos nos tocar e as mãos passavam através dos corpos, como através do ar ou da luz, e foi então que senti uma suave pressão sobre o meu ombro. Uma moça jovem, tão jovem como ela, talvez mais, quase uma menina, lhe disse Venha, por favor, não fique aqui. Salma viu que se tratava de uma freira, com hábito branco e crucifixo de prata. Compreendeu que haviam iluminado a igreja, talvez para começar a missa, e que a nave se enchia de velhinhos malvestidos, de passos leves, desanimados, passos que, depois de tantas ilusões e desilusões, depois de tantos fracassos com a história, já haviam perdido qualquer esperança na justiça humana e buscavam o refúgio sempre mais reconfortante de um Deus, pois os homens, por mais que queiram aparentar ser deuses, sempre atraiçoam, e os deuses jamais. Sem despertar completamente, aturdida, Salma se levantou do banco. Seguiu a freira por uma das portas laterais. Saíram para o belo claustro onde a vegetação tinha o verde iminente dos pátios onde o sol quase não entra e a umidade de Havana se faz mais úmida. Salma admirou o fulgor dos gastos pisos de pedra. Subiram por uma escada lateral, também brilhante. Chegaram a um refeitório. Viu em uma das mesas a senhora da mala e do lenço de seda. Salma sorriu, saudou-a como uma velha conhecida. Com um gesto frustrado, ou cansado, entediado, sem vontade, a mulher tentou responder ao cumprimento: sua boca conseguiu apenas se contrair. A freira indicou uma mesa para Salma e ordenou com um tom doce Você vai tomar um ensopado de lentilhas. A freira trouxe uma cesta com pão de cereais e serviu um prato fundo de lentilhas com vegetais, carne, presunto e um gosto forte de cebola e alho. Salma achou-o glorioso. Em um grande copo de vidro limpo e delicado, Salma saboreou pela primeira vez na vida um refresco de tamarindo. A freira a olhava comer com um sorriso de aprovação, talvez com algo de superioridade: às vezes, praticar a caridade nos faz ver o que temos e quão afortunados somos perante esse outro que recebe nossa dádiva. Salma não soube como agradecer. Tirou a nota de cem dólares do sapato e durante um descuido da religiosa colocou-a sob o prato vazio.

* * *

Você poderia me dizer, pergunta Salma, esquecendo-se de imediato da história que contava e olhando para as próprias mãos com uma expressão de perplexidade, o que significa isso de que o presente não tem importância e o que vale é o futuro? Victorio sorri, ergue os ombros, faz gestos que pretendem indicar que tampouco ele compreende. O presente é de luta; o futuro é nosso! Ou seja, o que nos cabe é a luta, pois o futuro não é nada, e se é alguma coisa, não se sabe nada-nada dessa coisa, de modo que a realidade-real é a luta e o nosso-nosso é o nada! O irreal! Essa frase, esclarece Victorio, me lembra os cartazes que os vendedores penduravam em suas lojas (na época distante em que os vendedores eram donos de suas lojas), aqueles cartazes que diziam "Fiado, só amanhã", de tal forma que sempre que você chegava o hoje era hoje, o amanhã, amanhã, e pedir fiado, nunca! É igual, sim, é, "o presente é de luta", mas ninguém pode saber quanto tempo vai durar essa luta, e quanto ao "o futuro é nosso", ufa!, Intocável, inacessível, ai, futuro incerto! E o que você acha que se pretende com isso de que você deve dar o sangue no presente para ganhar o futuro? Bem, não sei, os vendedores das lojas faziam um chiste, e por meio da sutileza da brincadeira esclareciam que nunca fariam fiado. Não acredito que brincadeiras, zombarias, risos sejam o objetivo dos guias espirituais do povo... não, eles não são muito dados à alegria, ao bom humor. Será que pretendem nos entorpecer como os cristãos com a história do paraíso? Deve ser. Olhe, não quebre a cabeça com isso, já sofremos o bastante com esses senhores para ter também de nos colocar em seus lugares e entender as coisas que fazem e por que as fazem. Eu acho que eles gostam do poder, e todo aquele que gosta do poder inventa as fórmulas mais descabidas com o objetivo de mantê-lo. Olhe só, você ficou inteligente. Às vezes, um anjo me ilumina, eu tinha dez ou onze anos e a minha mãe me levava ao catecismo, escondido de Papai Robespierre, ali mesmo na capela do lar-clínica San Rafael, e uma freirinha idosa e afetuosa, o conceito platônico da freirinha, suponho que da ordem das carmelitas, me preparou para a Primeira Comunhão, eu não compreendia, nunca compreendi aquela religião, nem ela nem nenhuma, para falar a verdade, não é que não acredite em Deus, sempre fui vulnerável demais para não acreditar em Deus, mas entendi, por outro lado, que as religiões ficavam muito aquém do meu conceito de Deus, por exemplo, como acreditar nessa estranha separação entre este "vale de lágrimas" e aquele "céu prometido"?, não, você não acha melhor "o céu de lágrimas" ou o "vale prometido"?, é claro, claríssimo, se eu nasci, pensava, penso e pensarei eu, se nasci, teria de ser feliz aqui, agora, e não ter de ficar esperando um céu duvidoso, sempre gostei, isso sim, da pompa da igreja, da música de Bach, do *Réquiem* de Mozart, da pintura de Giotto, das glorificações de Tiépolo, da colunata de Bernini, do diáfano de Narciso Tomé, do silêncio poderoso das naves, da *Pietà* de Michelangelo, do cheiro do incenso, ah, sim, porque eles falam da alma, do espírito, do caminho da união e tudo isso, sim, mas sabem muito bem como recorrer aos sentidos, Certo, certo, e o que aconteceu? Ah!, pois um dia a revolução triunfou e as igrejas começaram a se acabar e substituíram o céu pelo "futuro", pelo "mundo novo", um futuro imprevisível, um futuro utópico, tão ilusório quanto o "céu prometido", ou seja, vamos sofrer, meus caros, vamos suportar com estoicismo os rigores do presente, pois as coisas boas virão depois que vocês morrerem, que os seus filhos morrerem, que os filhos dos seus filhos morrerem, e que os filhos dos filhos dos seus filhos morrerem!, merda!, substituíram Deus pelo Conceito, pelo Ideal, pela História, sei lá! Substituíram os santos pelos heróis. Ai, pobres heróis! Não sei se os santos gostam de ser santos, nem os heróis de ser heróis. Não se importam, para eles dá no mesmo, e sabe por quê?, porque o seu presente foi de luta, e o futuro que lhes coube foi a santidade ou o heroísmo, quer dizer, nada. Nada! Não te dá vontade de rir? Você alguma vez acreditou nessa falácia? E o que me diz da igualdade, daquela história de que todos éramos iguais? Seja sincero, não dá vontade de rir?

Salma diz que saiu da igreja, enfrentou a noite e sentiu que surgia em seus olhos uma paz inusitada, que os lábios desenhavam um sorriso de tranqüilidade, que os braços se moviam com placidez e os passos adquiriam um ritmo amplo e lento. Salma diz que emanava de toda ela uma harmonia que, como todas as harmonias, era evidente para os demais. Ai, Triunfo, te juro que durante todo o caminho pela rua Reina os transeuntes se afastavam com reverência, os *companheiros* que passavam ao meu lado me olhavam com respeito, as criaturas mais grosseiras se inclinavam para me saudar. Salma sentia uma feliz imaterialidade, como se não andasse por uma das calçadas mais sujas de uma das mais sujas das cidades. Seguia pelo ar, quer dizer, pelo céu: algo de divino a tocava. As deformidades, a pobreza e as desgraças de Havana não tinham nada a ver com ela. A beatitude veio ao chão com estrépito, com um doloroso estrépito, quando ela chegou à esquina do antigo estúdio fotográfico Van Dyck. Salma fala que olhou para todos os lados, pressentia em cada esquina a sombra espreitadora do Negro Piedade. Voltou a ver o Alemão Gordo sobre a cama, como uma imensa ilha vulcânica no meio do oceano. Reprovou-se pela imprudência de ter se aventurado a ir para casa, mas àquela altura, uma vez que já estava ali, o melhor era entrar rapidamente, sem pensar duas vezes. Ela conta que a porta estava aberta e o quarto às escuras. Acendeu a luz fraca da luminária com o buda de porcelana. Mamãe, chamou, mamãe. Um chamado inútil, uma vez que a casa era um estúdio fotográfico convertido em quarto, três camas sujas, desarrumadas, com os armários sem portas, as caixas de papelão, o fogareiro de querosene, a velha máquina de costura Synger. E as fotografias, é claro, as fotografias coloridas de tantos estranhos que serviam para esconder as manchas de umidade das paredes. A mãe não estava. Um sobressalto: a mãe não estava. Formou-se um nó na boca de seu estômago, o nó que sempre a atacava quando pressentia algum perigo. Mamãe, porra!, voltou a chamar. Sofreu o oposto do que havia experimentado na rua Reina, agora a lei da gravidade parecia se multiplicar e algo a chamava para o chão, para a terra. Apagou a luz miserável da luminária. Em meio à escuridão, se deixou cair na cama e se perguntou E agora, para onde vou?, o que faço? Não tinha a menor idéia.

Salma vai até o lugar onde Don Fuco pendurou as correntes de Plácido, o poeta. Volta com elas ajustadas aos tornozelos e pulsos. Romper as correntes daria um bom número de mágica, diz, e, agitando-as, volta a cantar

Y siempre fue así
y eso tú lo sabes,
que la libertad sólo existe
cuando no es de nadie.
Desde que existe el mundo
hay una cosa cierta:
unos hacen los muros
*y otros las puertas.**

*"E sempre foi assim/ e isso você sabe,/ que a liberdade só existe/ quando não é de ninguém./ Desde que o mundo existe/ uma coisa é certa:/ uns fazem os muros/ e outros as portas."

A sujeira havia se acumulado no antigo estúdio fotográfico, o que tornava evidente que a mãe não estava lá fazia muito tempo. Uma aranha até havia tecido sua teia no bule de café. Quanto a ela mesma, teria noção de quanto tempo havia se ausentado de casa, de quanto tempo fazia que não via a mãe? Colocou água em uma lata oxidada de azeite e tomou um banho com sabonete que, apesar de tudo, a consolou. Deitou-se no catre. Queria dormir, se ocultar no sonho; sempre que algo a atormentava, Salma só conhecia uma forma de se esquivar da realidade: dormir. Nem bem se deitou, nua e molhada, perdeu o vínculo com aquilo que a atacava e que não teria se atrevido a chamar de "realidade". Sonhou que lhe acariciavam as costas. E tanto lhe acariciavam as costas que parou de sonhar e despertou, para ver que de fato lhe acariciavam as costas. Abriu os olhos. O Corposanto estava ali, nu sobre ela. Salma fala que sentiu um estremecimento gozoso, um deleite que era notadamente composto por medo e prazer — palavras não tão diferentes como se supõe. O Negro se mostrava carinhoso. Os olhos escuros e achinesados não perdiam o permanente brilho de alegria infantil. Às vezes, como naquele momento, Salma chegava a pensar que o Corposanto estava realmente apaixonado por ela. Os lábios sorriam. Todo o seu corpo irresistível parecia protegê-la. Minha menina, minha menina perdida, disse ele, doce, muito doce. Começou a acariciar-lhe as nádegas, o mais belo daquele corpo de mulher. Algo fez com que ela soubesse que não a acariciava com as mãos. Lembrou-se do quanto o agradava que a sua pele reagisse de modo visível. Deus, pensou, implorou, chorou, gritou Salma, por que eu tenho que gostar tanto disso? Chegou até ela o perfume daquele hálito único. Aquele hálito demonstrava que o organismo do Negro devia ser ainda mais perfeito por dentro. A língua dele desenhou espirais em sua orelha, desceu pelas suas costas, chegou outra vez às nádegas, onde se fez ainda mais rápida; procurou o maior e mais oculto refúgio de seu corpo, "seu círcu-lo", como ele dizia. Como ele gostava de traçar com a língua as linhas das pregas do meu rabo!, recorda ela, com a voz tomada por algo que tem a ver com o prazer, o medo e a nostalgia. Ele a fez se virar, suavemente, olhou-a com a clemência de seus olhos belíssimos, sem conseguir que se refletisse neles a ternura que conseguia alcançar com as mãos, com o resto do corpo. E a boca dele, também carinhosa, úmida, avermelhada, dirigiu-se primeiro aos pequenos mamilos. Como aparentemente precisavam sentir a rigidez, as mãos de Salma foram buscar o centro do corpo do Negro, ali onde se concentrava todo o seu sangue. Dando-se conta disso, ele elevou o corpo para que ela o tocasse. Penetrou-a com a admirável mistura de brutalidade e delicadeza, de impiedade e misericórdia, que era a sua maior habilidade, o seu refinamento. Os movimentos dos quadris dele tinham, como sempre, esse ritmo que se aproximava da preguiça, uma cadência torturante, lentíssima e musical. Ela queria que aquilo não acabasse nunca, e o Negro Piedade, mais conhecido como Corposanto, não acabava nunca. Desfrutava do domínio absoluto de seu gozo, de seu ritmo, de seu demônio, e, além disso, possuía um dom divino e uma graça infernal: a consciência exata do momento em que devia se esvair. Ficou um tempo sobre ela. Tinha um cuidado enorme em respeitar o prazer alheio o maior tempo possível. Depois se levantou, retirou calma e languidamente aquele grande membro, brilhando com tantas essências misturadas, e limpou-o na coberta com gestos que nunca pareciam asquerosos. Até quando limpava o pau em uma coberta ele era elegante, sabe, uma limpeza meticulosa, cuidadosa, pois, como bom cubano, ele transava, ou transa, bem, e como bom cubano era, ou é, melindroso, tudo lhe dava, ou lhe dá, nojo. Terminou a sua ocupação higiênica, olhou fixamente para Salma, com olhos infantis, com olhos divertidos e travessos, e exclamou Então a putinha me saiu ladra. Levantou a sua mãozona e a descarregou com fúria sobre o rosto dela. Salma fechou os olhos, pela dor e porque estava disposta a se deixar golpear, o que podia fazer?, a experiência lhe dizia que sairia ganhando se não se defendesse.

4

Don Fuco massageia os pés com uma pomada chinesa. Diz que assim alivia as tensões do corpo e da alma, que são uma só coisa, corpo e alma são uma só coisa. Salma dá polimento ao busto em bronze de José Martí, porque o bronze limpo reluz como ouro. Victorio, que permaneceu deitado no palco, coloca-se de pé. Avança até o fundo do palco, onde se projeta uma luz fraca, distante, criando uma ornamentação sinistra no puído pano de boca. Victorio ergue os braços e declama, com uma voz potente e bela

Dichoso el árbol que es apenas sensitivo,
y más la piedra dura, porque ésta ya no siente,
pues no hay dolor más grande que el dolor de ser vivo
*ni mayor pesadumbre que la vida consciente**

*"Afortunada é a árvore, que apenas sente,/ e mais ainda a pedra dura, porque essa já não sente,/ pois não há dor maior do que a dor de estar vivo/ nem pesadelo maior que a vida consciente."

Antes de continuar o poema, faz uma pausa que acredita ser inteligente e teatral, e então escuta as gargalhadas de seus dois companheiros. Salma se deixa cair sobre as madeiras do palco, com os ombros chacoalhando pelo riso. Don Fuco ri, nunca foi visto rindo tanto, as mãos unidas diante do rosto e sem deixar de olhar para Victorio, os olhos arregalados de surpresa. Uma série de reações confusas se produz em Victorio, levando-o da perplexidade à decepção, e desta ao júbilo. Durante breves segundos, vê a si mesmo como uma parte da decoração afetada e original do teatro. Declamara os versos alexandrinos pessimistas de Rubén Darío para começar a rir, ele também, divertindo-se à própria custa. Qual é o motivo desse riso irrefreável a propósito de versos tão graves? A comicidade não está, sem dúvida, nos magníficos versos alexandrinos. Tampouco existe nada em Victorio, na gravidade de Victorio, no pateticismo de sua imagem meio perdida entre as sombras, que gere as gargalhadas. A chave talvez se encontre na junção das duas gravidades. Talvez a severidade dos versos alexandrinos, quando unida à severidade do declamador, seja o que provoque, como duas pedras que se chocam, a faísca do humorismo. Quiçá seja preciso falar da força gerada pelo desencanto dos versos, que, somada à força implícita na forma dolorosa da declamação, tenha conseguido criar uma força de caráter oposto. A única certeza é aquele riso franco, elogioso, encantado, que relaxou os músculos dos corpos, as tensões das almas, a rigidez dos espíritos.

O senhor é um genuíno palhaço, afirma Don Fuco, palhaço, completamente palhaço, meu amigo. O olhar de Salma se crava com uma mescla de ternura, admiração e inveja nesse Victorio acanhado com um elogio de tamanha magnitude. As ruínas parecem desabitadas. Imprevisíveis, como tudo nesta Ilha, os dias se apresentam com chuva e céu claro. Há dias em que chove com sol. Ao que parece, este será um ano chuvoso, deduz Victorio ao cabo de algum tempo. Eu acho o contrário, sabe, diz Salma. Sem ver outra paisagem além do mar enfurecido e cinzento que se pode divisar através da janela do camarim de Ana Pavlova, a Exímia, Don Fuco decide que se dedicará a transmitir os seus conhecimentos. A cada amanhecer, eles se colocarão diante do mestre para longas horas de árduo aprendizado.

Salma fica conhecendo o mistério de fazer rosas e coelhos e pombas desaparecerem em chapéus, bolsos e caixas de presente. Dança com bolas, leques, sombrinhas, e aprende a mover cartas no ar. Monta um número no qual ela é Mata Hari, vestida no estilo de Greta Garbo. Victorio não apenas aperfeiçoa a arte dos poemas-sérios-que-causam-risadas como aprende a técnica da dança japonesa, e é capaz de imitar Don Fuco, de realizar os mesmos movimentos como samurai, como gueixa, como menino e como ancião. Também consegue entrar no pequeno cesto de vime com aquela arte refinadíssima que Don Fuco deve ter aprendido com o próprio Kazuo Ono. Don Fuco lhes fala longamente de Pailock e do *Gran Baro*. Ensina-lhes a arte da mímica, aprendida por ele em uma Paris imaginária, pela mão nada menos, nada mais, que de um não menos imaginário Marcel Marceau. Como tirar maior proveito das expressões faciais, dos olhares, dos movimentos das mãos, da sutileza dos dedos. Revela segredos e matizes da voz. Instrui sobre os enigmas insondáveis das linhas de atuação, sobre a arte de rir e chorar com autenticidade. O espectador não pode se dar conta do trabalho que temos em qualquer ato. Como Alicia Alonso sempre dizia, é necessário dominar a técnica para depois recobri-la com a ilusão da facilidade, e isso na literatura, na música, na interpretação ou na dança, é horrível que quem lê, escuta ou observa se dê conta do trabalho que tivemos para alcançar o alcançado. Salma e Victorio já são capazes de dizer versos de Shakespeare, assim como os monólogos mais simples. Tentam entender os enigmas do corpo. Don Fuco fala de Stanislavski, Meyerhold, Grotowsky, Peter Brook. Ensina-os a receber os aplausos, disciplina bem mais difícil do que crê a maioria dos atores: converter os aplausos em um segundo *acting*, que provoque o desejo de voltar à função. Ensaiam durante longas e proveitosas jornadas, ao largo de dias gloriosos, divertidos, de júbilo. O próprio Victorio desenhou a sua vestimenta. Quer uma roupa de pierrô exatamente como a de Gilles, o famoso quadro de Watteau, folgada, com uma gola abundante, redonda, mangas largas demais para serem dobradas, a seda de uma brancura de nácar, o chapéu de abas largas e sapatilhas também brancas, enfeitadas com laços de fita rosados. Victorio-pierrô desenha uma lágrima vermelha, de sangue, em sua bochecha esquerda. Salma adora a alegria, o sobressalto com os ensaios que virão, e se oferece, insiste com Don Fuco para que a partir de agora os inclua nos espetáculos. Suas razões são cruéis e, portanto, contundentes. Ora, quem vai cuidar desta ruína quando o senhor não estiver aqui?, e me diga, quem irá aos cemitérios quando as pessoas estiverem chorando, e quem tornará mais leve a vida dos que não têm outra expectativa que não esperar a tarde em que um palhaço vai aparecer, um de verdade, não desses que fazem sofrer, o senhor, velhinho, se crê eterno? Don Fuco ri, levanta as mãos, mexe a cabeça e aceita. E é assim que Salma consegue se ver com a máscara escura e um *collant* inteiriço carmesim que ela decidiu adornar com um arranjo de lantejoulas amarelas, azuis, alaranjadas e malvas nos seios e na pélvis, e uma sombrinha de feltro com flores de seda que, revela o velho palhaço, pertenceu a Miriam Acevedo, a maior atriz da Ilha.

* * *

Entretanto, quando sozinho, e diante da iminência das apresentações, Victorio se inquieta, se desespera, diz que não, confessa a Salma que ele não é um *clown*, que não o será jamais, não leva jeito para bufão, não sabe se conseguirá fazer palhaçadas diante de um público cuja reação ele desconhece. Eu sempre fugi dos olhares dos outros, Salma, sempre me ocultava, desde menino, quando na escola se deram conta de que eu era fraco, ou desajeitado, ou maricas, como eles diziam, nunca suportei que zombassem de mim, o olhar mordaz e o riso zombeteiro me feriam como se me cravassem lâminas, sempre quis que me levassem a sério, que as pessoas me olhassem sem rir, sem debochar, aonde você acha que vou parar, vestido de palhaço, diante dos outros?, como vou prosseguir arrastando para esta idade o que eu não agüentava quando menino? Como se envelhecesse naqueles segundos, como se se convertesse em uma anciã muito sábia, Salma não retruca nada, limita-se a olhá-lo com olhos que iluminam a escuridão do palco devastado do Liceu. Parece entender os seus motivos, e mais: parece entender o que ele oculta ou não sabe. Suas mãos acariciam o rosto de Victorio. Senta-se junto a ele. Abraça-o como uma mãe, e como uma mãe Salma diz, depois de um longo silêncio. Meu menino, você é um menino e é meu, e o aperta nos braços, contra seu peito, como se ele fosse alguém que estivesse sob a chuva e com muito frio. Victorio se lembra daquele encontro dos dois, sob o arco da antiga muralha. Volta inclusive a ver o cachorro vagabundo que andava debaixo da chuva. Quem te disse que fazer palhaçadas te torna ridículo?, você já pensou em quanta gente se expõe ao ridículo sem nunca se vestir de palhaço? Aperta-o ainda mais, como se quisesse lhe transmitir a sua fé, Ai, meu anjinho, você não se dá conta de que nesta nossa pobre cidade o ridículo abunda e faltam palhaçadas?, não percebeu que nos sobram zombarias, falsidade, picardia, e nos faltam riso e lucidez?, meu menino, meu pobre menino de quarenta e seis anos, você se recorda daquela história que contei da minha adolescência, quando descobri que tinha mais prazer em dar prazer aos outros que com o meu próprio? Victorio confirma com os olhos fechados. Você vai conseguir, ela tenta persuadi-lo com a melhor de suas vozes, quase um sussurro, vai conseguir, mocinho, anjinho, Victorio, estou certa de que você obterá o domínio e o demônio de seu corpo e de suas palavras, e sabe por quê? Mas ele, tão confuso com o fato de ela o haver chamado de Victorio pela primeira vez, não escuta a pergunta. E muito menos a resposta.

Chega o dia em que eles já têm ensaiado um número que não apresenta grandes dificuldades e que deverão exibir, em caráter de teste, em um asilo de idosos do Palmar, bairro distante em Marianao, já chegando ao final das últimas casinhas e no começo dos potreiros. Com uma alegre música de fundo de Vieuxtemps, feita originalmente para piano e violino, adaptada para flauta, Don Fuco entra em cena e faz a pantomima de um homem em torno de sua mesa. A cartola serve de toucador imaginário, escrivaninha, banco, mesa de jogo, balcão, console, e é admirável o modo como Don Fuco a deixa ali, imóvel no ar, fixa no ar, e sobre ela escreve, come, se senta, se apóia, utiliza-a como um tablado sobre o qual contorce o corpo em uma dança singular, que pode ter elementos indianos, chineses, japoneses, assim como movimentos da gloriosa Martha Graham. Para finalizar, cai como morto depois de um virtuosístico *tour-en-l'air* com queda *allongé*. Nesse momento, Salma entra com a roupa enfeitada de lantejoulas e cobre o corpo inerte do palhaço com um corte de veludo negro. Victorio aparece e declama os inigualáveis versos alexandrinos de Rubén Darío. Ele consegue se esquecer dos idosos e de seus enfermeiros, e diz o texto com os olhos fechados e os braços levantados. Alguns dos idosos riem e aplaudem timidamente. Outros nem riem nem aplaudem. Entretanto, todos deixam que Salma se sente em suas pernas e cante uma cantiga de ninar que fala de um palácio destruído e de um rei sem súditos.

Não saem todos os dias. Uma vez por semana, talvez. Ou nem isso. Não podem se lançar assim, de repente: há muitas coisas para aprender e muito medo para perder. É mais difícil fazer rir que fazer chorar, diz Fuco. E eles concordam, se desanimam, se animam, se encorajam, se enchem de pavor. Num momento, acham que nada faz sentido e, no instante seguinte, adotam a opinião contrária. Chegará o momento em que tomaremos Havana, fala Salma, que é sempre a mais fantasiosa. Victorio e Don Fuco sabem que quando ela está inspirada é melhor deixá-la falar. Vamos os três, diz ela, os três vestidos do mesmo jeito, sabe, em três lugares diferentes, e faremos a mesma coisa, desconcertaremos os havaneses, não entenderão como o mesmo palhaço pode estar em três lugares ao mesmo tempo, e pouco a pouco se unirão a nós, virão outros, muitos mais vão querer descobrir o lado gracioso, a palhaçada, e no final seremos muitos, centenas, milhares, o que vocês acham?, todo um exército de palhaços.

É preciso começar pela periferia, determina Don Fuco. Sendo assim, se perdem nos becos pedregosos do bairro residencial de Zamora, nas marismas de El Fanguito, nos meandros insalubres do Husillo, nas perigosas tenebrosidades de La Jata, nas estreitezas de

Diezmero, nos confins de El Cotorro, nos becos desventurados do bairro de Pogollotti. Conseguem se infiltrar, no horário de visitação, em hospitais tão grandes como o Hospital Militar, a Covadonga, o Emergências, o Naval, o Calixto García, a Quinta Balear, o Oncológico, o Hospital de Doentes Mentais (Mazorra) e o sanatório de Santiago de las Vegas, para infectados pela Epidemia do Século. Em todos eles, vêem rir os doentes à beira da morte, e também os desesperançados sonolentos que acompanham os doentes à beira da morte. Não é difícil atuar em Mazorra, pois o seu diretor, um homem sensível, dá as boas-vindas a tudo quanto possa distrair os seus doentes atormentados. Percorrem o maior número possível de funerárias municipais, assim como provinciais e nacionais. Assistem a enterros no cemitério de Colón, no de La Lisa, no cemitério chinês, no cemitério judeu, nos dois cemitérios de Guanabacoa. Visitam asilos de idosos. Entram nos albergues onde desabrigados pelos ciclones e catástrofes esperam em vão, durante anos e anos, pela reconstrução de suas casas. Como Don Fuco considera que a desgraça nem sempre é evidente, às vezes ficam mais próximos à cidade e percorrem o Malecón, as praias do Leste, o portal do cine Yara, onde se juntam os rapazes mais bonitos do mundo, e os parques da avenida dos Presidentes (o bar da Fiat, mais conhecido por A Oficina de Consertos, foi fechado por decreto militar). Aventuram-se em igrejas católicas, protestantes, adventistas, templos maçônicos e salões da Christian Science. Fazem funções em paradas de ônibus onde os passageiros costumam passar horas inteiras de suas fugazes vidas à espera de um grande ônibus chamado *Camello.** Vão a uma infinidade de bares, sobretudo aos feios, tristes, gradeados, bares de bairro onde se vende, em peso cubano, uma bebida alcoólica conhecida

*Invenção cubana, um grande ônibus feito da junção de partes de dois ou três outros. (N. da T.)

por "*chispetrén*". Viajam até os campos onde se ceifam ou se colhem os alimentos e onde se corta a cana-de-açúcar com o mesmo método de dois séculos atrás. "Sob o sol resplandecente", como diria o Cucalambé. Don Fuco monta os seus espetáculos nos avermelhados e ardentes limites das herdades, na hora do almoço, quando os camponeses tiram o chapéu de folha de palmeira, secam o suor da testa e peito e deixam a lida dando suspiros de alívio por aquela única hora de descanso. Descobrem que o suor do campo não se assemelha em nada ao suor da cidade. Descobrem também o gosto do pó e o gosto ruim das águas. Maldizem os poetas românticos cubanos que converteram todos os horrores em idílio, que cantaram aqueles infernos como se se tratasse de paraísos bucólicos. Irônico, Victorio costuma declamar:

Qué lindo brillan los campos
*de mi Cuba idolatrada...!**

Não há dúvidas, os românticos eram cegos às moscas, ao barro, à escassez das aragens, ao sol, aos mosquitos e à merda. Don Fuco assinala Não ocorreu a nenhum de nossos românticos do século XIX se deter para perguntar a qualquer um dos escravos que cortavam a cana o que achavam dos "campos de sua Cuba idolatrada". Nunca tivemos um Baudelaire que nos mostrasse a terrível beleza da carniça?

Retornam às estradas e batalham pelo transporte no qual tentam regressar à cidade, ao refúgio de seu liceu em ruínas. Ouve-se os três cantando, contagiados pela ironia de Victorio:

*"Quão lindamente brilham os campos/ de minha Cuba idolatrada...!"

Qué linda la alborada,
qué primor,
cuando asoma en las montañas!
Qué linda se ve la sabana
*com los rayitos del sol...!**

Visitam um lugar diferente a cada dia. Vão de um lado até o outro. Através de caminhos, ruas, estradas e atalhos. Sem descanso, em carros e caminhões e bicicletas e carroças puxadas por bois. Salma e Victorio conhecem a felicidade de dormir embaixo de arvoredos distantes, sobre pastos úmidos, sob uma perturbadora abundância de estrelas. Como já disse Martí, tantas estrelas não permitem que se tenha um bom sono. Bebem a água de rios ainda não contaminados. Comem as frutas que as árvores oferecem. Despertam em auroras cujas tonalidades nunca teriam suspeitado. Arrancam os favos que não oferecem perigo e saboreiam o mel. Bebem o leite que acabam de ordenhar. Não lhes importa que as inumeráveis variedades de borboletas e de insetos já tenham nomes, voltam a qualificá-las com nomes que os divertem ou que lhes parecem mais apropriados. O mesmo com as plantas e as flores. Com os caminhos. As curvas. Estuários. Arbustos. Enseadas. Rios. Canais. Palmeirais. Sempre que podem, entram no mar. Gostam do perigo.

Havana, como o mar e como os campos, pode às vezes apresentar o seu lado piedoso. Sim, ela tem um lado piedoso, é só uma questão de procurá-lo bem, costuma insistir Don Fuco. Estão con-

*"Que linda é a alvorada,/ que primor,/ quando surge nas montanhas!/ Que lindo é ver a savana/ com os raiozinhos do sol...!"

tentes de apreciar a personalidade de cada rua, o diálogo dos edifícios, a beleza escondida no novo e no destruído. Começam a apreciar o lado humano daqueles havaneses agressivos e ansiosos. Em jornadas longas, intermináveis, percorrem as contradições daquela cidade odiosa e afetuosa. Havana possui muitas caras. Os seres que a habitam também.

Depois de muitos dias, e também de muita paciência, conseguiram aprender a dançar sem música nos beirais dos antigos palacetes. Don Fuco lhes ensinou a dançar a música de que se recordam. E, por outro lado, se prepararam longamente nas balaustradas dos antigos camarotes das ruínas do teatro. Mas agora já estréiam nas ruas de Havana, nas velhas edificações onde antigamente as famílias havanesas abastadas viviam com esplendor. Não quiseram ser extravagantes demais e se limitaram a vestir-se de negro, com os únicos detalhes de uma maquilagem muito branca e dos chapeuzinhos de feltro vermelho. Dançam se lembrando de uma melodia de Debussy, para que os movimentos sejam suaves e eles não corram, por enquanto, riscos que poderiam ser fatais. Assim, a dança tende à delicadeza, com o acréscimo da imprescindível voluptuosidade que tanto agrada ao público. Salma às vezes levanta a sua saia longa e mostra as coxas delgadas, brancas e bem torneadas. A multidão que pouco a pouco se ajunta nas ruas grita, aplaude ou assobia. Tanto elogia quanto insulta. Como aprenderam a estar sujeitos ao público na mesma medida em que se esquecem dele, continuam, em silêncio, a dança que é um arremedo do amor. Para eles, Havana agora é o bailado, o equilíbrio precário e o prazeroso perigo de saber que podem cair em qualquer passo de dança, com qualquer distração. Havana também é pular de um beiral para o outro com a elegância de dois bailarinos e o ridículo de dois palhaços. Conciliar a elegância e o ridículo foi uma tarefa árdua. Conciliar as duas coisas sobre os beirais de um palacete em ruínas foi uma temeridade. Entretanto, a maior mágica reside em aprender a fugir das pedras que o público joga das ruas, e em escapar da polícia sem que pareça uma fuga. Transformar a fuga em desaparição. O medo em valentia.

E os números do trio começam a variar à medida que Salma e Victorio ganham segurança e virtuosismo. Don Fuco faz coelhos surgirem do chapéu de Victorio e lenços das orelhas de Salma. Victorio aprende poemas de Amado Nervo, Salvatore Quasimodo, T. S. Eliot, Pablo Neruda, Nicolás Guillén, Luis Cernuda, Cesare Pavese... Depois de múltiplos e exaustivos ensaios, Salma consegue dançar como uma marionete que imitasse María Taglioni. E também como uma boneca, como um ser inanimado surgido das mãos e da imaginação prodigiosa do Doutor Coppelius. Victorio representa Josephine Baker ou Fred Astaire, ao som da música que Salma extrai da flauta de Belisario López.

Certa noite, levam seu espetáculo ao parque dos Filósofos, perto dos carrosséis e montanhas-russas que foram montados ao lado do Anfiteatro de Havana. Colocam entre árvores os negros panos de boca de uma câmara escura. Para iluminá-los, contam apenas com uns poucos candeeiros antigos, unidos para sempre a intrincados castiçais de bronze. Os passantes começam a se aproximar, atraídos pelo estranho espaço coberto, até que um grupo abundante de curiosos se forma em frente aos feios panos de boca. Escuta-se o som de uma flauta. É uma melodia que repete o tema principal uma e outra vez, com uma insistência inquietadora. Um

Pierrô surge entre os panos de boca. Uma lágrima de sangue fulgura em sua bochecha. É uma lágrima que parece ser composta de pequenos rubis. A postura do Pierrô é de tristeza, desânimo e desamparo. Esse Pierrô foi suficientemente sutil para compreender que o exagero da tragédia pode se converter em comédia. Levanta a mão e a música pára no mesmo momento em que se escuta uma voz incomum dizendo:

No me mueve mi Dios para quererte
*el cielo que me tienes prometido...**

O público sofre a primeira perplexidade. O público não sabe se deve rir. Até que felizmente alguém, sempre há um corajoso, rompe o silêncio com a primeira gargalhada. Encorajado, o resto do público o segue. O poema termina em meio a um magnífico coro de risadas. Então entra uma figura ambígua, envolta em uma longuíssima capa de plumas brancas. As plumas brilham debilmente sob as parcas luzes dos candeeiros. Agora o silêncio é impressionante. A capa cai. Debaixo dela surge uma cópia entre delicada e grotesca do Anjo Azul, quer dizer, uma Marlene Dietrich que entoa *Lily Marleen*. Pardais escapam do chapéu dessa Dietrich que causa pena, e por isso mesmo causa riso. Então uma jovem imagem da Morte avança pelo ar, e os pardais da Dietrich se encaminham para o seu chapeuzinho de cetim. A Morte traz o rosto branco e ossos fosforescentes pintados em seu *collant* preto. A Dietrich começa a se elevar, vai ao encontro da Morte, e, quando a música termina, estão unidas em um só corpo. O corpo resultante não é nem o da Dietrich nem o da Morte. No palco, no espaço improvisado que serve de palco, agora há uma cadeira. Ninguém sabe

*"Meu Deus não me leva a querer para você/ o céu que você me prometeu."

como ela foi parar ali. As luzes escassas dos candeeiros se abrandam ainda mais. A cadeira adquire outras proporções, como se houvesse mudado de dimensões. O grande silêncio permanece no parque dos Filósofos. Um silêncio útil. O corpo no qual se fundiram a Dietrich e a Morte se ilumina de azul. Um corpo adolescente coberto unicamente por um calção branco. Os passos com que se aproxima da cadeira são lentos, lentíssimos. Esse corpo iluminado de azul tem consciência da própria beleza. Esse corpo iluminado de azul não tem consciência da própria beleza. É um corpo orgulhoso e humilde. Aproxima-se da cadeira como se se tratasse de um corpo sagrado. Senta-se. As belas costas, assim como a parte posterior do pescoço, podem ser vistas com uma nitidez fulgurante. O palco hipotético também se ilumina, talvez porque o adolescente levante o braço direito com a mão aberta, a palma voltada para cima. De sua mão escapa uma fumaça branca. No meio da fumaça, que se dissipa no alto, surgem cúpulas, ameias, torres, atalaias, arcos, colunas, janelas e balcões.

Uma parte do público aplaude; a outra assobia e grita impropérios. Das árvores, um grupo de meninos atira pedras. Escutam-se as sirenes das viaturas policiais. Os policiais correm na direção da pequena multidão, que foge apavorada quando os vê. Os policiais arrancam os velhos e negros panos de boca e apagam os candeeiros. E vocês, onde diabos pensam que estão? O Pierrô, a Dietrich e a Morte são forçados a entrar em uma viatura. Levam-nos ao posto de Zanja, um lugar onde a feiúra é um estilo voluntário. Ali, nos bancos ásperos de um granito horrível, passam as sufocantes horas da alta noite. Apesar de ser policial, a Tenente não parece bruta. Tem pouco mais de vinte anos e a beleza caprichosa de todas as mulatas com olhos cor de mel. Às cinco da manhã, lhes ordena que partam, com a recomendação de que esperem os carnavais para se fantasiar.

Os obstáculos são naturais em qualquer caminho, diz Don Fuco, e o natural em qualquer obstáculo é que vá aumentando cada vez mais. A partir daquela noite, tudo se faz mais difícil. Entrar nos hospitais, por exemplo, se converte em odisséia. Precisam usar aventais de médicos e de enfermeiros para passar inadvertidos pelas portas vigiadas. Muitas tardes, em cemitérios e funerárias, se vêem obrigados a interromper as atuações para fugir da polícia. Nem sempre conseguem fazer rir. Em muitos centros de trabalho, eles são apedrejados. São expulsos de postos de gasolina e do comércio. Insultados, afugentados como inimigos. Tratados como leprosos. Como sempre acontece, a fama incipiente cria problemas. Quanto mais em uma cidade tão mesquinha como Havana, onde não se perdoa a fama e muito menos o êxito.

Certa manhã, não permitem que eles entrem no cemitério de Colón. São chamados por dois seguranças com uniformes azuis e conduzidos até um escritório com janelões abertos para um relampejante mar de jazigos e mausoléus. O mobiliário do escritório é de um pavoroso renascimento espanhol. O escritório cheira a pó, a gavetas sujas, a baratas, a arquivos, a papel guardado, a tabaco e café. A secretária, a reprodução em cera de uma havanesa dos anos trinta, lhes indica uma porta sem parar de datilografar em uma Remington. O administrador do cemitério, um homenzinho pequeno, magro, calvo, com uma grande barba branca que a nicotina mancha de amarelo, os recebe. Move-se como o funcionário que imita o sacerdote que se dispõe a dar a absolvição. Companheiros, diz, e a voz, aterrorizadora, não parece escapar daquele corpinho: é a voz de Tito Gobbi rediviva, depois de tantos anos, em um corpo menos apropriado. Companheiros, não sei se vocês sabem que isto é um cemitério, cemitério, necrópole, campo santo, e não uma sucursal do carnaval do Rio de Janeiro. Bate na palma da mão direita com o indicador da mão esquerda. Não apenas um cemitério, mas um dos cemitérios mais luxuosos do mundo, comparável ao de Montparnasse e ao Père Lachaise. Pisca como se tivesse areia nos olhos. Os mágicos e os palhaços devem ficar no circo, que é o seu lugar natural! Nós fazemos rir, Salma se atreve a dizer. O administrador não parece tê-la escutado. Recebemos inúmeras queixas e, da próxima vez que eu voltar a vê-los aqui, chamarei a polícia. Abre a porta. Por fim, olha para Salma, com olhos fixos e irritados. As pessoas vêm aqui para chorar, senhorita, as pessoas vêm aqui para mostrar que têm um lado sensível e trágico, por que vocês querem privá-las desse prazer?

5

Foi no cemitério de Bauta que Salma se pôs a chorar. Durante o enterro de Emilia-da-casinha-velha. A apresentação deveria consistir em algo muito simples: levantar uma grande capa vermelha para que de seu interior surgisse o palhaço Don Fuco. Mas Salma não fez o que estava previsto. Deixou-se tomar pelo pranto e pelos soluços e seus braços não se animaram a levantar a capa, de modo que o palhaço não pôde se mover, preso entre as dobras do pano. Foi estranho, na verdade bastante estranho, ver aquela jovem com *collant* de lantejoulas e um grande manto chorar desconsoladamente sobre a tumba da família Estévez-Pazó. Os doridos não interromperam a cerimônia. Inclusive fingiram não ter visto a surpreendente personagem.

Depois, os três se sentam em silêncio no portão de la Logia. É um meio-dia luminoso, exânime e sufocante. A cidade brilha tanto que as paredes parecem feitas de vidro. À parte a luz e o latido dos cachorros, a única coisa que possui certa vida ali é o cheiro de cana queimada que chega dos campos.

* * *

Salma explica que está obcecada há dias com um assunto para ela muito sério. Uma questão que não a deixa ser feliz como gostaria. E me digam se não é sério demais eu não ser capaz de me lembrar do rosto de minha mãe, e olhem que eu faço de tudo para me lembrar, e consigo ver as suas mãos cheias de manchas, com as unhas estragadas por um fungo eterno, vejo os seus pés inchados, com joanetes e aquelas varizes que não se entendia como não estouravam, e vejo os seus velhos roupões cerzidos, e até o seu cabelo eu consigo ver se fecho os olhos, o seu cabelo que eu gostava de sentir entre os dedos quando chegava de madrugada para tomar a sopa que me devolvia a alegria de viver, mas o seu rosto, justamente o seu rosto, desapareceu de minha lembrança.

Don Fuco pede a Salma que na volta vá até o antigo estúdio fotográfico e recupere uma foto da mãe. É de suma importância ter lembranças muito precisas, diz. Também solicita a Victorio que a acompanhe; ele deve esperá-la na esquina do quartel dos bombeiros, de modo algum devem entrar juntos no quarto da moça. Salma promete que só precisará de um segundo.

O "segundo" pedido por Salma se converteu em uma hora. Assim, Victorio bate insistentemente na porta do antigo estúdio fotográfico Van Dick. Precedido pelo aroma de Kenzo, surge na porta um jovem alto, trigueiro, bem-apessoado, de olhos amendoados e cabeça raspada; está todo vestido de linho bege, a camisa aberta e a calça folgada; traz no pescoço uma coleção completa de colares religiosos, que se destacam sobre um peito escultural, tão elegante e limpo como a roupa. Victorio nota que ele colocou um lenço dobrado na gola da camisa, para conter o suor, supõe, como costumam fazer os condutores de ônibus. Ninguém tem de lhe dizer, é claro, que se encontra diante do Negro Piedade, mais conhecido como Corpo-santo. Olá, saúda, sorri, amável, volta a sorrir, finge, porque na verdade Victorio sente medo. O outro não responde, também sorri, mas não responde. Abre mais a porta para deixá-lo passar. Este é o Triunfo?, pergunta com uma voz linda, ao mesmo tempo forte e doce, sem parecer dirigir-se a ninguém em especial e sem deixar de observar Victorio com um sorriso protetor. Os olhos amendoados têm um brilho infantil. Não me chamo Triunfo, explica Victorio com toda a calma de que se sente capaz, meu nome é Victorio, nasci no dia da tomada do quartel Moncada, e meus pais, fidelistas convictos, decidiram me chamar assim, Victorio. Victorio é o meu nome, para lhe servir. Tentou adornar suas palavras com ironia. Recorre ao que supõe ser a melhor de suas expressões de mansidão. Exagera no rubor. Agrega uma pitada de autocompaixão. Tenta fazer com que o Negro Piedade não perceba o seu medo. Fidelistas convictos!, exclama o Negro, muito sério e como se não acreditasse no que escuta. Volta a rir, e a sua risada se faz ainda mais franca, fascinante, encantadora. Vamos, entre. Salma está em um dos catres, imóvel, enroscada sobre si mesma como um novelo. Victorio!, se você soubesse..., eu gosto do seu nome, um nome..., como posso dizer...?, vitorioso...! Aponta para o outro com um dedo poderoso como uma arma. Um bom nome para levar pela vida, você não acha? Victorio se atreve a perguntar O que está acontecendo com Salma? Salma?, pergunta o Negro, confuso, quem é Salma? Faz uma pausa para passar a mão pela cabeça raspada, que destaca a beleza de seus traços amulatados e achinesados. De repente, a expressão de seu rosto fica quase triste. Ah, ela?, não se chama Salma, Isabel, esclarece o Negro Piedade em tom lastimoso, seu nome é Isabel. Com uma seriedade absoluta, o Negro Piedade, mais conhecido como Corposanto, se senta em outro catre. Isabel me disse que você é filósofo, declara ele sem perder a expressão aflita e como se expusesse um fato grave, de suma importância, e eu estava louco para conhecer um filósofo. Não sou nada, corrige Victorio, nada de nada, um pobre diabo. Você não é filósofo?, que pena, fiquei tão entusiasmado com isso...!, então me diga, o que você está fazendo aqui? Vim para vê-la, explica Victorio, pomposo, com a expressão de quem vive uma tragédia. O Corposanto olha-o com o cenho franzido. Toca uma das mãos de Victorio e volta a perguntar Para que você veio? Então aponta para Salma, que continua enroscada como um novelo. Isabelita me disse que você era veado, isso é verdade? O Negro termina de tirar a camisa e a coloca sobre uma cadeira com cerimônia e muito cuidado. Uma tatuagem circunda os músculos de seu braço esquerdo como um bracelete. Victorio admira o torso perfeito. Rapaz, mesmo que ela não tivesse me falado, você é tristonho como todos os veados depois dos quarenta anos. Faz uma pausa para observar Victorio com uma expressão respeitosa. Agora tem uma das mãos sobre a outra, ambas sobre a braguilha. Victorio não consegue saber se se trata de uma atitude solene ou defensiva. Depois ele tira um elegante maço de cigarros mentolados, escolhe um, segura-o com modos que parecem os de um príncipe. Semicerra os olhos. Aspira a fumaça como se o futuro do mundo dependesse disso. Parece, pensa Victorio, que apenas ele e o infinito estão no quarto. Victorio baixa o olhar, encolhe os ombros, tenta e consegue tornar-se menor, sente-se assim e consegue transmitir esse sentimento. Salma se move pela primeira vez. Também mostra o rosto, para olhar para Victorio. Está toda roxa devido às pancadas. Victorio não consegue reprimir o gesto de alarme, a tentativa de se aproximar dela. O Negro Piedade aperta seu braço com força. Deixe-a, ordena com a mais doce das vozes, ela teve o que merecia. Salma olha-o sem ódio, sem censura, com uma expressão enigmática, de muda impavidez. Preciso da sua ajuda, Victorio, suplica o Negro Piedade, essa garota é arisca, ressabiada, não quer se deixar levar pelo bom caminho, o caminho que a tirará da miséria. O que você quer dizer?, e é claro que a ingenuidade de Victorio é fingida. O Corposanto apaga o cigarro na sola de seu sapato. Coloca-se de pé. Meu Deus, reconhece Victorio com admiração, ele tem o porte de um colosso. O Corposanto usa a mais persuasiva de suas vozes Por esse caminho, ela vai seguir os passos de Chichi, seu querido irmãozinho. E então, pela primeira vez, Salma perde a compostura. Levanta-se, gesticula, volta-se para Victorio com olhos aterrados. Ergue as mãos, talvez com a intenção de impedir que as palavras escapem da boca de Victorio, que compreende o que Salma quer lhe dizer, o que deseja proibir que ele pergunte. Mas a curiosidade acaba sendo mais forte que a bondade, a delicadeza ou o terror, e muito mais intensa que qualquer questão de educação ou de piedade. O irmão dela está bem, exclama Victorio com toda a candura de que se sente capaz, vive em Roma, em um apartamento próximo ao palácio do Quirinal. Salma cobre o rosto com as mãos. O Negro Piedade, mais conhecido como Corposanto, volta a parecer muito triste. Tenta rir, sem vontade, faz um movimento um tanto artificial com o corpo, faz que tapa os ouvidos, como se já houvesse escutado muitas vezes a história de Chichi, Roma e o Quirinal. Sim, é claro, se uniu a um príncipe italiano, parecido com Marcelo Mastroianni... etecétera etecétera. Olha para todos os lados com uma expressão de assombro; depois leva uma das mãos à testa. Não parece um homem de dezenove anos, mas sim um de trinta. A beleza, repete Victorio consigo mesmo, é um mal perigoso. Seu irmão está na cadeia, revela o Negro, como se as palavras lhe fossem penosas. Salma de pronto se coloca de pé sobre o catre, nua, Cale a boca!, grita. O Negro não parece escutá-la. Cumpre pena por assalto com violência, feriu uma pobre velha com uma navalha, por pouco não a matou, e roubou vinte e sete dólares e trinta centavos. Salma de repente se acalma. Está de pé sobre o catre, despida, imóvel, com os hematomas das pancadas. Dona de uma estranha dignidade, nada retruca. O Negro Piedade, mais conhecido como Corposanto, se aproxima, beija-lhe os mamilos, morde-os com suavidade, abraça-a. Eu te quero, diz num tom convincente, te amo e desejo o melhor para você. Volta-se para Victorio, Me ajude, Victorio, faça com que ela volte à razão, podemos ganhar muito dinheiro, trinta mil, quarenta mil dólares, e depois viver a vida, que é a única coisa que vale a pena na vida! Victorio pensa que todo mundo enlouqueceu neste país desvalido, já não existe razão, o delírio é um vírus, se apossa de todos os cérebros. O que eu tenho de fazer para ajudar? Convença-a a vestir uma roupa elegante, a se maquilar para que não se vejam as marcas de sua obstinação, virei buscá-la para a levar ao Havana Café do hotel Cohiba, à meia-noite em ponto estarei aqui. Olha o seu relógio. Pega a camisa na cadeira e se veste. Está tranqüilo e satisfeito. Abre a porta do antigo estúdio fotográfico. O bochorno entra pela porta, a baforada de ar quente. Antes de sair, o Negro Piedade pega uma chave e volta-se para eles com uma expressão bondosa, quase suplicante. Um detalhe importante: agora vou fechar a porta com chave, por fora, para me assegurar de que vocês estarão aqui à meia-noite. Beija a chave e beija as pontas dos próprios dedos unidos. Um brilho infantil persiste nos olhos achinesados.

Ansiosa, evidentemente assustada, Salma se penteia, se maquila, escolhe seu melhor sapato, um feio modelo de seda vinho, e o melhor vestido, que é um traje malva de tecido acetinado, justo, nada sóbrio, de alcinhas, e o detalhe, delicado e cafona, de uma flor-de-lis dourada sobre o seio direito. Guarda uma foto de sua mãe junto aos seios pequenos. Vamos fugir dessa armadilha, ordena. Como? Você vai ver, é fácil, não é a primeira vez. Está louco, diz enquanto se enfeita, a ponto de chorar, não vou aparecer no Havana Café nem morta, esse pirado é capaz de nos matar, não sei se você reparou que ele é esquizofrênico, sim, é uma tara familiar. Não me parece tão perigoso, Salma, é inclusive um menino triste. É porque você não o conhece, porque se deixou cativar, eu já o vi com uma pistola presa na calça, na parte das costas, e sabe o que ele quer de mim?, que conquiste um seleiro estoniano, máfia russa, sem dúvida milionário, um velho com mais de cem anos, o velho mais asqueroso e pervertido que já vi na minha vida, empenhado em abrir em Cuba um negócio de arreios de cavalos ou um serralho para sua satisfação pessoal, nunca vi um velho tão feio nem tão babão nem com uma mentalidade tão maligna, juro pela minha mãe morta (junta os dois indicadores em forma de cruz), que descanse em paz, se esse velho lituano... Não é estoniano?, interrompe Victorio. Dá no mesmo, poxa, o que importa, os velhos feios e asquerosos não têm pátria. Fica em silêncio por alguns segundos e depois acrescenta Bem, ninguém tem pátria, sabe, essa é a verdade, e eu te juro, se esse velho estoniano ou lituano ou letão voltar a colocar um dedo em cima de mim, eu corto a tripa ridícula que ele, tão pomposo e ridículo, chama de "minha virilidade", eu o capo, juro por Deus Todo-poderoso que está no céu, eu o capo! Victorio parou de dar atenção aos seus desabafos e lhe ajudou a se vestir. Salma se olha no espelho. Ergue as sobrancelhas, toca as bochechas coradas pelo ruge, comprime os lábios carmins em um falso beijo. Depois deixa o espelho. Olha para o amigo. De repente, a sua voz se torna afetada, com um fundo de sarcasmo, Você se deixou seduzir pelo Negro Piedade, não é? Não permite que ele responda. Admito que ele é bonito, lindo, e se você o visse sem roupa... não, querido, pelo bem de sua saúde não entrarei em detalhes, é um cubano, o que se pode chamar de um cubano!, sabe, ai, minha Nossa Senhora do Perpétuo Socorro, que animalzinho tão potente e bem dotado. Suspira. Ergue os olhos para o céu, quer dizer, para o teto, com falsa compaixão. Você, melhor que ninguém, entende o que eu quero dizer. Entretanto tenho de te esclarecer que ele não gosta nem de homens nem de mulheres, só gosta dele mesmo, deveria se chamar Narciso, o Negro Piedade se ama com um frenesi louco, afirma Salma, e é o único homem com quem me deitei que me fez duvidar de ser mulher, e me fez acreditar que sou o prolongamento dele mesmo, sua perna, seu braço, seu peito, seu pau, sei lá!, é um encanto de amor-próprio, transa divinamente, mas eu acho que não faz isso por generosidade, mas sim para alcançar a honra de enlouquecer o outro, ah, e adora os espelhos, no teto, dos lados, adoraria poder se ver por todos os ângulos de uma só vez e em todas as posições, e, além disso, fique sabendo que ele só satisfaz a homens com dinheiro, então... Tem de parar para respirar, e Victorio aproveita o momento para esclarecer Não seja ridícula, Salma, sinto decepcioná-la, o seu querido Piedade Corposanto, que de fato é lindo, me deixou mais frio que um *iceberg*, eu lamento, querida, mesmo, lamento muitíssimo, sei que você gostaria de um bom drama passional, talvez em outra ocasião, desta vez não, não será desta vez, ao menos não com o seu Narciso, e agora, vamos!, se é verdade que há uma forma de escapar, quanto antes melhor, ordena Victorio com rudeza. Salma obedece-o em silêncio, talvez assustada. Venha por aqui, indica. Pega uma escada de madeira que está debaixo de um dos catres. Encosta-a na parede. Sobe por ela. No teto, com efeito, Victorio pode ver um retângulo de madeira que Salma empurra com a mão, sem esforço. Sobe e faz um gesto ao amigo para que a siga. Ele também sobe pela escada. Atravessam o pequeno retângulo e se vêem em um laboratório fotográfico abandonado, com teias de aranha tão grandes que parecem cenográficas. Os ratos não são vistos:

são pressentidos. Às vezes se pode até senti-los se mexendo, espreitando. A porta está fechada com arame. Abrem-na sem muito esforço. Agora se encontram em uma escada estreita de cimento, hedionda, sem lajotas e sem corrimão. Há ali um cheiro de pó, de ninho de pardais, de flores secas, de baratas, de vinagre, de terra úmida e, é claro, de gás. Um casal de morcegos dorme em um dos dintéis. A escada leva até a cobertura do antigo estúdio fotográfico Van Dyck. Ali, como se poderia supor, há tanques de água estragados, aviários, varais sem roupas, móveis estragados, algumas antenas de televisão oxidadas pela maresia, derrubadas pelo vento, e inúmeros pardais mortos. Vê-se, enegrecida pelas chuvas, a pequena torre da capela do Cristo da Paciência e da Humildade. Um pouco mais longe, as duas torres do Terminal Ferroviário e a chama perene da refinaria. As lajotas da coberta tiveram sua cor transformada em um verde-aqueduto, pensa Victorio, e se recorda dos reservatórios de don Francisco de Albear. Nos sorvedouros de água, se amontoam folhas secas, ossos de pássaro, latas de cerveja, pedaços de madeira e vários outros tipos de refugos. O vento chega sujo, cheirando mal.

Beco de Apodaca. A escuridão pode causar terror. Descem pela rua Revillagigedo, até Monte. Essa zona de Havana perdeu o seu antigo ar urbano, cosmopolita, e agora ostenta uma atmosfera triste e interiorana, observa Victorio. Eu sempre a vi do mesmo jeito, retruca Salma. Tenebrosidade, casas sujas, calçadas empoeiradas, ruas deterioradas. Nas esquinas, grupos de dez, doze homens, sem fazer nada além de barulho, gritos, conversações ininteligíveis, um castelhano inconcebível. Os grupos se viram quando Salma e Victorio passam. Essa é outra característica dos povoados, onde a vida é tão pobre que a curiosidade se exacerba, onde o vazio da própria vida dá um valor singular aos mais insignificantes movimentos dos outros. Detêm-se no portão prodigioso do palácio de don Miguel Aldama. Retardam os passos ao passar pelo antigo Campo de Marte. Parque da Fraternidade. Victorio faz com que Salma preste atenção no parque. É um parque como outro qualquer. Victorio explica que não, que estão diante de um dos parques mais belos da cidade, construído pelo ditador Machado. No meio do parque, cresce uma ceiba que se diz ter sido alimentada com terra de todas as repúblicas da América, diz ele, professoral. Ela aplaude. Então, se salto essa cerca e paro ali, sobre aquela terra, caminho da Bolívia ao Brasil, da Argentina ao México, do Paraguai ao Chile. Contam, continua Victorio, sem prestar atenção ao comentário pueril, que o ditador Machado enterrou um grande feitiço sob essa ceiba, um trabalho de bruxaria para que a Ilha nunca fosse feliz. Salma ri. Pois amanhã voltamos com picareta e pá, o que você acha? Seguem pela rua Reina. A ignorância de Salma sobre Havana não causa estranheza a Victorio. Com um raciocínio que desmente a relativa juventude de seus quarenta e tantos anos, fala consigo mesmo que os mais jovens são assim, não sabem de nada, ainda que o mais notável seja o detalhe de que tampouco se importam com isso. Dir-se-ia que para eles Havana não tem história, e isso acaba sendo, talvez, uma forma de defesa; os mais velhos inventam outra história, tão mentirosa como, no final das contas, qualquer história é, na qual Havana sempre acaba se parecendo com uma espécie de Susa, Persépolis ou Síbaris em que eles tiveram a felicidade de morar, e isso, conforme se entenderá, é evidentemente outra forma de defesa, assim, entre a Havana-que-não-existe e a Havana-paraíso-perdido, vêem-se na realidade peculiar dessa espécie de fantasia ou desvario subtropical, sob o sol, à beira da bela baía, diabolicamente bela, aberta para as águas perigosas do golfo do México, abarrotadas de tubarões e de almas penadas.

6

A JANELA (NÃO SABERIA DIZER QUAL) é aberta durante a noite. Essa noite tem a falsa luminosidade das noites nubladas e chuvosas em que apesar de tudo há lua, redonda e linda, envolta por halos de umidade que, segundo dizem, transtornam os loucos; uma lua agressiva que consegue abrir caminho entre nuvens avermelhadas, pesadas, imóveis. Vêem-se também os brilhos das pequenas canoas de pescadores, perturbando o sossego do mar.

Preto, sobre o seu tripé junto à janela, está o telescópio de Don Fuco. Victorio se inclina, move-o, observa: Aldebarã, Altair, Antares. Na realidade, não sabe se vê as estrelas que diz; os nomes são sonoros, bonitos, e ele toma a liberdade de rebatizar aqueles pontos luminosos com os nomes que conhece, e com outros que não conhece. Inveja os pescadores nas canoas tranqüilas. O mar sempre lhe pareceu mais íntegro que a terra. Victorio gosta da sua forma tão determinada de se mostrar arriscado, gosta de que ele seja perigoso e não o esconda, ao passo que a terra, igualmente precária, ameaçadora, sabe disfarçar isso com pradarias e colinas e vales e caminhos e flores e savanas e rios calmos e veios de prata e melros de voz pura que alegram o montanhoso e o plano. A terra é enganosa. Além disso, ver-se na obrigação de dominar algo tão terrível como o mar, algo tão esquivo, tão difícil, para alcançar o mistério das lonjuras, não constituiria um poderoso, para não dizer único, incentivo para a viagem? As luzes das canoas parecem estrelas caídas, e também merecem nomes. Não pode ter certeza: suspeita ver as silhuetas dos pescadores. Adivinha a paciência nas linhas de pescar, o homem no processo de aniquilar a ansiedade destrutiva. Algumas vezes o homem é capaz de se amoldar à eternidade dos peixes.

Ao longe, sobre o horizonte, um balão aerostático se recorta entre a celagem. Victorio sabe, acha que sabe, que ele exibe vários cartazes. Deve ser um balão de propaganda, de turismo, dizem, ainda que não faça sentido um balão de propaganda pelos céus a tão altas horas da noite. É de madrugada. Parece avermelhado, imaterial, ilusório em uma cidade como essa, que pára de viver quando escurece. Para ser mais exato: esse artefato não lembra um balão aerostático, e sim a sombra de uma nuvem que se parece com um balão aerostático. O balão se aproxima. O vento o leva rapidamente na direção das ruínas do teatro. O que pensarão, pergunta-se, os descrentes havaneses que vêem esse imenso balão aerostático passar, com sua barquinha vermelha e iluminada? Tenta se colocar no lugar daqueles habitantes cépticos que há muito tempo deixaram de acreditar em milagres. O telescópio não lhe serve para nada. Através dele, volta apenas a ver nebulosidades idênticas e as mesmas estrelas. Entretanto, a olho nu pode contemplar o balão em todo o seu esplendor. Vermelho, verde, amarelo. A barquinha de vime na qual há um homem que ele logo reconhece. O Mouro dá adeus da barquinha. Victorio vê o torso desnudo, moreno, o sorriso largo, os olhos grandes, sorri e responde ao adeus.

É claro que, na realidade, Victorio está deitado no *récamier* e não viu passar nenhum balão. Mas agora acredita escutar um ruído ali perto, no palco, para os lados da tumba de Giselle. Levanta-se. Não acende as luzes para não acordar os seus companheiros. Pega o castiçal de Don Fuco, com a sua vela grossa, e sai descalço do camarim para o palco. Passos furtivos. Temerosos. Desconfiados. Não há silêncio: tampouco se pode dizer que os ruídos sejam suspeitos. Os uivos devem ser do vento; os adejos devem ter relação com os muitos morcegos. E quanto aos aplausos, talvez seja a chuva. Por certo começou a chover. Mas não, isso não é tão certo assim, uma vez que as habituais goteiras não estão caindo sobre o tablado. Victorio desce para a platéia. Chega até os anteparos, onde está a poltrona preta para as viagens. Senta-se ali. Não viaja. Ao menos não o faz no sentido que essa poltrona supõe. Vê-se pequeno, sentado entre as pernas do Mouro, dentro do aviãozinho parado no meio do terreno aplainado que serve de pista.

Triunfo! Triunfinho! Os gritos de Salma fazem com que as ruínas do Liceu se encham de ecos e morcegos. Vem agitada. Salta do proscênio com uma agilidade surpreendente, corre até os anteparos orientada pela luz da vela. Ao ver Victorio, dá voltas com os braços abertos. Pára e adota uma pose de Taglione que há na gravura estropiada do camarim. Depois se senta entre as pernas do amigo. Beija-o repetidas vezes. Ai, Triunfinho, diz, arrebatada, num tom entusiasmado, a porta que dá para os camarins se abriu, ainda posso escutar, e sei que sempre escutarei, o rangido das dobradiças, e ela apareceu, quem era?, eu não sabia, ignorava quem era, sabe, na hora não soube, é, se digo "uma mulher" não digo nada, sei que abriu a porta dos camarins, com um roupão remendado, tinha os olhos iluminados, a luz que iluminava os olhos brotava, eu acho, do corpo daquela mulher que sim, Triunfinho, você acertou, era minha mãe, minha mãe sim, havia irrompido no camarim como se fosse a coisa mais normal, eu senti um mal-estar, sabe, e ao mesmo tempo uma sensação estranha de não estar ali, voltei a vê-la não como ela estava, ali, na minha frente, mas sim como era nos momentos em que me falava de meu pai, trompetista em Nova York, e de quando ela, meu irmão Chichi e eu entraríamos no Teatro Apolo, lá no Harlem, para ouvir meu pai tocar com Dizzie Gillespie, com Chico O'Farril, enquanto Patty La Belle e Sammy Davis Jr. cantavam, Chichi e eu estávamos ao lado de minha mãe na cama do antigo estúdio fotográfico Van Dyck, e o lugar estava lindo, nada daquele horror que você viu, tétrico, sujo, triste, não, nada disso, limpíssimo, cheiroso, amplo, e eu estava tão feliz que saía pelada na rua, e ninguém me gritava grosserias, você acredita?, nenhuma grosseria, não. Me jogavam flores dos balcões das ruas Apodaca e Corrales e Cienfuegos, me diziam coisas lindíssimas, que eu era um sol de mulher e coisas assim, que felicidade, porra, que felicidade me reconciliar com o meu bairro, com os meus vizinhos, que a minha nudez não os ofendesse, nem me ruborizasse, tive a certeza de que eu também me iluminava por dentro, certeza, sabe, certeza absoluta, como a de que estou aqui, na sua frente, a convicção de que a luz atravessava a minha pele como se minha pele fosse feita com os restos de um papel chinês, fui, voltei a sair, quer dizer, pela segunda vez me afastei deste velho teatro sem me afastar, nunca te disse que eu adorava tomar banho de chuva?, pois fiquei ali, debaixo da chuva, em uma dessas tempestades de verão, intensas, fugazes, nas quais por uma ou duas horas temos a convicção e a esperança de que o mundo vai se acabar, que maravilha, o mundo se desfaz em água, e você no meio dele vê como se destrói, se converte em água e água e água, água que cai sobre água, para mim não havia nada tão bom como ficar debaixo das chuvas de junho, de julho, minha mãe me mostrou isso, ela, que não costumava se divertir com nada, sempre saía para tomar banho de chuva, a única mulher no meio de tantos meninos e adolescentes, dançava conosco, cantava

San Isidro Labrador,
*ni quites el agua ni pongas el sol...**

e enfrentava os raios, tantos raios, pulava ao som dos trovões, de tantos trovões, e eu a imitava, corria, dançava, cantava debaixo da chuva, voltei a viver com minha mãe a glória dos temporais da minha infância, e foi como se a ardência do abacaxi chegasse à minha boca, me sentava para ver os campos na casa da minha avó, minha avó vivia em Bauta, La Minina, você conhece?, nesse ponto do povoado onde as casinhas já começam a ser substituídas por arbustos, por chiqueiros onde se criam os porcos, junto a uma lagoa pequena com mais rãs que água, e cuja pouca água, suja, estava oculta por *malanguetas*,** me sentava defronte à cerca, no meio da grama, comendo abacaxi enquanto olhava cavalos e vacas pastando, o bem-estar de me deitar sob a acácia amarela e ver como o vento fazia as pétalas das flores caírem sobre mim, ai, Victorio, me diga, você nunca acordou com o cheiro do café que a sua mãe estava coando?,

*"São Isidro Lavrador/ não pares com a água nem tragas o sol."

**Planta aquática que forma um tapete verde sobre a água. (N. da T.)

não falo do café da cafeteira italiana, mas sim da água fervente filtrando o café no coador de lã, o aroma intenso me acordava, e, semidesperta, eu olhava para a minha mãe passando o café, me sentia a menina mais feliz do mundo, porque além de tudo minha mãe então se dava conta de que sua menina havia aberto os olhos, vinha até onde eu estava e me dizia Saiu o sol, sim, minha menina abriu os olhos, saiu o sol, ah, e outra coisa que eu adorava, sabe, subir de noite ao terraço do meu edifício, onde havia funcionado o antigo estúdio fotográfico Van Dyck, você já conhece o terraço, me deitava ali, no piso de lajotas, sabia que os outros estavam ocupados com essas besteiras que passam na televisão, ninguém sabia onde eu estava, ninguém me espiava, e ali, deitada no chão, exposta ao vento que ia para a baía não muito longe dali, me dedicava a olhar as estrelas, e saber que aqueles pontos brilhantes estavam ali, sempre ali, me acalmava, me dava segurança, fazia com que eu me sentisse protegida por uma força maior que eu mesma, maior que a soma de todos, e quando alguém, para fazer com que eu me decepcionasse, você sabe, as pessoas nunca aceitam a felicidade dos outros, tentava me dar explicações científicas, diziam que muito provavelmente alguma daquelas estrelas já havia morrido, e que só a luz havia sobrado, viajando no espaço interminável, em lugar de ficar triste eu me alegrava mais, uh!, você pode ter certeza, muito mais, não te expliquei que nessa época, e até hoje às vezes penso isso, eu imaginava que as estrelas na realidade eram pessoinhas de mundos distantes, das quais tínhamos apenas o testemunho do brilho, algo assim como fulgores da alma que conseguiam percorrer uma enormidade de anos-luz, e que do outro lado do universo, no outro confim, essas pessoinhas nos viam brilhar do mesmo jeito, como estrelas, e você acredita que eu acreditava que as estrelas de maior brilho correspondiam aos seres mais felizes?, então me dizerem que eu estava vendo o brilho de uma pessoinha morta era o melhor modo de me mostrar que a eternidade era possível, e eu pensava, com razão, você não vai negar isso, que se eu via o brilho de alguém que já não pertencia ao mundo dos vivos, alguém veria o meu brilho quando eu já tivesse deixado este mundo, então as suas opiniões científicas, longe de me assustar, me faziam sentir mais segura da cintilação que seria a prova da minha imortalidade, entende, Triunfinho? Faz uma pausa para abrir os braços e espichá-los com uma preguiça feliz. A verdade é, exclama em seguida, e falo como os loucos, que é a única forma lógica de se falar, que eu gostava de entrar em um quarto na penumbra, onde um homem me esperava na cama, olhe, aprenda isso: os homens que esperam na cama enquanto uma mulher se despe são piores que as feras enjauladas, sei qual a sensação que provocava neles, essa impressão torturante de que o prazer está por chegar e não chega os perturba, os mata, não se dão conta, que estúpidos!, nunca se dão conta de que a espera pelo prazer constitui o verdadeiro prazer, porque o outro, saciá-lo, acaba sendo bastante decepcionante, sabe, então o verdadeiro prazer é a espera pelo prazer, você não acha, Triunfo?, pelo menos isso é o que pensamos nós, que não conhecemos verdadeiramente a natureza do prazer, e esse homem que espera por você, pelado, peladinho, pula em cima de você com um desespero que se transforma no seu gozo, ai, Mãe do Verbo, como eu gostava de me deitar na grama e deixar que um moço me acariciasse!, Triunfinho, como eu gostava de ver as suas carinhas, surpreendidas de ter diante de si uma moça disposta a satisfazê-los!, me beijavam desajeitadamente, me acariciavam como se tocassem móveis de estilo ou o manto da Virgem, me mordiam os mamilos, às vezes mordiam forte, inexperientes!, e sabe de uma coisa?, eu não sentia dor, nem me importava, gostava de vê-los gozar, entre desconcertados e orgulhosos, eu lhes falava coisas, as coisas que eles queriam escutar, e te digo, abrir livremente as pernas diante daqueles colegas de escola foi uma experiência decisiva, a maioria nunca havia visto essa abertura molhada que palpitava para eles, à espera deles, e entravam em meu corpo como se não fosse eu, observava aquelas expressões que estavam tão próximas da dor quanto do gozo supremo, nenhuma dessas lembranças têm importância, escutei o rangido das dobradiças da porta dos camarins, vi surgir minha mãe plena de luz como uma santa, foi como se todos aqueles pequenos momentos de felicidade se reunissem em um único e grandioso relâmpago, e o mais grandioso: vi o rosto de minha mãe, em todos os seus detalhes.

Você se enche de alegria por encontrar as suas lembranças, já eu gostaria de perdê-las. Não te entendo, as lembranças são algumas das melhores coisas da vida. Minha querida Salma, escute, há pouco me veio novamente uma recordação da qual sempre fujo, uma lembrança dolorosa que insiste em voltar, como é próprio das lembranças dolorosas.

Eu me vi menino com meu pai nos hangares da Fumigação Agrícola, era de manhã, cedinho, fazia um sol como os de Chartand, esse sol tímido que enobrece as paisagens, esse que mesmo assim as incendeia, e a grama e as árvores procuram guardar o frescor da noite, o trabalho estava por começar, o Mouro preparava o aviãozinho Fokker, a Menina-dos-meus-olhos, como ele dizia, revisava com um mecânico o combustível, os motores, essas coisas misteriosas que devem ser revisadas nos aviões que estão a ponto de decolar, eu sempre subia à cabina, me sentava ali imaginando que voava por esses mundos que já não sei se existem, sabia que não podia tocar em nenhum controle, nenhum botão, mas isso não me impedia de voar, lembro-me que o Mouro subiu, me sentou entre suas pernas, assim como me lembro que ele cheirava a goma de passar e a lençóis limpos, e que o seu hálito era fresco como se tivesse mastigado folhas de menta e hortelã, me apertou contra o peito, me disse Hoje vamos voar, lugar-tenente, vou te mostrar o meu palácio, com o mulo chamado Cicerón, e vou te mostrar o seu, o seu palácio, o que cabe a você, pois faremos uma fumaça branca brotar do meio das ruínas e dessa fumaça branca sairão as ameias do seu palácio, você quer voar comigo hoje?, não respondi, não era preciso, ele sabia a vontade que eu tinha de voar, e acho que secretamente também sabia que com ele eu teria ido até o fim do mundo, não acho que o argelino fosse tão inconsciente do fascínio que provocava naquele menino, ignorava-o e não o ignorava, essas coisas sempre são assim, ele não sabia que representava para mim o símbolo da beleza humana, ao mesmo tempo que o sabia, sem querer brincava com isso, me tratava como um menino ou como uma menina, queria ser meu amigo e sem se dar conta me deixava apaixonado como um amante secreto, mas ali estava Papai Robespierre para me defender dos perigos, meu pai parou diante da cabina e gritou Ei, Mouro, já é hora de ir, vai ficar tarde, e passei das mãos do Mouro para as do meu pai, que me depositou no terreno aplainado que servia de pista, o Mouro colocou o capacete, ligou os motores, e enquanto eu e meu pai nos distanciávamos, indo para os hangares, o aviãozinho deslizou rapidamente pela pista, decolou, fez algumas piruetas já no alto, o Mouro não conseguia evitar essas brincadeiras, vi que o aviãozinho dava voltas, como sempre, mas dessa vez Papai Robespierre ficou pálido e começou a gritar, sei que sirenes soaram, uma ambulância que sempre ficava parada nos hangares se colocou em movimento, e até um carro de bombeiros se lançou em uma corrida de salvamento, sem saber por que nem para onde se dirigir, e por mais que eu feche os olhos, Salma, por mais que sacuda a cabeça, como se as lembranças fossem moscas, vejo o aviãozinho, ou melhor, vejo as chamas, as grandes chamas em que se transformou para sempre o aviãozinho do Mouro.

O Mouro desapareceu com o aviãozinho e eu aprendi de chofre muitas coisas, que a vida depois não fez mais que corroborar.

Coitadinho, diz Salma, comovida. Beija-o na testa. Isso já passou, viu, e passado é passado. O passado não passa, mocinha, é mentira, o tempo não avança, o tempo é um redemoinho de vento maligno, dando voltas no mesmo lugar. Ei, não seja dramático, venha, me siga, vou te mostrar uma coisa. Salma pega Victorio pelo braço. Guia-o até o palco.

Ali há uma grande mesa de jantar, arrumada de um modo suntuoso. A toalha de mesa de renda de Bruxelas é esplêndida. Candelabros com velas salomônicas, chamas tremelicantes. Louça de Limoges. Talheres de prata. Diáfanas taças de cristal da Boêmia. Don Fuco os recebe. Don Fuco abre os braços. Em silêncio, Salma e Victorio param em frente às cadeiras que lhes foram designadas, esperando que o velho palhaço levante a sua taça vazia e lhes diga a que deseja brindar. O palhaço apenas ri. O riso franco parece bastar. Cerimoniosos, sem uma palavra, erguem as taças vazias. Sentam-se. Começam a rir. Ninguém serve vinho, branco ou tinto, e nem sequer água nas taças da Boêmia. Ninguém traz nenhuma bandeja com comida. Estão ali, diante de uma mesa suntuosa na qual não há bebidas nem alimentos. Riem. Não trocam uma palavra. O riso não lhes permite falar. Olham para o fundo dos pratos de sopa, onde ninfas roliças e rosadas, perseguidas por sátiros lascivos, correm alegremente por entre árvores disparatadas. Não conseguem parar de rir. Em meio a tanto riso, Salma encontra um momento para dizer que os aplausos na realidade são o bater de asas de inúmeras pombas e morcegos. Victorio esclarece Não, não, vocês não percebem?, é a chuva. Mais tranqüilo, Don Fuco afirma São aplausos, não tenham dúvida, são aplausos antigos presos entre estas paredes.

Quarta parte

1

APLAUSOS, APLAUSOS ANTIGOS PRESOS entre estas paredes. Às vezes se escuta o tema de alguma ária. Uma voz portentosa ressoa entre as paredes cansadas. Melodias da Flauta Mágica, Aída, ou Cecilia Valdés. A voz desesperançada de La Lupe se converte na alegre grandiosidade de Celia Cruz. O piano de Lecuona, o vozeirão de Bola de Nieve. Edith Piaf, Elena Bourke, Sara Vaugham. De quando em quando, luzes, feixes de luz em diferentes direções e que não se sabe de onde vêm.

Despido, com o corpo pintado de branco, o palhaço avança por uma corda que parece estar presa sobre a platéia, indo de um lado ao outro desta. Leva na mão direita um guarda-chuva colorido, para conseguir se equilibrar, enquanto na esquerda manipula a marionete que o reproduz despido e branquíssimo. Canta. Sua linda voz de tenor ligeiro entoa uma melodia singular que Victorio desconhece. Salta, e a figura resplandecente parece ficar parada em meio à escuridão do Liceu em ruínas.

* * *

Victorio pensa ouvir os aplausos. Não se importa. São, é claro, aplausos antigos presos entre as paredes. E a corda. Que corda? Onde está a corda?

2

TUMBA DE GISELLE. Corredores labirínticos. Aberturas dissimuladas. Portas meio escondidas. Buracos feitos pelo palhaço Don Fuco. Victorio sai para a tarde de Havana. Na realidade, sente que fez a operação contrária, que abandonou a tarde de Havana para se sujeitar à tarde falsa de um teatro de variedades. Tarde nublada. Não chove. O calor, portanto, se intensifica como em uma caldeira. Tudo, até a própria vida, parece interrompido, à espera do temporal. Importunadas pelo calor úmido, sufocante, e pelas moscas decorrentes do abafamento, as senhoras levam tamboretes ou caixotes para as calçadas e se sentam ali, se abanam com o jornal Granma, que não leram, em busca de alguma perdida brisa do norte, uma brisa de rumo equivocado; no rosto dessas senhoras, podem-se notar a perplexidade, o fastio: ninguém se acostuma com esse calor úmido, com essa muralha de água suja que é o calor, nem a passagem dos anos converte esse inferno em costume. Verdade seja dita, uma pessoa pode morrer aos cento e dez anos ainda com a esperança de que a janela se agite com um sopro de vento fresco, como aqueles que Deus manda para regiões mais bem cuidadas, mais amadas por Ele. Victorio decidiu que o teatro é o seu lugar. Dito assim mesmo, com toda a solenidade, como se fosse possível escutar um rufar de tambores ao pronunciar essa frase tão categórica. O teatro é o meu lugar. Claro, como todo aquele que decide "traçar um destino" para si, como os sacerdotes, os ascetas, os enfermeiros, os artistas ou os suicidas, Victorio sente que antes deve atar bem algumas das pontas soltas que deixou ali fora, onde a vida segue (se é que segue) com seu completo e habitual fastio.

Foi caminhar por Havana. Percorreu seus palácios queridos: o casarão branco e lindo, do início do século, clássico, convencional, ainda que com a ousadia dos elementos modernistas nas sacadas e janelas; a Casa de la Araucaria, construída pelo italianista Aurelio Boza Masvidal, com a robusta *Araucaria excelsa* no jardim; a casa maravilhosa com a qual Juan Pedro Baró quis demonstrar o seu amor por Catalina Lasa, primeira casa *art déco* de Havana, com jardins de Forestier (nunca um sobrenome semelhante foi tão bem utilizado) e construída com mármores de Carrara, adornos de Lalique, areias do Nilo. Percorre seus palácios queridos de um modo até então desconhecido. Não sente em si a ansiedade. Não sente o desejo de posse. Esses inusitados palácios havaneses não despertam a sua cobiça nem sua autocomiseração. Sua admiração permanece intacta, mas já não sofre perante eles, vendo-os como o espaço que *deseja* e *não pode* conseguir. Como se de alguma forma os palácios já fossem seus.

Volta à rua Galiano, à esquina onde ficava o edifício no qual foi tão infeliz. O edifício foi demolido. Agora começaram a recolher os escombros. Cordas de segurança impedem a passagem.

Várias gruas erguem as pedras e as deixam cair, com estrépito e colunas de pó, nos caminhões basculantes. Victorio pára, finge ser uma pessoa a mais. Abre caminho entre o grupo de curiosos que se amontoa diante dos tapumes. Sem emoção, vê os degraus das velhas escadarias. Molduras de janelas. Vidros quebrados. Restos de clarabóias e arcos de meio ponto. Velhas portas com visores. Uma Santa Bárbara sem braços. Peças de mesas e cadeiras. Várias pias. A Vênus sem cabeça do patamar da escada. Uma cama de ferro. Fogões e relógios. Banheiras cobertas de terra. Em alguns lugares, já crescem flores silvestres. Victorio pode ver Mema Turné sentada em uma velha cadeira de pinho, vestida de preto, aspecto de quacre-marxista, com muitas golas e mangas largas. A roupa a faz suar desesperadamente. Sobre as mangas do vestido há um bracelete vermelho com os dizeres ORDEM PÚBLICA. Na cabeça careca há um chapéu de folhas de palmeira, amarrado ao queixo com um lenço também vermelho. Victorio volta a odiar o bigode ralo e as ventosas dos olhos. A desagradável voz de barítono de Martín repete, monótona e autoritária, Circulem, circulem, ninguém pode parar aqui. Apesar do tom intimidativo de Mema, os curiosos se detêm diante dos tapumes de proteção, como se não a escutassem. Victorio não consegue evitar a tentação: pega uma pedra não muito grande e a joga na senhora. Consegue atingi-la em uma perna. A velha se ergue de um salto, coloca várias vezes a língua manchada para fora e grita Ataquem, vermes, ataquem, covardes, o peso da História cairá sobre vocês, o povo unido jamais será vencido. Os curiosos aplaudem.

Victorio perambula pelas ruas Reina e Carlos III. Passa (sem olhar) pela Escola de Letras e Arte. Desce por Zapata. Margeia o cemitério de Colón. Senta-se no belo parque onde antes da revolução funcionava o birô de investigações. Debruça-se na ponte sobre o Almendares, "...esse rio de nome musical", e pensa em Milanés, em Dulce María Loynaz, em Juana Borrero e em Julián del Casal.

O bairro de Santa Felisa, bairro de sua infância, está bastante mudado, ainda que ele não possa explicar a razão. Tudo permanece idêntico, estranhamente semelhante, detido em um tempo que não tem nada a ver com o tempo da realidade. Não obstante, nada está igual, o bairro está escandalosamente transformado. Victorio já experimentou muitas vezes em Havana a sensação de que a paisagem se modificou, justamente pela obstinação com que a paisagem permaneceu sem se renovar. A passagem do tempo envelheceu muros, colunas, tetos, ruas, árvores, pessoas, deixando-as estranhamente imobilizadas, como peças do museu-das-coisas-imprestáveis. Ali, na perene porta de entrada do prédio em cujo interior vivem três famílias, está a velha Ricarda. Sentada no tamborete que Victorio conhece bem, ela tem, como de costume, os pés submersos na bacia de peltre com água quente, para neutralizar as dores do reumatismo e dos esporões calcâneos. Como de costume, está adormecida. Inalterável, a mesma velha Ricarda, o mesmo tamborete, a mesma bacia, a mesma água, os mesmos pés, os mesmos problemas. Como se não houvessem se passado dez anos. De qualquer maneira, não se trata da mesma velha Ricarda, nem da mesma bacia, nem, é claro, da mesma água.

A porta daquele que foi o humilde apartamento da família de Victorio está aberta. O homem que retorna depois de dez anos de ausência se detém para acariciar as velhas madeiras, que perderam sucessivas camadas de pintura e agora exibem a cor das madeiras desgastadas, carcomidas, talvez molhadas. O sol, os ciclones, os temporais, as ventanias são, supostamente, as mais violentas manifestações do tempo. Os redemoinhos do tempo. Victorio se atreve a entrar na saleta-sala-de-jantar, onde se derrama um silêncio de igreja. Dentro, persiste o paradoxo do bairro: cada coisa é idêntica e diferente. O chão é como um tabuleiro de xadrez, ladrilhos pretos e brancos. As poltronas de palhinha faltando verniz, almofadas de retalhos desbotados. A mesa de centro tem o mesmo vidro trincado. O vaso de argila alto, azul, com um buquê de flores de papel crepom que a Tita, Hortensia, a mãe, se encarregava de arrumar em seu tempo livre, está agora coberto de pó e cocô de moscas. O mesmo quadro do Sagrado Coração de Jesus, único símbolo religioso com que Papai Robespierre não conseguiu desaparecer quando resolveu queimar santos e virgens, em meio ao choro de Tita. Justo ao lado do Sagrado Coração, outra foto, à sua maneira também religiosa, de um jovem e esperançoso Fidel Castro naquele famoso discurso em que uma pomba pousou no seu ombro. Elefantes, budas, donzelas com sombrinhas, mancebos com alaúdes, chinesas, cachorros, pombas, mulheres com pentes de adorno, mantilhas, peças espantosas, porcelanas falsas compradas por quase nada no La Quincallera, na Sears, no Ten Cents, no Los Precios Fijos. A estante com as obras completas de Lênin. O livro vermelho de Mao. A fotografia do Papai Robespierre na Praça Vermelha, Moscou, de sobretudo, gorro de pele, inverno abaixo de zero, por aí, em torno dos anos de sessenta e cinco, sessenta e seis, Victorio não se lembra, época em que devem ter-lhe concedido a viagem de estímulo por haver recebido a Ordem da Vanguarda Nacional. Uma viagem cujo principal objetivo era contemplar a múmia de Lênin. A fotografia iluminada da Tita, Hortensia, a mãe, surpreendida enquanto caminhava pela rua Monte, vestido avermelhado, o cabelo preso com uma flor branca, o sorriso tímido de sempre. As fotografias de Victoria, a irmã, e de Victorio em La Concha, junto à gigantesca garrafa de cerveja, na praia de Marianao, foram retiradas: as marcas na parede permanecem. Victorio reflete insistentemente, as coisas estão no lugar de sempre, mas nada é igual. Continua sem saber, sem poder esclarecer em que se fundamenta a dissensão entre presente e passado se cada parede, cada móvel, cada objeto se obstina em eternizar, em manter fixa, permanente, aquela realidade que não resulta idêntica e que, sim, o é. A realidade se vinga transformando-se nela mesma. A porta do quarto, do único quarto da casinha mínima do bairro de Santa Felisa, exibe a cortina de sempre, a de sua infância, com motivos geométricos, triângulos vermelhos, losangos azuis, círculos verdes, quadrados pretos. Escuta uma tosse. Papai Robespierre, quem mais poderia ser, limpa a garganta. Com uma tranqüilidade insólita, Victorio avança. Tenta não fazer barulho, não por ele, mas pelo velho. Não, desta vez não sente o medo que seu pai sempre lhe causou. A essas alturas, enfrentar-se com o homem que mais temeu em sua vida é algo irrelevante. Acha até engraçado pensar que um dia ele lhe pareceu temível. Abre a cortina. Na cadeira de rodas, Papai Robespierre tem a cabeça tombada e um livro entre as pernas. A porta que dá para o pequeno pátio está aberta. Victorio vê o inválido contra a luz, em uma sombra carente de detalhes. Papai, diz. O velho não se move. Papai, repete, temendo que a surdez tenha se tornado aguda. Com grande esforço, o ancião então levanta a cabeça. Sou eu, Victorio. Papai Robespierre cola o queixo no peito, como se fosse um esforço manter a cabeça levantada. Victorio entra no quarto. Surpreende-o o mau cheiro, o fedor nauseabundo, de suores acumulados, de roupa suja, de urina, de corpo sem lavar. Victorio nota que falta a fotografia do alemão Walter Ulbricht. Senta-se na cama por fazer. Escuta-se uma orquestra de salsa ao longe. Papai Robespierre se converteu em um homem velhíssimo, tão velho que Victorio quase não consegue reconhecer nele aquele pai todo-poderoso. Tem os olhos fundos, pequenos, sem cor; as pupilas desvanecidas, como se houvessem colocado senhos pedaços de vidro em seu lugar. O filho tem a impressão de que o olhar não se dirige a nenhum lugar definido. Usa a boina com a bandeira. Mesmo com ela, se pode ver o cabelo, uma penugem branca e sebosa. A barba amarelada, grande, que em determinada época o fazia parecer um patriarca bíblico (Jó antes da aposta entre Jeová e Satã), converte-o agora na imagem de um *homeless* (Jó depois da aposta). Imagem favorecida pela camisa que um dia já ostentou um verde-oliva glorioso e que agora está amarelada, descosturada e suja. Usa as medalhas ganhas em tantas colheitas, em tantas mobilizações militares, em tantas jornadas de trabalho, e das quais também já desapareceu o brilho dourado de outros tempos, quando Victorio acreditava que eram de ouro. As mãos de Papai Robespierre tremem. Do nariz, corre uma água insistente que ele tem de secar a todo o momento com as costas das mãos trêmulas. Com muito esforço, ergue a cabeça para o teto. Um instante. Volta a deixá-la tombar, pesadamente. A orquestra pára. O silêncio se faz longo, e pesado como um grande animal morto. A alegria distante da orquestra de salsa pode tornar a sordidez do quarto ainda mais lúgubre. Sem parar de tremer, as mãos do ancião tentam se agarrar aos braços da cadeira de rodas. O livro desliza das pernas inúteis e cai ao chão. Também tenta secar a água que sai do nariz. Victorio o ajuda. Um forte cheiro de café recém-coado chega de alguma das cozinhas vizinhas. Escuta-se uma discussão, uma violência sem precedentes: alguém não quer visitar não se sabe quem. A orquestra agora volta à carga:

El cuarto de Tula le cogió candela,
se quedó dormida y no
*apagó la vela...**

Papai Robespierre fita Victorio com os olhos avermelhados. O quarto da casinha mínima do bairro de Santa Felisa escurece ainda mais, como se a tarde tivesse se convertido em noite. Uma das veias que saem das têmporas para a testa do pai incha, palpita. O nariz continua gotejando. A discussão dos vizinhos acaba. Outra vizinha, talvez a mesma, canta junto com uma cantora da moda, uma dessas cantoras que não são de nenhum país e cantam baladas sem nacionalidade, sobre amores de uma intensidade impressionante, sobre encontros e desencontros desesperados. Isso não quer dizer que não se escute mais a orquestra de salsa: ambos os barulhos, a cantora e a orquestra, se associam de uma forma estranha. Papai Robespierre volta a tossir. A tosse extrai um som de fole da caverna de seu corpo. Olha para o pulso como se quisesse ver as horas, mas não usa relógio. O ancião cola o queixo ao peito outra vez, e parece haver adormecido. Uma mosca começa a perturbá-lo. Victorio a espanta. Em alguma casa próxima, soam as badaladas de um relógio, um som antiquado que faz parecer que não estamos no ano 2000. Sempre que escuta as badaladas de um relógio, Victorio experimenta um incômodo inexplicável, como se fosse vítima de alguma confusão ou de um embuste. Por outro lado, as badaladas o fazem recordar do quanto se divertia, quando criança, escutando os ruídos das casas vizinhas, aquela promiscuidade auditiva que lhe permitia reconstituir, à sua maneira, a vida dos outros. Papai Robespierre transpira. Victorio pega uma toalha que está pendurada em um prego e seca o suor que corre pela testa, pelo pescoço.

*"O quarto de Tula pegou fogo,/ ela adormeceu e não/ apagou a vela..."

O ancião levanta um braço. A Tita, Hortensia, a mãe, colocou na parede sobre a cama uma Nossa Senhora com o menino nos braços. É uma Nossa Senhora mestiça, feita de argila tosca e cores vivas. Coberta de pó. Os olhos perderam a pintura, estão vazios. Assim como os de Papai Robespierre, os olhos da Nossa Senhora não olham para lugar algum. Victorio acende o abajur com base de porcelana, uma espécie de ninfa fugidia, à la Lladró, que lhe parecia tão elegante quando era menino e que agora revela toda a sua pretensiosa vulgaridade.

Não, não chove. Não ficou nublado. A tarde está belíssima, clara e fresca. E assim Victorio pode comprovar que às vezes a vida. A vida, o quê?

Volta a se perder pelas calçadas resplandecentes como as areias de um deserto. As árvores não geram sombras. Ambiente de carnaval nas ruas esburacadas. Pega a rua 51 toda, passa pela antiga Quinta San José, onde viveu Lidia Cabrera, e pela fábrica de amendoim de Bilacciao. Faz uma pausa para descansar em Puentes Grandes, onde não pode evitar se lembrar de Juana Borrero e de Julián del Casal chegando no trenzinho de Carlos III. Ao alcançar o arvoredo que rodeia o hospital Clínico Cirúrgico da 26, recorda-se de Salomé, aquele efebo deslumbrante que gostava de passear despido, de noite, por entre as árvores que ocultam a linha do trem, e que certa manhã apareceu morto, com a cabeça partida a pedradas e um pau de arbusto da serra enfiado em sua bunda, sem que até aquele momento tivessem encontrado os assassinos. Victorio margeia o parque desportivo, a Fonte Luminosa que o escárnio cubano certa vez batizou com o apelido de “o bidê de

Paulina". Volta a andar devagar, por muito tempo. Caminhar, andar, perambular são os três sinônimos aos quais algumas vezes o seu destino já pareceu se enquadrar. Deixa para trás a praça de la Revolución, a Biblioteca Nacional, em cuja sala de música passou as horas de uma adolescência mágica.

Chega ao Terminal Rodoviário. Agora sim começou a chover. Uma chuva fina, paciente, imprópria em uma cidade que não se caracteriza por sua delicadeza nem por sua paciência. A noite começa a ter um agradável e pronunciado frescor. A cidade se encontra estranhamente vazia. Ao contrário da cidade, entretanto, o terminal está completamente lotado. Sobretudo no segundo andar, onde se obstinam aqueles que estão na lista de espera. Mulheres, homens, velhos, crianças, sentados no chão, recostados em malas, maletas, caixotes, baús, com a expressão de desalento de quem tem a certeza de que uma noite de espera o aguarda, quer dizer, uma noite infindável e inútil. Pululam vendedores de amendoim, velas, café, quinquilharias, pizzas geladas, orações milagrosas, pães com croquetes, sapatos de couro, correias para cachorros, lápis e blocos, endiabrados santos de plástico, doces de coco, toalhas, almofadas, presilhas para o cabelo e apetrechos para o fogão. Uma mulher quarentona e vestida de preto, maquilada sem espelho, carrega um rádio portátil sintonizado na música melíflua da Radio Enciclopedia (Paul Mauriac e sua orquestra? Richard Clayderman? Barry White?). Um velho feíssimo, seboso, casposo, fedendo a suor, com um mau hálito violento, assexuado, é claro, a quem chamam de Coridón, vende bandeirinhas olímpicas, emblemas de algum congresso, fitas cassete de hinos latino-americanos, cartazes de filmes e poemas mimeografados de um pretenso poeta uruguaio, um poeta de esquerda e, portanto, necessariamente afetado. Victorio se dirige ao banheiro. Está morrendo de vontade de urinar. Esse foi o único motivo que o levou a entrar no Terminal Rodoviário. Sempre que chega àquela sala de espera, onde parece que nada acontecerá jamais, é dominado por uma tristeza horrível. Por sorte, pensa, não tem familiares para visitar no interior da Ilha. Um velhinho magérrimo cabeceia, dormita, sentado num banquinho junto a uma mesa sobre a qual há um prato com moedas de vinte centavos e um louro engaiolado e, portanto, inquieto que se agita desesperadamente. Não há ninguém no banheiro. Outra sorte. Poder urinar tranqüilo, sem a vigilância oblíqua das incuráveis-loucas-dos-banheiros. Que prazer é aliviar a bexiga repleta! Que prazer escutar a urina batendo sobre a louça do mictório! Que delícia é sacudir-se, fazer as últimas gotas de urina caírem, subir a cueca, ajeitar o pau como quem cumpriu uma tarefa árdua, meticulosa e higiênica! Alguém passa por trás de Victorio e pára dois mictórios adiante. Quase instintivamente, Victorio retarda a ação de fechar a calça. É ele, agora, quem tem o olhar pérfido, de vigilância oblíqua, ele é a incurável-louca-do-banheiro. E vale a pena baixar as pálpebras, espichar os olhos. Um pau opulento e vigoroso, grande, sangüíneo, exuberante, generoso, abre caminho por entre dois dedos não menos opulentos. Translúcido, o jato de urina dá testemunho de um par de rins irrepreensíveis. Victorio lança um rápido olhar para o rosto do homem, semi-oculto pelas sombras e pela viseira de um boné dos Marlins da Flórida. Na realidade, ele não se importa, como poderia se importar com quem é o dono de semelhante portento, que aspecto ele tem, isso não lhe interessa. Não olha para outra coisa que não o pau. Há paus que não são paus, mas sim o aleph, yin-yang, alfa e ômega, estrelas em cuja energia se centram sistemas de astros. O homem termina de urinar, sacode o seu orgulho viril com desembaraço. Sacode bem, não apenas com desembaraço, mas meticuloso, afetuoso, com muito cuidado, para que nem uma única gota de urina possa lhe manchar a cueca. Depois o deixa quieto, abandonado à sua própria vida. Volta a sacudi-lo, sem necessidade e com um afeto ainda maior. Victorio nota a maneira triunfal com que aquele belo pedaço de carne começa a se converter em um mastro maravilhoso, ligeiramente inclinado para a esquerda. Grande e opulenta, rosada e limpa, a glande é a conclusão de um tronco portentoso, sulcado por uma hidrografia de veias caudalosas. Semelhante imagem não é o bastante, deve pensar aquele homem que, com gestos grandiloqüentes, teatrais, introduziu a mão direita no interior da calça para tirar de lá os grandes colhões, como quem pega dois pães. Uma coroa de pêlos hirsutos e escuros, um membro grosso e robusto, colhões suculentos. Victorio dá um passo audacioso, pára no mictório que está justo ao lado do desconhecido. O desconhecido, por sua vez, não toca a sua masculinidade; talvez tente demonstrar que ela é capaz de se agitar e mover por conta própria. De fato, move-se para cima e para baixo. E esse movimento parece ser a sua forma de convidar. Victorio estende a mão lenta e apressada; empunha semelhante arma com suave violência. O pau do desconhecido possui uma maleável rigidez. Muito sólido e muito duro: tem ao mesmo tempo e no fundo uma suavidade sedutora, uma áspera delicadeza. Victorio nota que está fervendo, sente-o agitar-se em suas mãos como um animal ao mesmo tempo confiante e violento. Verifica como o sangue corre pelos vastos rios daquelas veias. Move-o para a frente e para trás. A pele é um invólucro sutil. A glande se oculta e se revela, se oculta e se revela, de uma maneira perturbadora. Uma das mãos do desconhecido vai até a cabeça de Victorio e a pressiona para baixo. A outra mão lhe pressiona a nuca. Victorio se inclina, obediente. Tenta fazer com que sua boca se encha de saliva; ele sabe muito bem (qualquer um sabe muito bem) quanto os machos gostam que suas virilidades entrem nas tibiezas das bocas molhadas de outros homens ajoelhados. Mas, quando está a ponto de deixar que aquele esplendor entre em sua boca, o desconhecido dá um passo para trás. Victorio escuta pela primeira vez a voz carinhosa, quase triste, que adverte Não, Victorio, antes de se satisfazer, você tem de me dizer onde escondeu Salma. Ainda sem se levantar, Victorio ergue o olhar. Encontra o rosto perfeito e sorridente do Corposanto.

Sobe por Rancho Boyeros. Dobra na rua Bruzón, perde-se nas calçadas esburacadas, cloacas transbordadas, casinhas horríveis, até que, chegando à avenida de Ayestarán, acredita estar a salvo. Segue em um passo forçado, correndo sem correr, é claro, para não chamar atenção; agitado, suado, o coração na boca, olhando sempre para trás. Sobe pela Ayestarán e chega à avenida Carlos III. No primeiro ponto de ônibus, há, milagrosamente, um ônibus recolhendo as passagens. Não sabe como, consegue subir. Com vergonha, diz ao condutor Me perdoe, não tenho dinheiro para pagar. O condutor, um negro alto, de bigode espesso, grandes costeletas, vestido com um uniforme gasto por tantas lavagens, olha-o sem desconfiança. Ao que parece, se dá conta da veracidade da vergonha que Victorio sente, e responde, com um sorriso de bondade que desmente o seu aspecto feroz, Não tem problema, freguês, entraí. Lá dentro, Victorio recobra a serenidade. O ônibus está repleto de pessoas exaustas. O calor pode ser infernal, mas Victorio experimenta a alegria de ter se safado de um grande perigo. Não se importa com os empurrões, o terrível cheiro de suor, o bafejo de tantas bocas, o silêncio inquietante, violento, de todos os que viajam ali, segurando os tubos de metal como se estivessem se agarrando à única e remota esperança de suas vidas. Não lhe importa que passe junto ao ônibus uma perua com alto-falantes dos quais escapa uma voz estrondosa:

Em cada quarteirão um Comitê,
em cada bairro, revolução...

Uma senhora perto dos cinqüenta anos, baixa e gorda, transpirando aos borbotões, segura em sua mão livre um velhíssimo ventilador General Electric, mantém o equilíbrio a duras penas, fita Victorio com olhos nos quais há uma mistura de cumplicidade, ódio, autocompaixão, tristeza, raiva, ternura, resignação, e resume em uma frase o que talvez todos ali estejam pensando Caralho, não é fácil.

"Não, não é fácil." Aí está uma frase, reflete Victorio, que se repete em Cuba com a mesma freqüência com que se costuma repetir Caralho, que calor! Frases que, por outro lado, em muitas ocasiões aparecem associadas Não é fácil, meu amigo, este calor não é fácil. "Não é fácil." Uma frase que se pronuncia a qualquer hora, em qualquer circunstância. Não é fácil, quando você decide ir ao cinema, à igreja, à festa, ao julgamento, à farmácia, ao armazém, aos ritos de umbanda, ao hospital, ao parque Almendares, ao bar, ao estúdio fotográfico, ao Mercado Agropecuário, caminhar pela rua, pela orla marítima, sob um sol violento, e tenta apaziguar a ardência da pele. Não é fácil, meu Deus, não é fácil, se você decide esperar algo eternamente: o ônibus (o *camello*), o aviso, a luz, a tempestade, a carta, o barco, a notícia, o amigo, o trovão, a nostalgia, o suborno, a carícia, o avião, a primavera (que nunca existiu), o inverno (que tampouco existiu), a melhoria, a lembrança, o amante, o sorriso, o golpe baixo, o pombo-correio, a inveja, o segredo, a calúnia, a censura, a delação, a morte. "Não é fácil." Se você espera algo que não sabe bem de que se trata. "Não é fácil." Esperar por esperar, quer dizer, esperar sem esperanças, quer dizer, esperar sem esperar, nada de nada, nada a esperar.

Não se dirige diretamente ao teatro. Tem medo de que o estejam perseguindo. Sendo assim, desce até o mar. Passa algum tempo dando grandes voltas, senta-se em um parque. É um parque improvisado no lugar onde havia uma famosa livraria. É perigoso, ele sabe. Está cansado demais. Apesar de ser muito tarde, há um grupo de meninos brincando. Um dos meninos é um traidor e precisa ser fuzilado. Colocam-no contra a parede do edifício contíguo e disparam com as metralhadoras de madeira, pum pum pum!; o menino cai enquanto os outros pulam de alegria.

Victorio não sabe quanto tempo permanece no parque. Os meninos se foram. O silêncio é tão categórico que se pode vê-lo chegar, tocá-lo, frio como a pele de um morto. É a hora dos casais lascivos e desesperados, dos bebedores de rum, dos policiais.

A rua tem uma aparência tosca, de esboço. As paredes carcomidas, estragadas pelos anos, pelo salitre de tantas brisas e marés, com as estruturas enferrujadas à vista, vigas emboloradas, lajotas imponentes (*pulvis es et in pulverem reverteris*), têm a graça e o descaramento das paredes pintadas que eram usadas, ou ainda são, em peças de teatro comerciais, peças muito ruins e com ar de zarzuelas. Também artificial, a luz provém unicamente da lua: artificial: reflexo de outra luz. Uma metáfora lícita, pensa Victorio, pode ser "o espelho da lua ilumina a rua como a ribalta de um teatro pobre". O calor faz adormecer e sabe se prestar a confundir. O calor deste lado do mundo é o melhor alucinógeno. Até mesmo a pele e o algodão da camisa brilham em contato com a luz insuficiente, a luz zombeteira da lua. Victorio transpira e aspira o cheiro que escapa de suas axilas. Fica o tempo todo tentando secar as palmas das mãos nas calças, e só consegue que se umedeçam mais rápido. Inclina-se, pega uma pedra, joga-a longe, no matagal onde anos antes provavelmente havia um edifício. Joga a pedra com os movimentos afetados de um *pitcher* das grandes ligas. Isso são as recordações, pensa ou diz, pedras que se joga o mais longe possível. A vida deve ser converter cada recordação em um poderoso *home-run*. Mas que mania de frases; nós, seres humanos, somos muito ridículos, e o que se há de fazer?

Escutam-se violinos. Às vezes apenas um; às vezes um conjunto de violinos. O que estão interpretando? Victorio não sabe, não consegue identificar. Também se ouvem vozes, cantos. A rua está vazia. É noite alta. Não se vêem nem mesmo os policiais costumeiros. Violinos e cantos reforçam a solidão da rua, ao passo que a solidão da rua destaca o som dos violinos e dos cantos. Como se fosse um número de mágica de Don Fuco, um edifício eclético de repente se faz visível aos olhos de Victorio, edifício nunca visto antes, branco-cinza-azul-amarelado, enfeitado, lotado de sacadas perigosas e de janelas inúteis. Sujo. Enfeitado. Havanês. O edifício sujo e enfeitado é extremamente havanês. Um ar de Paris-Barcelona-Cádiz, ou seja, havanês. Colunas altas e galerias para defender o infeliz transeunte das agruras e excessos de sóis e chuvas e brumas desalmadas. A fachada ostenta várias portas, sendo que algumas, a maioria, não são originais. O que é original e o que não o é nesta cidade? Quatro, cinco portas fechadas. Somente a sexta se encontra aberta, e leva a uma escada. Como qualquer uma das escadas de Havana, essa também é estreita, tenebrosa, muito alta, perfeita para filmes de assassinato e mistério. Úmida e sufocante, com os diversos cheiros ligados a comidas, a secreções, à umidade, ao sono, ao sebo, à urina, ao tempo. Apesar da escuridão, Victorio pode notar as paredes desbotadas, as manchas de umidade, os degraus sujos de mármores que um dia foram brancos. Entre o gasto corrimão de madeira nobre e os degraus há uma suntuosa faixa de porcelanas de Sevilha, que parecem recém-desembaladas. Suja, acabada, desbotada, entediada, cansada, Havana tenta se erguer. A cabeça erguida, bem erguida, o olhar firme, seguro; desalentado e seguro. Não importa se o corpo desmorona. Havana é como uma velha imperatriz, sem bens e sem império, que ainda se aferra à majestade e ao valor das antigas lembranças, do antigo poder. Os pés acostumam-se rapidamente a calcular a distância entre os degraus de mármore branco. As mãos servem apenas para não perder o equilíbrio. Uma das mãos, a esquerda, acaricia a parede; a outra, a direita, segura o corrimão. O olfato anuncia a proximidade cada vez maior de um grupo de mulheres e homens. A cada segundo, o ouvido escuta os violinos e os cantos com mais precisão. Chega ao primeiro patamar: a rua ficou para trás e a escuridão adquire uma consistência absoluta. No segundo lance da escada, começa a haver um cheiro de ervas e flores. Água de colônia Sietepotencias misturada com ervas e flores. Victorio sua mais e mais. É o calor. Também a subida. A escada parece estar em posição vertical. Levando do escuro para o escuro. Em cada andar, vêem-se portas e janelas trancadas. Não há ninguém? Tampouco há no último, onde, diferentemente do resto dos andares, uma fresca galeria se abre para um pátio central onde crescem palmeiras reais. Victorio acredita ser a primeira vez que fica na mesma altura das copas das palmeiras reais. No final do corredor que se abre do lado direito há uma escada em caracol. Feita com a melhor madeira, com torneados primorosos, ousados, inverossímeis, elaborados por mestres entalhadores que não conseguiram sobreviver aos próprios esmeros. A escada deve ter mais de cem anos. E está ali, intacta, como se o tempo não tivesse autoridade sobre ela. Em um ponto determinado, a escada se abre para uma série de balcões, também de madeira, também torneados e adornados em excesso. Há um grande salão iluminado. Quinze ou vinte mulheres estão cantando, todas vestidas de branco, com mantilhas brancas, rendas brancas, sedas brancas, grinaldas brancas, turbantes brancos, lenços brancos, sapatos brancos, meias brancas, sentadas em *comadritas** de palhinha. Perfumadas. Abanam-se com leques brancos. O perfume se agita, se intensifica e se debilita com cada movimento dos leques. O salão está cheio. Um pouco mais adiante, um grupo de homens. Todos com roupas impecáveis de cotim ou linho branco, branco. Roupas de muitos anos atrás que foram conservadas com perseverança em escaparates em cujo interior se penduraram ramos de lavanda. As camisas também são brancas, e mantêm o encorpado que a goma lhes deu um dia. Fumam. Não apenas os homens; também as mulheres, as mais velhas saboreiam enormes havanas com uma fumaça de qualidade azul que não parece real. Fumam e degustam. Fumam como se nada mais importasse no mundo. Observam o charuto entre seus dedos do mesmo modo que observariam uma relíquia. Giram-no. Olham-no bem, como se guardasse algum segredo extraordinário. Depois o levam aos lábios com uma lentidão de especialista. Saboreiam a fumaça. As cabeças levantadas. Fecham os olhos. Que delícia! Só um cubano de verdade, pensa Victorio, saboreia

*Cadeirinhas de balanço sem braços. (N. da T.)

um charuto com semelhante voluptuosidade. No centro, pode-se ver uma mesa repleta de doces. E, mais além, um altar grandioso, coberto por branquíssimos mantéis de renda, mantéis com bordados *richelieu*, bainhas trabalhadas, mantéis arrematados com adornos. O altar está repleto de velas acesas, flores brancas, nardos, *mariposas,** gardênias, *extraña-rosas,*** jasmins, assim como de pratos com doces, ex-votos, sininhos, fotografias cor de sépia em molduras que algum dia devem ter sido douradas. No centro, grande, em tamanho natural, imaculada, escoltada por querubins negros e por duas folhas de palmeira, Obatalá, a Nossa Senhora da Misericórdia, com roupa larga, as mãos unidas e um rosto bondoso que não parece de madeira. Aos pés Dela, a Piedosíssima, a Magnânima, estão os violinistas. Victorio sobe os últimos degraus da escada em caracol. Os presentes se voltam. As mulheres se levantam das *comadritas*, que continuam a balançar. Os violinistas param de tocar. Victorio sente na pele a firmeza de tantos olhares, como se fossem dardos. Os violinistas são os primeiros a reagir, e voltam a seus instrumentos, volta-se a escutar as músicas para Obatalá ao mesmo tempo que os cantos são retomados, e o resto dos presentes acende velas e cai de joelhos. Apenas um negro nonagenário de olhos azuis e cabelo branco, comprido, caindo sobre os ombros, vestido com um casaquinho, calça de cotim e sapato bicolor, que se apóia em um cajado que não é cajado, e sim o galho de um arbusto da serra, se aproxima de Victorio e com a mão trêmula faz um gesto para que ele o siga. O ancião se detém na frente do altar. Pega a mão direita de Victorio e a levanta. Uma jovem, quase meni-

*Flor branca da planta que leva o mesmo nome. É a flor nacional de Cuba. (N. da T.)

*Flores grandes de plantas da família das Compostas, originárias da China. Podem ser de várias cores, inclusive brancas. (N. da T.)

na, com a cabeça coberta por uma mantilha e bochechas tão brancas como a mantilha e a roupa, os braços repletos de pulseiras, traz uma bacia de metal onde se colocou água, cascarilha, perfume e pétalas de flores. Molha um ramo de jasmim na água perfumada. Passa o ramo molhado pelo torso agora despido de Victorio. Agrada-o que a menina molhe seu torso. Sorri para a Nossa Senhora da Misericórdia, galanteia, Lindíssima, bendita seja, Obatalá, mãe de todos.

É noite alta. Ao som de violinos e mais violinos, as mulheres cantam

Bendito el que viene
*en nombre del Señor...**

*"Bendito o que vem/ em nome do Senhor."

3

Os DIAS SÃO CADA VEZ MAIS BREVES, e a sua luz perde a força. As brisas começam a ter um indício de doçura e ao mesmo tempo de vigor, e agitam o mar cinza, ausente e nebuloso. Inicia-se o inverno, quer dizer, esse eufemismo que em Havana sempre chamaram de "o inverno". Pelo menos se poderá respirar por alguns dias. O horizonte e a linha da costa agora podem ser olhados de frente, sem grandes ofuscamentos, e há cada vez menos meninos brincando no Malecón de tarde, depois do fim das aulas.

Tenta dormir no chão, junto das relíquias, sobre mantas, no camarim de Ana Pavlova, a Exímia. Ao seu lado, Salma e Don Fuco se entregam à serenidade e ao esplendor de seu próprio esgotamento. Salma está vestida com uma roupa de gaze constelada de estrelas pequeninas, miçangas coloridas. Deve haver alguma coisa alegre em seu sonho, pois um sorriso se esboça na expressão tranqüila de seu rosto. Don Fuco descansa com o habitual camisolão branco e o velho e ridículo gorro de Shylock, e sabe-se que ele está dormindo porque não se move, e simplesmente por isso, pois não há nenhuma outra diferença entre o palhaço adormecido e o palhaço desperto. Por outro lado, Victorio, inquieto, já dormiu, acordou, voltou a dormir e voltou a acordar. Poucas vezes, nos seus quarenta e tantos anos, conseguiu alcançar a bonança de um sono proveitoso. Nessas noites do final do ano 2000, os distúrbios de seu sono se tornam mais acentuados. Passa do sobressalto da vigília ao sobressalto dos pesadelos, e destes outra vez aos maus augúrios da vigília, às vezes sem saber ao certo de que lado da letargia se encontra. Levanta-se. Inveja Salma e Don Fuco, que certamente estão sonhando com espaços siderais. Victorio se levanta do chão e dos trapos que formam a sua cama no camarim de Ana Pavlova, a Exímia. Está seminu, semidesperto. Desiste do sono. Vai até a janela. O único mistério da noite é que ela não possui mistério. O mar está ainda mais escuro que a noite, e surge como uma longa inexistência além da mureta. Mureta chamada Malecón, como poderia se chamar Molhe, Quebra-mar, Muralha, mureta à qual muitas vezes se atribuíram conotações simbólicas, como aquela do havanês aprisionado na Ilha, o havanês diante do mar, o que olha o horizonte, o que olha ao longe com nostalgia, à espera de revelações e mensagens. E a verdade verdadeira é que essa mureta serve apenas para se tomar ar fresco, para suportar noites de calores impossíveis e para a união dos corpos, quer dizer, para se tolerar melhor os calores do clima e os calores do corpo. Agora, por exemplo, há um casal se beijando desesperadamente e se tocando mais desesperadamente ainda, como se cada um deles quisesse ter a certeza absoluta da existência do outro. Um policial, presença real, se é que isso existe, passa pela calçada larga, e num determinado momento, quando está mais próximo do casal, é como se também ele se integrasse à dupla libidinosa: cria-se de imediato uma relação entre o policial e o casal, numa fração de segundos, não há dúvida de que, se não os corpos, ao menos as três energias se misturam nesse descaramento, nessa promiscuidade que não é apenas um mito nem um símbolo nessa cidade onde em primeiro lugar, assim como em último, está transar, foder, meter, trepar e trepar. Aparentemente o policial segue o seu trajeto, em um passo marcial apropriado ao uniforme e botas tão severos, enquanto o casal continua se beijando, e tudo em redor deles, incluindo a mureta, o mar, o policial e a noite, parece depender de semelhante união.

Relâmpagos distantes iluminam o horizonte da noite. Isso é tudo?, este é o mundo?, será verdade que já é manhã na Austrália?

Não pode acender as luzes, seus dois companheiros acordariam. Limita-se a acender a vela usada por Don Fuco, e o fato é que a vela ilumina pouco. Insegura e frágil, a chama serve apenas para que ele não caia no primeiro buraco, e talvez para poder planejar o passo seguinte. Se não há luz, agora o teatro não existe, pensa Victorio diante dessa escuridão impassível onde acredita estar a platéia. Não sabe onde está a tumba de Giselle. Descobre o piano, o piano sim, pois o piano é uma linda mancha branca em meio às sombras. Escutam-se trovões. Sobre o teto do palco, batem algumas gotas que parecem pedras, e que em poucos segundos se transformam em uma tempestade. A luz dos relâmpagos entra pelas frestas do teto. Victorio sabe que nessa parte do mundo, conhecida como Antilhas Pequenas e Grandes, as tormentas são realmente intensas e persistentes, e fazem com que os homens percam a sensatez. Ignora a verdade científica que se esconde por detrás desse enunciado, pois não sabe que, via de regra, nessa terra a realidade zomba das verdades, sejam elas leigas, científicas, religiosas ou profanas. As Antilhas são ilhas, pensa Victorio, onde os deuses decidem morrer, e os diabos pretendem ser eternos.

Victorio anda pelo teatro e aguarda alguma coisa e não sabe o que é. Pensa que o teatro avança como um barco à deriva. Sempre teve essa sensação, desde menino, quando precisavam fechar portas e janelas, fechar tudo muito bem fechado por causa da intensidade dos temporais. Assim como em seu quarto deplorável da rua Galiano, agora também espera algo. Um milagre? Uma catástrofe? A chuva torna o silêncio do teatro mais poderoso, ou mais solene. Esse é o momento em que o teatro não pertence a Havana, nem a Cuba, nem a nada; é um lugar ou uma alucinação fora do tempo e do espaço. O temporal cai enérgico, torrencial, absoluto. O mais parecido com o dilúvio que os deuses mortos e os demônios ferozes e sobreviventes da Ilha maldita possam ter concebido.

Sentado na platéia, Victorio permanece calado, tranqüilo, sem se mexer, como se estivesse à espera de algo. Milagre ou desastre, dá no mesmo. E não é verdade que toda porta fechada representa uma incógnita a ser descoberta? Deve ser isso, pensa ou diz Victorio, e ri de si mesmo, pois sabe que uma porta fechada sugere algo muito mais simples e imediato, nada além de impedir a passagem, o olhar e a tentação. O exemplo ali são as portas dos camarins. As portas trancadas do camarim de Lorenzo, o Magnífico, e do camarim de Guiñol. Experimenta, mais do que nunca, a curiosidade de entrar no único lugar, em todo o teatro em ruínas, que Don Fuco teve a precaução de lhes vetar a entrada.

* * *

Pela primeira vez, em um ímpeto de desrespeito ou de ousadia ou de discutível independência, pega o molho de chaves que o palhaço sempre deixa pendurado junto ao relógio de pêndulo sem ponteiros. Anda acima do chão, seguindo pelo ar, e, portanto, não se ouvem os seus passos. Não há passos, nada que possa denunciá-lo: a curiosidade o transformou em sombra. Precisa provar várias chaves na porta antes de descobrir qual é a escura e insignificante chavinha capaz de acionar a engrenagem nem um pouco complexa do cadeado de aparência tão inflexível. A porta se mostra pesada. Victorio precisa empurrar com força para conseguir abri-la. O camarim é pequeno e está vazio. Há apenas um órgão ou piano mecânico, com uma manivela grande e dourada. Victorio fecha a porta e se aproxima do instrumento. Foi elaborado com madeira brilhante e lisa, parece de cristal. Tem uma inscrição em letras góticas, Lorenzo Nadal. Victorio se certifica de que a porta está bem fechada e, movendo a grossa manícula, coloca em funcionamento o dispositivo mecânico do piano.

Ninguém seria capaz de enxergar Victorio nesse momento. Ele deduz que a diferença entre a música boa e a ruim reside nisso. No fato de que a música verdadeira provoca a invisibilidade. O ouvinte some e reaparece em outro lugar. Acontece que os sentidos intercambiam suas funções. O hermético se transfigura em diáfano. Victorio acredita ter afinal constatado que a vida é eterna e fugidia. Escuta a música e fala consigo Esse aparente paradoxo costuma ser chamado de alegria, gozo, deleite, satisfação, agrado, delícia, bem-estar, fruição, prazer.

* * *

Essa outra porta se abre facilmente. Entretanto, não é fácil transpor o umbral. Como denominar o instinto que lhe pede para voltar a fechar a porta e tentar se deitar sobre os trapos e dormir? Não resta dúvida, a curiosidade é mais forte. Faz um esforço, dá um passo, dois, três, e está dentro do camarim. Muito difusa, a luz possui um raio de ação bastante limitado, o que não impede que Victorio se dê conta de quantas marionetes, da quantidade insuspeitada de marionetes penduradas no emaranhado de cordéis que vão de um lado ao outro das paredes. Quantas? Duas mil, três mil? Marionetes de todos os tamanhos, materiais, cores, vestuários e expressões. Marionetes negras, chinesas e brancas. Marionetes com roupa e marionetes despidas. Marionetes satisfeitas e contrariadas. Marionetes que riem, marionetes que choram. A incrível profusão de marionetes não impede a existência de uma passagem levando até o fundo do camarim, onde, encostado na parede, Victorio descobre um pequeno teatro feito de papelão e tábuas, nada rebuscado, uma armação simples sobre uma mesa coberta com um pano preto. O papelão está pintado, ornamentado graciosamente e tentando imitar o esplendor eclético do proscênio da Ópera de Paris. O pano de boca foi feito com um belo veludo vermelho. Uma concha verdadeira, uma concha marinha, representa a concha do ponto. Justo ao lado do teatrinho há outra mesa, sem pano, com vários estojos onde descansam outras marionetes. Victorio se aproxima e deposita sobre a mesa o castiçal com a vela. Tenta ver, à luz sofrível da vela, as marionetes que descansam nos estojos como se estivessem em camas ou sarcófagos. Olha-as bem. Não sabe se o que vê está correto. Mas intui que se não está correto, tampouco é mentira. Há um pequeno aviãozinho de papelão com aspecto calcinado. Uma marionete escura e sem camisa lembra o Mouro. A outra marionete parece uma morta, e a morta se assemelha à mãe de Salma. A outra boneca tenta representar a própria Salma. Seria impossível uma semelhança maior entre marionete e pessoa; ninguém poderia entender semelhante casualidade. Mais além, distante, sentado na barquinha de um balão aerostático do tamanho de uma bola, Victorio acredita descobrir Victorio, acredita se descobrir sob a forma de um boneco cheio de fios, sério e malvestido, com cara de fome e aspecto de vagabundo. Sobre um painel de cortiça há papéis com anotações que não são claras, como se tivessem sido escritas às pressas e com uma caligrafia descuidada. Victorio pensa conseguir identificar expressões como "desmoronamento", "terraços", "fome", "Corposanto", "igreja", "cemitério", "morte". Volta-se para o teatrinho. Abre o pano de boca. No diminuto palco sem ornamentos há apenas duas marionetes estendidas: uma *ballerina* e um policial. E colocaram uma pistola na mão esquerda do policial, ao passo que o tutu branco-perolado ou branco-imemorial da *ballerina* foi teatralmente manchado com tinta vermelha para parecer sujo de sangue.

O maior pecado de Pandora foi a curiosidade, retumba uma voz atrás dele. Victorio se dá conta de que agora há muito mais luz no camarim de Guiñol. Volta-se. Don Fuco não traz nenhuma luz nas mãos; leva apenas o camisolão branco e o gorro velho e ridículo de Shylock. Curiosidade, o maior pecado, exclama o palhaço, divertindo-se e movendo o branco luminoso do camisolão. O senhor me desculpe, tenta se justificar Victorio, pego em falta, envergonhado, sem saber o que fazer. O palhaço faz um gesto delicado com as mãos, levanta-as como se quisesse deter algo que cai sobre ele, e exclama com sua melhor voz de tenor ligeiro Não, meu amigo, não, não se envergonhe, Pandora era antes de tudo uma mortal, um ser humano, felizmente para ela, não participava da essência divina, o senhor foi bastante discreto, o mais lógico teria sido que entrasse nesse camarim muito antes, segundo meus cálculos o senhor deveria ter aberto essa porta há mais de um mês. Victorio se recupera da vergonha e, encorajado, pega a marionete que evidentemente o representa. O que significa isso?, pergunta. O palhaço leva as mãos ao lugar do peito onde se supõe estar o coração Não cometa a vulgaridade de pensar que alguém quis fazer um boneco que se parecesse com o senhor. Abre os olhos com um olhar triste. Esses fantoches são mais velhos que eu, e isso é muita coisa, eles ultrapassam os duzentos anos, não, por favor, meu amigo, não me olhe com cara de incredulidade, os bonecos que o senhor está vendo foram construídos em mil seiscentos e tanto por Giovanni Briocci, e também há outros de Hoffmann e da coleção de Carl Engel, e tenho muitos da escola de Salzburgo, outros da escola de Osaka, e sim, se parecem conosco... Move as mãos como se dirigisse uma orquestra imaginária, fica imóvel por alguns segundos. Mas não, meu amigo, não nos parecemos, as marionetes são superiores, como afirmou Heinrich von Kleist, o boneco jamais faria nada afetado, pois a afetação (*vis motrix*) se localiza em algum ponto distinto do centro de gravidade do movimento, os bonecos têm a vantagem de não serem pesados, meu amigo, desconhecem a inércia, e a inércia se opõe à dança, os bonecos se diferenciam dos bailarinos uma vez que a força que os eleva pelos ares é superior à que os prende à terra, em 1801 Von Kleist dizia que os bonecos precisam tanto do chão quanto os elfos, e concluía com uma afirmação maravilhosa: somente um deus poderia, nesse campo, medir-se com a matéria, e este é o ponto onde se juntam os dois extremos do anel que forma isto a que chamamos o mundo.

O palhaço se adianta com o seu andar de adolescente, avança pelo camarim, abre um pano de boca em que Victorio não havia reparado. Trata-se de um pano de boca ou tapeçaria em tons dourados e sépias, no qual se pode ver um balão aerostático que se eleva rumo às cúpulas de palácios erguidos sobre nuvens. O pano ou tapeçaria oculta uma pequena porta, que dá acesso a um quarto escuro. O palhaço transpõe o umbral e o quarto se ilumina. Há uma grande mesa coberta por panos pretos. É a única mobília do lugar. Os panos pretos logram várias formas ao longo da mesa, tornando evidente que panos e mesa escondem algo. Agora o senhor está em meu santuário, meu *locus solus*, meu *wallhala*, e aqui verá algo prodigioso, exclama o palhaço com voz de mago, levantando o primeiro corte de tecido. Victorio vê uma redoma de vidro em cujo interior há uma névoa densa. O palhaço gira uma chave várias vezes e a névoa vai se dissipando ao compasso do *Estudo Revolucionário* de Chopin, executado com o tom e os sons insípidos das caixas de música. Ali dentro, na redoma de vidro, um homem de camisa branca cavalga sobre um potro alazão; de repente algo detém o cavaleiro, cuja camisa se tinge de vermelho; o aterrorizado alazão ergue as patas dianteiras; o cavaleiro cai na grama. Don Fuco aciona várias vezes o mecanismo da redoma; vê-se várias vezes o homem da camisa branca cavalgando e sofrendo um impacto (de bala?) que o faz cair morto sobre a grama. Descoberta a segunda redoma, acionado o seu mecanismo, pode-se escutar o arremedo de uma música chinesa ou talvez japonesa. Em uma mesa arrumada para um jantar, um jovem ri; o jovem ri e, ao rir, cospe sangue; a toalha de mesa se cobre de sangue, a roupa do jovem se cobre de sangue, e ele desaba sobre a mesa. A terceira redoma permite que se sintam os acordes da sonata *Apassionata* de Beethoven, e deixa ver um senhor com guarda-chuva sentado em uma poltrona de palhinha, balançando-se com tristeza, com uma tristeza absoluta. Assim, em cada redoma tem lugar uma cena, ao som de uma música diferente. Os bonecos possuem uma precisão perturbadora. Parecem pessoas pequeninas. Têm a cor, o vigor, a vulnerabilidade, o pesar e o desespero dos seres humanos. Logo que o mecanismo de corda das redomas se acaba e a música afetada pára, a névoa turva o interior das redomas de vidro. Está tudo aqui, declara o palhaço, satisfeito, com um olhar de complacência e gestos firmes que demonstram uma grande segurança. Está tudo aqui, repete o palhaço, a Ilha inteira pode submergir amanhã mesmo, o que não pode desaparecer são as ruínas deste teatro.

Como conseguiu...?, tenta perguntar Victorio, olhando a marionete que o representa, e experimenta uma confusão profunda. Falo de tudo isto, do lugar em que estamos, do teatro e tudo quanto há nele. O palhaço realiza um passo de dança e estende as mãos como se quisesse se referir a uma geografia demasiado remota. O palhaço vai até um armário e tira de lá uma roupa de arlequim, vermelha, amarela e preta, que obriga Victorio a vestir, e pega uma peruca de cabelos verdes brilhantes que coloca na cabeça dele. Vamos, coloque essa roupa, a pátria o contempla orgulhosa. Victorio beija a chave do palácio, que traz pendurada no pescoço, e se veste. Don Fuco retira de um velho cofre uma coroa de louros que não é feita de louros, mas sim de latão. Com gestos teatrais coloca a coroa sobre a peruca verde.

Andando de costas, como se deve fazer perante reis, o palhaço Don Fuco se afasta do arlequim. Admira a obra terminada. Sorri, satisfeito. Don Fuco não se retira, se desvanece entre as sombras.

* * *

Ouvem-se duas batidas no palco, para os lados da tumba de Giselle. Durante vários segundos não há um novo sinal. Chove. Fortemente. A chuva cai sobre o teto de duas águas do palco, simulando uma ovação. Victorio se aproxima da falsa tumba. Sabe, acredita saber, que estão empurrando o tampo cênico da tumba. Uma sacudida delicada, cuidadosa, ainda que com força; se tivesse empregado um pouco mais de decisão o tampo teria cedido facilmente. Seja quem for que esteja do outro lado, pode-se ver que ou não conhece o mecanismo de entrada ou talvez prefira o comedimento. Não quer fazer barulho, isso está evidente, e deixa que outro bom período de calma se estenda pelas ruínas do antigo Pequeno Liceu de Havana. Nenhum ruído volta a alterar o silêncio original. Victorio inclusive chega a pensar que foi vítima do medo, do *delirium* provocado pelo medo: podem dizer o que quiserem, mas o medo é o mais poderoso modo de transformar a realidade. Victorio anda com cuidado total, descalço, com a roupa de arlequim, a peruca e a coroa de louros, que não é de louros e sim de latão. Desliza por entre a antiga platéia. Deixou o castiçal na mesa das marionetes. Vale-se apenas da luz escassa que se filtra pelos buracos do teto junto com a chuva. A chuva é tão intensa que os morcegos pararam de atravessar o espaço com o seu planado desajeitado.

Dois, três, quatro golpes curtos. Cuja única conseqüência é despertar Salma. Victorio a vê surgir pelo lado direito do palco, com a roupa de gases e miçangas; a vê descendo para a platéia, aproximando-se dele. O que está acontecendo?, pergunta sem perguntar, junto a Victorio, os olhos confundidos por um sono do qual ainda não conseguiu se desvencilhar. Ele leva o dedo indicador aos lábios, em sinal de silêncio. A desordem dos olhos sonolentos de Salma se transforma rapidamente em susto: além de poderosos, os recursos do medo são velozes. Não se faz necessário explicar, Salma entende. Logo em seguida Victorio a vê fechar os olhos, como se a perda momentânea do sentido da visão lhe aguçasse o sentido da audição. Voltam a se ouvir batidas na tumba de Giselle. Essas novas batidas já não são comedidas. Salma e Victorio correm para o fundo da platéia. Escondem-se atrás dos gastos anteparos com cenas campestres de palmeiras, riachos e cabanas. As mãos de Salma apertam as de Victorio. Ele sente, nas suas, o frio das mãos suadas dela. Durante alguns minutos só se consegue escutar o golpear da tempestade sobre o teto. Eles teriam desejado um rápido desenlace de barulhos e agressões; a verdade é outra: um século se transcorre antes que voltem a escutar o estrépito, os vidros quebrados, e vejam surgir um policial, um policial encharcado pela chuva, subindo pela tumba de Giselle. Vacilante e sem vacilar, o agente dá um passo para o palco. Um círculo de água se desenha ao seu redor. Avança com cautela. Leva na mão uma lanterna, que acende para ver por onde vai. Nota-se que o policial está demasiado seguro para que seja uma segurança verdadeira. Não possui, em absoluto, o modo sereno de andar que o uniforme confere aos policiais. Há algo em sua figura que Victorio pensa reconhecer, e que de primeiro momento não consegue desvendar. Salma grita num sussurro, um alarido mudo É o Negro Piedade! De fato, como anda com dissimulação, e não pára de olhar para todos os lados, há momentos em que as luzes dos raios que entram pelos buracos do teto revelam o perfil soberbo do Corposanto. Por estranho que pareça, naqueles perigosos segundos Victorio o acha mais belo que nunca.

O que acontece nesse minuto preciso parece um sonho, outro sonho, ainda que dessa vez se trate da matéria ordinária de que a realidade é composta. No centro do palco se eleva, calma e rapidamente, um lustre de velas gastas. Os rumores da chuva desaparecem e se escuta a melodia da flauta, a melancolia de "O cisne", a peça número treze de *O carnaval dos animais*, de Saint-Saëns. A surpresa não imobiliza apenas Salma e Victorio, mas também o próprio policial, o Negro Piedade, mais conhecido como Corposanto, fica paralisado, com os braços caídos. Com um toucado de plumas brancas, um tutu clássico de tarlatana e sapatilhas de ponta, realizando um *pas de bourrée* perfeito, Don Fuco entra no palco. A expressão em seu rosto é de suplício, e move ambos os braços como asas feridas. Qualquer forma que se deseje empregar para descrever a cena cai irremediavelmente no plano do paradoxo. Por um lado é risível; por outro, comovente. Um velho palhaço parodia uma bailarina; uma bailarina extraordinária representa a agonia de um cisne. Durante algum tempo Salma e Victorio se esquecem do Negro, se esquecem do lugar onde se encontram, sentem a excitação de contemplar um fato cuja essência se esfuma. Desejos de rir às gargalhadas; desejos de chorar. Precisam reprimir tanto o riso como o pranto. Cômico, trágico, ridículo, elegante, patético, hilariante. Qualquer uma das palavras contraditórias pode servir.

O Negro Piedade, mais conhecido como Corposanto, parece se recuperar da surpresa. Como era de esperar, consegue romper o encantamento muito antes de Salma e Victorio. Enquanto Salma e Victorio passaram do assombro à admiração, o cafetão, ou o policial (já não se sabe), saiu do assombro apenas para cair na grosseira realidade de que em um teatro em ruínas, sob as luzes de umas tantas velas, um velho muito feio, ataviado com um tutu, dança de um modo grotesco ao som de uma música estranha. Os três observam o mesmo, e observam cenas diferentes.

* * *

Nem Victorio nem Salma escutam o disparo. Deixam-se deslumbrar por um brilho que poderia ser outro relâmpago. Parece-lhes que uma multidão de morcegos escapa espavorida das ruínas. O Velho-Bailarina-Palhaço-Cisne se detém no centro do palco. Tenta levar a mão à cabeça. Dá mais dois passos, dois passos vacilantes. Cai de bruços. Perto do proscênio. O toucado de plumas de Don Fuco logo se torna vermelho. A música pára. Só se escuta o esvoaçar dos morcegos e um som como de pedras sobre pedras. Com um salto ágil, o Negro Piedade se coloca ajoelhado junto ao corpo inerte do palhaço. Levanta Don Fuco sem cuidado. Fita os olhos do morto e o deixa cair sem cuidado. Victorio nota a expressão quase triste do Negro. A melancolia torna o rosto do Corposanto mais belo. Salma entra pelo fundo do palco. Victorio não sabe em que momento a jovem se separou dele e contornou a platéia até chegar ao palco. O certo é que está ali, com a roupa de gaze e miçangas coloridas. Traz em uma das mãos o busto em bronze de José Martí. Ainda ajoelhado, o Negro Piedade agora observa o sangue, suas próprias mãos ensangüentadas. Vai se colocar de pé, mas Salma descarrega sobre sua cabeça a cabeça em bronze do poeta. Por um momento os olhos do Corposanto parecem fascinados. Dir-se-ia que sorri antes de cair para a frente e ficar estendido sobre a *ballerina*, sobre Don Fuco, ambos iluminados pelos fulgores entrecortados da tempestade.

4

O CORPO DO VELHO PALHAÇO está envolto em uma capa de veludo preto. Usa sapatilhas de ponta, tutu de tarlatana e toucado de plumas. Com semelhante vestuário seria difícil tirar o corpo morto dali e levá-lo pelas ruas sem chamar atenção. Não se deram conta de que é uma precaução inútil, uma vez que Salma veste uma roupa de gases e miçangas e Victorio usa uma peruca verde, roupa de arlequim e uma coroa de louros que na verdade é de latão. Não sem temor, saem para a chuva forte, para a madrugada havanesa de ruas mal iluminadas e encharcadas, de fachadas que parecem escombros. Salma percebe que ainda carrega o busto de José Martí, e o deposita com cuidado, como um filho enjeitado, na porta de um escritório fechado por perigo de desmoronamento. Por sorte, o corpo de Don Fuco pesa pouco, e chove violentamente. Não é difícil para eles transportar o cadáver por alguns quarteirões. Não há transeuntes nas ruas, mas há, sim, policiais, usando capas de chuva pretas. Quando vislumbram a viatura e a primeira dupla de policiais, entram na escadaria que está mais à mão. É um edifício de quatro andares. As paredes gotejam. Se os cálculos de Victorio são corretos, se seus conhecimentos de

Havana não estão equivocados, no final da escadaria deve haver uma porta de acesso ao terraço. Ajudado por Salma, coloca o corpo de Don Fuco sobre as costas. Começam a subir. Salma segura os pés de Don Fuco a fim de ajudar Victorio. No final do quarto andar, há de fato uma porta que se abre para a madrugada chuvosa. A tempestade permanece idêntica, onipresente e agressiva. Recostam-se nos tanques de água. Cansados. Ofegantes. Encharcados. O peso do corpo morto faz com que Victorio perca a visão por um momento. Salma olha-o com uma interrogação acovardada nos olhos e seca de sua testa o suor misturado com chuva. Victorio intui o que Salma quer lhe perguntar. Tenta sorrir. Não tem forças para falar. Nessa estranha hora que ignoram qual seja, nessa hora desconhecida, nessa hora da madrugada de temporal, o silêncio é absoluto, e alcança a maior das autoridades. Victorio procura manter o sorriso, a única arma que tem contra as dúvidas de Salma. O que mais poderia fazer? Teria gostado de lhe falar do sonho, dos globos aerostáticos e, sobretudo, do Guiñol. Teria ficado feliz em lhe dar algum tipo de encorajamento. Primeiro, pensa, tem de encontrar o seu próprio encorajamento. E assim que descansa um pouco, sem trocarem uma palavra, continua a avançar. Coloca nas costas o corpo de Ana Pavlova, a Exímia, que é o corpo de Don Fuco. Como já se sabe, passar de um terraço para o outro em Havana nunca foi muito difícil. Os caminhos de Havana sempre foram múltiplos, e um dos mais seguros é o que se pode seguir ao longo de tetos e terraços. Marcham pelo alto, pelo céu chuvoso de Havana. Nem os havaneses adormecidos nem os policiais despertos podem ver que uma jovem enfeitada com tules e um quarentão de peruca verde, roupa de arlequim e coroa de louros que não é de louros mas sim de latão, carregam cuidadosamente o corpo morto de um ancião com tutu de tarlatana.

Epílogo

Durante muito tempo, sob a tormenta, passando por entre quartos de despejo, pombais, tanques de água, coelheiras, cordas para estender a roupa lavada, por entre tantas antenas para tantas televisões, por entre a chuva, Salma e Victorio carregaram o cadáver do palhaço. Poucas vezes se detiveram para descansar. O tempo era escasso. O amanhecer devia estar próximo, apesar de o céu da madrugada continuar tão sujo e encharcado que acreditar no dia teria o mesmo valor dos dogmas de fé. Mas houve um momento em que Victorio não pôde mais, e se deteve como que impelido por uma ordem: uma forte pontada lhe fincou as costas, uma dor que desceu por toda a espinha dorsal. Salma descobriu a própria dor e o cansaço no espelho do desfalecimento de seu amigo. Ajudou-o a baixar o ancião morto. O toucado de plumas manchado de sangue tornava mais evidente a palidez do rosto do palhaço, cuja maquilagem havia sido removida pela chuva. Sentaram-no recostado na parede escura e mal construída de um quarto de madeira, que acreditaram ser uma carpintaria improvisada. Um aroma agradável de pinheiros, cedros e mognos encharcados subiu de sua umidade.

A chuva não amainava. Não souberam ao certo se escutaram o apito de um barco ou o de um trem. Um bando de gaivotas passou em vôo pesado sob a tormenta. Quando começou a clarear e os primeiros brilhos da aurora se confundiram com a chama perene da refinaria de petróleo, Salma olhou para Victorio com surpresa. Pensou que o via pela primeira vez. Com aquela cômica roupa de arlequim, vermelha, amarela e preta, a peruca verde e a coroa de latão, ele era a imagem perfeita do palhaço. Não conseguiu segurar a gargalhada. Você também não está lá muito elegante, exclamou ele com outra irreprimível explosão de riso. Depois viram a cidade emergindo das sombras como outra sombra, ou como uma relíquia. Você acha que ela precisa de nós?, perguntou Salma sem parar de rir, e apontando distantes edifícios arruinados e terraços danificados. Victorio sentiu que se libertava do próprio peso, da maldita lei da gravidade. Salma o viu erguer-se, ridículo e belo, com a sua roupa e sua alegria repentina. Agora cabe a nós, respondeu ele, convicto. E, de fato, aos seus pés, ainda adormecida sob a chuva, dir-se-ia que Havana era a única cidade do mundo preparada para acolhê-los. Também parecia a única sobrevivente de quatro longos séculos de fracassos, flagelos e destruições.

Havana – Palma de Maiorca – Havana,
1999-2002

Este livro, composto na fonte Fairfield
e paginado por Alves e Miranda Editorial,
foi impresso em pólen soft 80g na Imprensa da Fé.
São Paulo, Brasil, na primavera de 2004